读客科幻文库

跟着读客读科幻，经典科幻全看遍。

要召唤一个魔鬼，你必须知道它的名字。

神经漫游者

[美] 威廉·吉布森 著　Denovo 译

William Gibson

NEUROMANCER

江苏凤凰文艺出版社
JIANGSU PHOENIX LITERATURE AND ART PUBLISHING, LTD

Neuromancer

William Gibson

目 录

第一部

伤心千叶城

01

港口上空的天色犹如空白电视屏幕。

凯斯从“茶壶”门口的人群中挤进去，听见有人在说：“不是我想嗑药，我身体自己就产生了这么厉害的药物缺失症。”这声音来自斯普罗尔，这笑话也来自斯普罗尔。“茶壶”酒吧里聚集着外国职员，你在这里喝上一星期的酒，也听不到两个日语词。

拉孜站在吧台后面，假肢不断抖动，往一托盘的酒杯里斟上麒麟生啤。他看见凯斯，笑了起来，露出一口东欧钢铁填补过的棕色烂牙。凯斯在吧台上找到一个位置，一边是罗尼·邹手下的一个妓女，一身人造的麦色肌肤；另一边是个穿着笔挺海军制服的高个子非洲人，颧骨上布满精心排列的部落印记。“魏之刚才带着俩小弟来过，”拉孜一边说，一边用他那只真手推过来一杯扎啤，“是不是找你的，凯斯？”

凯斯耸耸肩，右边的姑娘咯咯笑起来，捅了捅他。

酒保笑得咧开了嘴。他的丑陋也是种传奇，这年头人人都有余钱美容，他的“天然”简直犹如一枚徽章。他伸手去拿另一个酒杯，那只老旧的手臂咔咔作响，这是俄国军队制造的假肢，里面装着有七种功能的力反馈操纵器，外面包上脏兮兮的粉色塑料。“您可真是位大师，凯斯‘先生’。”拉孜发出含混不清的声音，表示在笑，用他的粉红爪子隔着白衬衫挠了挠腆起的肚皮，接着说：“您是位有点儿搞笑的大师。”

“没错，”凯斯喝了口啤酒说，“总得有个人搞笑，他妈的肯定不是你。”

那妓女的笑声提高了八度。

“也不是你，姑娘。你一边儿去，成不？邹跟我是兄弟。”

她看着凯斯的眼睛，嘴唇都不带动地轻轻呸了一声，但还是走开了。

“天哪，”凯斯说，“你这开的是什么窑子啊，让人想好好喝杯酒都不成。”

“哈，”拉孜一边拿抹布擦拭着斑痕累累的木头台子，一边说，“邹给提成。你，我让你呆在这儿是为了逗乐子。”

凯斯端起酒杯那一瞬间，酒吧里突然诡异地安静下来，这样的场景偶有发生，似乎上百出无关闲聊都在那一刻停顿。那妓女的笑声随后响起，透着歇斯底里的劲儿。

拉孜咕哝说：“有天使飞过。”

“中国人，”一个醉醺醺的澳大利亚人吼道，“中国人他妈的发明了神经拼接术。哪天让我去大陆做个神经手术吧。能治好你，老兄……”

“这，”凯斯对着酒杯说，那种胆汁般的苦涩突然汹涌起来，“这他妈全是胡扯。”

日本人早把中国人研究出来的神经手术全忘光了。千叶城的地下诊所有最先进的技术，日新月异，可他们都治不好他在孟菲斯那间旅馆里受的伤。

到这里已经一年了，他仍然会梦见数字空间，希望却一夜一夜渺茫下去。无论他在这“夜之城”里嗑多少药，转多少弯，抄多少近道，他仍会在睡梦里看见那张数据网，看见明亮的逻辑框格在无色的虚空中展开……如今斯普罗尔已是太平洋另一面遥远陌生的家乡，他已不再能够使用电脑控制台，不再是那个网络牛仔，只是个疲于谋生的普通小混混。然而那些梦如同魔咒，在这日本的夜晚里来临，令他哭泣，在睡梦中哭泣，然后在黑暗里独自醒来，蜷缩在某间棺材旅馆的小舱房里，双手紧紧抓住床垫，将记忆泡沫在指间挤成一团，想要抓住那并不存在的控制台。

“昨晚我看到你的妞了。”拉孜一边说一边给凯斯递上第二杯麒麟。

“我没妞。”他喝了口酒。

“琳达·李小姐。”

凯斯摇摇头。

“不是你的妞？什么都不是？只是生意来往吗，我的大师朋友？你只是专心搞贸易？”酒保那双棕色小眼睛深陷在皱纹之中。“你跟她在一起那会，我看比现在强。你那时更爱笑。现在，说不定哪天晚上技艺太高，你就进了诊所保存箱，变备用零件了。”

“你让我心都碎了，拉孜。”他喝完酒，付账离开，卡其色尼龙风衣上有斑驳的雨点痕迹，高窄的双肩在风衣下微微驼起。他穿过仁清街上的人群，闻到自己的汗臭味。

那年凯斯二十四岁。二十二岁的他已经是斯普罗尔最优秀的牛仔，最出色的盗贼之一。他师出名门，师父麦可伊·泡利和鲍比·奇尼都是业内传奇。他几乎永远处于青春与能力带来的肾上腺素高峰中，随时接入特别定制、能够联通网络空间的操控台上，让意识脱离身体，投射入同感幻觉，也就是那张巨网之中。他是一名盗贼，为其他更富有的盗贼工作，雇主们提供外源软件给他，侵入某些公司系统的明亮围墙，打开数据的丰饶天地。

他犯下了那个典型错误，那个他曾发誓永远不要犯的错误。偷雇主的东西。他偷偷留下了一笔钱，想通过阿姆斯特丹的一个黑市商人转出去。他直到现在也不明白自己怎么会被抓住，当然这已经不重要了。当时他以为自己快没命了，但他们只是笑了笑说，他可以，完全可以留着那笔钱，而且他也刚好用得上。因为——他们仍然笑着说——他们会保证他永远不能再工作。

他们用战争时期的一种俄罗斯真菌毒素破坏了他的神经系统。

他被绑在孟菲斯一家酒店的床上，足足经历了三十个小时的幻觉，他的天赋寸寸消失。

他受的伤很轻，很微妙，却异常有效。

对于曾享受过超越肉体的网络空间极乐的凯斯来说，这如同从天堂跌落人间。在他从前常常光顾的牛仔酒吧里，精英们对于身体多少有些鄙视，称之为“肉体”。现在，凯斯已坠入了自身肉体的囚笼之中。

他很快将全部财产换成了大把新日元，这种老式纸币在全世界的隐秘黑市上不断流通，就像特洛比安德岛民们用于交易的贝壳。用现金在斯普罗尔做合法生意很难，日本法律则已彻底禁止现金交易。

他曾经坚定而确凿地相信，自己能在日本被治愈。就在千叶城。也许是合法诊所，也许是在隐蔽的地下医院。在斯普罗尔的技术犯罪圈里，千叶城就是植入系统、神经拼接和微仿生的同义词，令人无比向往。

在千叶城，他眼看着自己的新日元两个月内便在无穷的检查问诊中耗尽。地下诊所是他最后的希望，可医生们都只是啧啧赞叹那让他致残的技术，然后缓缓摇头，束手无策。

如今他住在最廉价的棺材旅店中。旅店就在港口附近，头顶有彻夜不灭的石英卤素灯，强光下的码头雪亮如同舞台，电视屏幕般的天空也亮得让人看不见东京的灯光，甚至看不见富士电子公司那高耸的全息标志。黑色的东京湾向远处伸展开去，海鸥从白色泡沫塑料组成的浮岛上飞过。港口后面是千叶城，生态建筑群落像一堆巨大的立方体，铺满了工厂的圆顶。港口与城市之间的一些古老街道组成了一片狭窄的无名地带，这就是“夜之城”，而仁清街正在夜之城的中心。白日里，仁清街上的酒吧门窗紧闭，无姿无色，霓虹与全息招牌们也偃旗息鼓，在铅灰色的天空下等待夜色来临。

在“茶壶”西边两个街区之外，有一间以法文“茶罐”为名的茶馆，凯斯在这里用双倍特浓咖啡灌下了今晚的第一片药。他从邹手下一个妓女那里买到这枚扁平的粉红色八角药片，是一种强效右旋安非他命，产自巴西。

“茶罐”的墙上贴满了镜子，镜片四周都装着红色的霓虹灯。

当初他独自沦落在千叶城，钱财耗尽，治疗无望，陷入了最后的疯狂，开始以一种前所未有的冷酷去捞钱。那一个月他就杀死了两男一女，而挣到的数目在一年前只会让他觉得可笑。仁清街将他逼到崩溃边缘，直到他发觉这条街就像是一种自毁冲动，像某种一直潜藏于他体内的秘密毒素。

“夜之城”好像一个社会达尔文主义实验，无聊的实验设计者不断按着快进键，让它变得混乱而疯狂。要是不忙活着点，你便会波纹不惊地沉下去，可要是稍微用力过猛，你又会打破黑市那微妙的表面张力。这两种情况下，你都会不留痕迹地消失，也许只有拉孜，这个永恒的存在，还留着一点关于你的模糊记忆。不过你的心脏、肺或者肾脏也许还会活下来，活在某个能负担得起地下诊所诊费的陌生人身体里。

这里的一切都在暗地里不断进行，若有懒惰、粗心、笨拙，或是失于应付某种复杂规程，死亡便是公认的惩罚。

凯斯独自坐在“茶罐”的桌边，药效初起，掌心开始冒汗，忽然觉得胳膊和胸膛上每一根汗毛都在发麻。他知道，总有一天他要和自己玩一种游戏，那古老的、无名的、最终的单人游戏。他不再随身携带武器，也不再遵守基本的安全规则。他承接最火爆最危险的生意，众所周知，你想要什么他都能搞到。他心底最深处知道，自己身上带着那种自我毁灭的光芒，人人见之退避，所以客户日渐稀疏；但他也知道，毁灭不过是迟早的事。同样在他心底最深处，为死亡临近而喜悦欢欣的同时，至不愿记起的，是琳达·李。

那是一个雨夜，他在一间游戏厅发现了她。

香烟的蓝色烟雾笼罩着那些明亮的全息影像：巫师城堡、欧罗巴坦克战、纽约的天际线……她就站在那下面，闪动的激光布满她的脸，将五官变成了简单的编码：燃烧的巫师城堡将她的颧骨染得绯红，坦克战中沦陷的慕尼黑在她额头荡漾着天蓝色，一只光标飞过摩天大楼耸立成的峡谷，在外墙上擦出的火花让她嘴唇沾染上了亮金色。直到如今，她仍然以那个模样活在他的记忆中。那晚他正春风得意，已经替魏之把一块克他命送往横滨；酬金已到手。温暖的雨水落在仁清街面上，升起袅袅烟雾，他从雨中走进游戏厅，在那数十人中不知为何一眼便看见了她，正全神贯注玩着游戏的她。几个小时后，她在港口边的旅馆房间里沉睡，脸上还是同样的神情，上唇的轮廓如同孩子画笔下的飞鸟。

他穿过游戏厅，刚办好了事，得意洋洋站在她身旁，看见她抬头望过来，烟熏妆下一双灰色的眼睛，好像一只惊恐的小动物，定格在迎面而来的车灯光束中。

他们共度了一个夜晚，随后又是一个早晨。他们买了气垫船票，他平生第一次穿过了东京湾。原宿的雨仍在下，落在她的塑料外套上，东京的孩子们穿着白色鞋子，戴着薄膜披肩，从那些著名的商店旁走过。最后的午夜里，她与他一起站在一间嘈杂的弹子房里，像个孩子一样拉紧他的手。

只不过一个月，在他充斥着毒品与高压的生活里，她那双曾经惊惧的眼睛便已变作了本能欲望的深潭。他眼看着她的人格裂变，犹如冰川崩溃，碎冰随水而逝，终于袒露出最原始的瘾君子的饥渴。他看着她全神贯注地追求新的刺激，让他想起了志贺的小摊上，摆在蓝色变异鲤鱼和竹笼中的蟋蟀旁边的那些螳螂。

他注视着自己的空杯子，药力令他觉得里面一圈圈的咖啡印都在震动。右旋安非他命在他脊髓中奔流，他似乎能看到暗沉的棕色油漆桌面上无数细小划痕产生的经过。茶馆的装潢风格来自上个世纪，糅合了传统日式风格和苍白的米兰塑料风格，只是每样东西似乎都覆盖着一层细微的薄膜，似乎所有曾经光亮过的镜面和塑料表面都遭受过百万顾客蹂躏，笼罩上一种永远擦不去的东西。

“嘿，凯斯，好兄弟……”

他抬起头，看见烟熏妆下一双灰色的眼睛。她穿着一身褪色的法国太空工作服和一双崭新的白色运动鞋。

“我一直在找你，老兄。”她坐到他的对面，用手肘支着桌子。那件蓝色的拉链衣服肩膀处已经裂开，他不由自主地在她胳膊上搜寻毒品贴或针头留下的记号。“要抽烟吗？”

她从手腕上的口袋里掏出一包皱巴巴的颐和园过滤嘴香烟，递给他一支。他接了过来，她用一只红色塑料管替他点燃。“你睡得还好吗，凯斯？看起来挺累的。”她的口音来自斯普罗尔南部，靠近亚特兰大方向，眼睛下面的肌肤带着一种病态的苍白，但仍光滑而饱满。她才不过二十岁，但疼痛所造就的细纹已刻入她的嘴角，不再消失。她的黑发梳到后面，用一条花丝带扎起来，丝带上的图案好像一幅微电路图，又像是张城市地图。

“记得吃药时就睡不好。”说这话的时候，一股清晰的渴望向他袭来，欲望与孤独全在安非他命的波长上奔袭。他想起她肌肤的味道，想起港口边那黑暗酷热的房间里，她的手指是如何扣住他的后腰。

都是肉体，他想，都是肉欲。

“魏之，”她眯起眼睛说，“他想要打穿你的脸。”她点着了自己的烟。

“谁说的？拉孜？你跟拉孜聊过？”

“不是。莫娜说的。她的新男人是魏之的人。”

“我欠他的钱还不够多。再说做掉了我，他也拿不到钱。”他耸耸肩。

“欠他钱的人太多了，凯斯，你也许就被树个典型。说真的，你最好小心点。”

“成。你怎样，琳达？你有地方睡觉吗？”

“睡觉？”她摇摇头。“当然了，凯斯。”她向他靠过来，身体开始颤抖，脸上布满汗珠。

“给。”他一边说一边在风衣口袋里掏摸，找到一张皱巴巴的五十块纸币，下意识地在桌下抹平了折成四折，然后才递给她。

“你用得着这钱，亲爱的。你最好把它交给魏之。”她的灰色眼睛里有种他从未见过，也看不明白的东西。

“我欠魏之的比这多太多了。拿走吧，我还能来钱。”他一边张嘴说瞎话，一边看着他的新日元落进一个拉链口袋里。

“凯斯，你挣到钱就赶紧去找魏之。”

“再见了，琳达。”他站起身来。

“好。”她的两边眼仁下面都露出一毫米的眼白。三白眼。“你小心点，老兄。”

他点点头，匆匆离去。

塑料门在身后关上那一刹那，他回过头，看见她的眼睛，映在红色霓虹的笼中。

仁清街的周五夜。

他路过烧烤店，按摩房，一家叫作“美丽女孩”的连锁咖啡店，一家电子音乐震天响的游戏厅。他给一个穿着深色套装的上班族让路，看见那人右手背上纹着三菱基因技术公司的标志。

那标志是真的吗？他想，如果是真的，这人有麻烦了；如果不是，就算他活该。三菱基因公司的高层人员体内植有高级微处理器，能够监控血流中诱变剂的水平。在“夜之城”里，这样的装备能让你招摇一把，直接招摇到地下诊所里去。

那上班族是个日本人，但仁清街上的大潮还是老外。群群水手从港口那边涌来，紧张的单身游客在这里寻猎旅行书没有写的快乐，斯普罗尔的恶徒们在这里招摇展示他们身上的植入体，还有十几种各有差别的混混，全都在这街道上摩肩接踵，欲望与交易在暗地里涌动。

有很多种理论解释千叶城为何会容忍仁清街这样一块“飞地”，凯斯倾向于相信这是日本黑道保留下来的历史园区，用以缅怀他们的卑微起源。不过他觉得另一种说法也有些道理：飞速发展的技术必须要有无法无天的地方才能发挥功用，“夜之城”的存在与它的居民无关，只是为了技术本身所特地留出的一片无人监管区。

他仰望灯火，想起琳达的话。魏之真的会拿他杀鸡儆猴吗？好像没什么道理，不过他们都说，魏之这种主营违禁生物制品的人一定很疯狂。

但是琳达说魏之要他死。凯斯对于仁清街交易动力学的主要看法，就是买家和卖家其实都用不着他，但又需要一个恶人，中间人便承担了这个任务。凯斯在“夜之城”的罪恶生态系统里，靠着谎言与背叛给自己圈出了一小块不大牢靠的生态位，混得一夜是一夜。如今他隐约知道自己岌岌可危，反而感觉到一种奇怪的幸福。

上一周，他拖延了一单合成腺体提取剂的转运，从而将它卖出了更多的利润。他知道魏之不乐意。魏之是他的主要供货人，已经在千叶城待了九年。能够与“夜之城”外那层次分明的犯罪组织建立联系的外国毒贩寥寥无几，魏之就是其中之一。遗传物质和激素顺着一条极其隐蔽的精密路线流入仁清街，魏之一度神奇地追索到了某些来路，从而在十几个城市建立了稳定的关系。

凯斯发现自己正注视着一面橱窗。这家店顾客主要是海员，卖些小玩意儿，比如手表、伸缩刀、打火机、口袋录影机、感官同步机、加重万力锁链，还有飞镖。他一直很迷恋飞镖，那些带有锋利刺尖的钢星，有亮银色，有黑色，也有的表面经过处理，呈现出水面油膜的彩色。他目不转睛地注视着那些银色的星星，被透明的尼龙鱼线挂在猩红色的麂皮上，中心印着龙纹或阴阳符号，霓虹灯照在上面，折射出扭曲的光芒。凯斯意识到，他的旅程就在这些星星照耀之下启航，而这些廉价铬合金组成的星座，也已预示了他的命运。

“朱利，”他对着他的星星们说，“该去找老朱利了。他会知道的。”

朱利斯·迪安现年一百三十五岁，每周兢兢业业用昂贵的血清和激素调节新陈代谢。不过他抗衰老的主要方式还是每年一度的东京朝圣，让遗传外科医生重设他的DNA密码，这技术千叶还没有。手术完成后他就飞去香港购买一整年穿用的西装和衬衫。他男女莫辨，耐性骇人，对生活的满足感似乎主要来自对裁缝技艺的神秘崇拜。凯斯从没见过他重复穿过一套西装，虽然他所有的衣服都只不过是略加更改的上世纪风格。他喜欢戴金丝边眼镜，配上粉红人造石英磨成的薄薄近视镜片，边角圆滑，如同维多利亚玩偶屋里的镜子。

他的办公室在仁清街背后的一间货仓里，多年前似乎曾稍作装修，里面还摆着些乱糟糟的欧式家具，好像曾打算在这儿安家。凯斯在一个房间里等候，墙边一排新阿兹特克风格的书柜积满灰尘，一张低矮的坎丁斯基风格茶几刷着红漆，上面诡异地支着一对用灯泡的迪斯尼风格台灯。书架之间挂着一只达利钟，扭曲的钟面似乎要朝着裸露的混凝土地面坠落下去，修改过的全息影像指针转动时会根据钟面曲线改变长度，指示的时间却永远不对。房间里堆着白色玻璃纤维运输模块，散发着一股腌生姜的味道。“你好像挺干净的，老小子，”迪安的声音响起来，人却没有出现，“进来吧。”

书柜左边是一扇巨大的仿红木门，周围的磁螺栓都支了出来，塑料门上贴着“朱利斯·迪安进出口”的字样，黏胶纸已经开始剥落。若说那间门厅里散落的家具带着上世纪末的味道，那这间办公室则好像还在上世纪初。深绿色的方形玻璃灯罩里，一盏古老的铜灯放出光芒，笼罩着迪安那张光洁的粉脸。这位出口商安坐在一张巨大的钢桌后面打量凯斯，桌子两边高大的浅色木头柜子里大约曾装过手工记录册。桌上散落着磁带、泛黄的打印纸卷和一堆零件，似乎都是一台老式手动打字机的部件，但迪安一直没空把它重新组装起来。

“孩子，什么风把你给吹来了？”迪安一边问，一边递给凯斯一支包着蓝白格纸的细长糖果。“尝尝看……最最好的。”凯斯谢绝了生姜糖，在一张吱呀作响的木头转椅上坐下，大拇指滑过黑色牛仔裤泛白的裤缝。“朱利，我听说魏之要杀我。”

“啊，好吧。我能不能问下是谁告诉你的？”

“某人。”

“某人，”迪安含着生姜糖，“什么某人？你朋友？”

凯斯点点头。

“搞清楚谁是朋友不太容易，对吧？”

“朱利，我的确欠他一点钱。他跟你说过什么吗？”

“……最近我们没联系。”他叹了口气，又说，“当然，我就算知道也不能告诉你。形势所迫，你懂的。”

“形势？”

“魏之这边的关系对我很重要，凯斯。”

“没错。他要杀我吗，朱利？”

“我没听说。”迪安耸耸肩，轻松得好像在讨论生姜的价钱，“如果这是空穴来风，老小子，你过一周再来，我给你弄点新加坡的货。”

“明古连街上南海旅馆的货？”

“你嘴巴太大了，老小子！”迪安笑笑，钢桌上堆满了反窃听装置。

“再见，朱利，我会代你向魏之问好。”

迪安抬起手，摸摸他一丝不苟的浅色丝质领带结。

离开迪安办公室还不到一个街区，他的全身细胞便猛然惊觉，有人跟在屁股后面，跟得很紧。

凯斯微觉惊惧。他知道这很正常，对付的办法就是不要惊慌失措，但这并不容易，尤其是在药力之下。他在激增的肾上腺素中强自镇定，瘦削的脸上挂出一副无聊空虚的神情，在人群中假意随波逐流。他在一扇没有亮灯的展示窗前设法停下了脚步。这是一家休业装修的时尚手术店，他抄着手注视着橱窗里面，仿玉雕的底座上放着一片体外培育的人体组织。那肌肤的颜色好像邹手下的妓女；皮肤上文着亮闪闪的数字屏幕，与皮下芯片相连通。冷汗沿着肋骨涔涔而下，他却发现自己在琢磨另一件事：这玩意揣在兜里就成，为什么非得手术植入？

他没有抬头，只是抬高眼睛，看了看玻璃窗上过往人群的倒影。

就在那里。

在那些穿短袖卡其衫的海员后面。深色头发，反光眼镜，深色衣服，瘦长身材……

随即消失。

凯斯拔腿便跑，弓着腰，在人群中不断腾挪。

"新，租把枪给我吧？"

那男孩微笑道："两小时。"他们站在一个志贺生鱼片摊后面，周围是生猛海鲜的腥臭味。"两小时后，你回来。"

"我马上就要，兄弟。现在有什么家伙？"

新在一堆两升的山葵粉罐子后面翻了翻，拿出一条细长的灰色塑料包裹。“泰瑟枪。一小时二十新日元。押金三十。”

“靠，我用不着这个。我要一把枪。可能要朝人开火的，明白？”

侍者耸耸肩，把泰瑟枪又放回山葵罐子后面。“两小时。”

他走进店里，并没看那些飞镖。他一辈子都没用过这玩意儿。

他买了两包颐和园香烟，三菱银行卡显示的名字是查尔斯·德里克·梅。他用过的护照上最好的一个名字是楚门·斯塔尔，还不如这个呢。

刷卡机后面的日本女人好像比老迪安还要老几岁，也未曾经受科学雨露的滋润。他从口袋里掏出那卷薄薄的新日元给她看。“我想买件武器。”

她指指一个装满刀的盒子。

“不，”他说，“我不喜欢刀。”

她从柜台底下拿出一个长方形的盒子。黄色硬纸板盒盖上印着粗糙的眼镜蛇图案，蛇身盘绕，颈部张大。盒子里是八个用纸巾包裹的圆柱体，全部一模一样。她用斑驳的棕色手指剥开一个圆柱体上的纸巾，举起让他细看。这是一支暗色钢筒，一端有条皮带，另一端则是个小小的青铜尖角。她一只手抓住钢筒，另一只手的拇指和食指夹住尖角，往外一拉，三段伸缩弹簧滑出来锁住，上满了油，压得很紧。“眼镜蛇。”她说。

仁清街闪烁的霓虹之上是阴沉沉的灰色天空。空气质量越来越差，今晚简直咬得人生疼，街上半数的人戴着过滤面具。凯斯在小便间里花了十分钟想藏好眼镜蛇，最后还是只能把枪柄塞进牛仔裤的裤腰里，枪管斜支在上腹部，青铜尖角卡在肋骨和风衣之间，感觉一走动就要掉到路面上，但有了它心里还是踏实了许多。

茶壶酒吧虽然算不上毒品交易点，但工作日晚上来的都是业界人士。周末的夜晚不同，常客们淹没在大量涌入的海员和做海员生意的专业人士之中。凯斯挤进大门，不断搜寻酒保拉孜，却没见到。酒吧驻场皮条客罗尼·邹看着手下姑娘去勾搭一个年轻海员，眼神呆滞而慈祥——他磕的是种催眠药，日本人管它叫“云中舞者”。凯斯迎上他的目光，招呼他到吧台来。邹那张松弛平静的马脸从人群中缓缓漂了过来。

“罗尼，你今晚有没有见到魏之？”

邹带着如常平静的神情看看他，摇了摇头。

“兄弟，你确定？”

“可能在‘南蛮’见过，可能两小时之前。”

“有没有带小弟？其中一个瘦瘦的，黑头发，可能穿着黑夹克？”

邹皱起眉头，好像在辛苦地回忆这些莫名其妙的细节，最后说：“没有。都是大个子，移植人。”他的眼皮耷拉着，只露出少许眼白与虹膜，瞳孔放得极大。他注视着凯斯的脸，半晌才低下头，看见突起的钢柄，扬了扬眉毛：“眼镜蛇。你想搞掉谁？”

“再见，罗尼。”凯斯离开了。

尾巴又跟上来了，他很清楚。毒品、肾上腺素，还有什么别的东西纠缠在一起，带来一股快意。“你居然觉得很爽，”他想，“你是个疯子。”

从某种诡异的角度看，这似乎变成了网络里的一次任务。当年他可以将网络看成蛋白质环环相扣而成的各种细胞机能，如今身处莫名其妙的绝望困境，又可以借着药力将仁清街看作一片数据的田野，全心投入高速的漂移滑动之中，既入世又疏离，身边是飞舞的交易、交汇的信息，还有黑市迷宫里的数据组成的肉体……

上，凯斯，他对自己说，引蛇出洞。他们绝对料想不到。这个时候，他离初次遇见琳达·李的游戏厅不过半个街区。

他猛然冲过仁清街，一群闲逛的海员被他撞散，其中一个在他身后用西班牙语尖叫。他冲进游戏厅大门，汹涌的声波没顶而来，感觉撕心裂肺。有人在欧罗巴坦克战游戏里命中一枚千万吨当量的炸弹，整个游戏厅淹没在模拟爆炸波的白噪音之中，耀眼的全息火球在头顶炸开。

他冲上右边的楼梯，脚下是没刷过漆的再生板。他跟着魏之来过这里，和一个叫松贺的人谈一单荷尔蒙触发剂生意；他还记得这条走廊，记得这斑驳的地板，记得走廊两旁那些一模一样的门，还有门里逼仄的办公隔间。其中一扇门开着，一个穿黑色无袖T恤的日本女孩抬起头，她面前是一台白色终端，背后贴着一张希腊旅行海报，蓝色爱琴海和流线型的日文文字扑面而来。

“叫保安上来。”凯斯对她说。

他离开她的视野，奔向走廊尽头。最后两扇门都紧闭着，应该上了锁。他猛然转身，用鞋底踹向最里面那扇合成材料的蓝漆门。门轰然打开，门框碎裂，廉价五金纷纷坠落，里面一片漆黑，只有一台弧形的白色终端壳子。他双手握住右边一扇门的透明塑料把手，用尽全身力气往里一顶，在断裂声中闪身进入房间。这正是他和魏之与松贺会面的地方，但松贺的皮包公司早已消失不见，屋里连台终端都没有。游戏厅后面的巷子里亮着灯，灯光从沾满煤灰的塑料窗透进来，他看见房间墙上伸出盘蛇般的光纤，除了一堆废弃的食品盒和一架已经没有叶片的电扇之外别无他物。

窗户是廉价的塑料材质。他抖下外套，包住右拳，一拳便将窗户击裂，再加上两拳，窗户便彻底脱落。外面隐约的游戏音响中响起了警报声，或许是因为窗户破碎，也或许是先前那女孩拉响。

凯斯转过身，穿上外套，拉开眼镜蛇的枪栓。

在紧闭的房门之后，他默默期望跟踪者会以为自己已从另外那扇摇摇欲坠的门里逃走。脉搏的震动透过弹簧枪膛放大，眼镜蛇的青铜尖角微微震动。

什么也没有发生。他只听见起伏的警报，游戏里的巨响，和自己沉重的心跳。恐惧在这刻袭来，如同被遗忘的老友。不再是药力下冰冷敏捷的疑惧，只是简单的、原始的恐惧。他长久生活于焦虑之中，已经忘记了这种真正的恐惧。

有人曾经死在这样的隔间里。他可能会死在这里。他们可能有枪……

走廊另一头传来一声巨响。一个男人用日语呼喊。一声惊恐的尖叫。又是一声巨响。

脚步声不疾不徐地走近。

走过他面前紧闭的门。停住。三次悸动的心跳。又回到门口。一，二，三。靴跟在粗糙的地毯上摩擦。

药力所带来的勇气终于彻底崩溃。恐惧让他完全失去理智，所有神经都在尖叫，他把眼镜蛇塞进套筒，奔向窗口，未及思考便已腾空而起，跃出窗外，开始坠落。他跌落在路面上，双腿传来阵阵钝痛。

一间半开放的网路亭中传出一丝光线，照亮一堆废弃的光纤和控制台残骸。他落下时扑在了一块潮湿的电路板上；他翻过身，躲进控制台的阴影里。楼上那窗框里透出微弱的灯光，游戏厅里的咆哮声被后墙隔断，那起伏的警报听起来便更加响亮。

一只脑袋在窗户里出现又消失，背后映照着走廊中的荧光灯。那人又出现了，但他还是看不清长相，只看见眼睛上闪过的银光。“靠。”那是个女人的声音，一口斯普罗尔北部口音。

那人再次消失。凯斯躺在控制台底下，慢慢数到二十，然后站起身来。精钢的眼镜蛇还在手中，他过了几秒钟才想起来是什么东西。他护着左踝，一瘸一拐地朝巷子深处走去。

新给他的是南美版瓦尔特PPK枪的越南仿版，首击双动模式，扳机沉重，已经有五十年枪龄。这把枪适用点22长枪子弹，凯斯真希望能有叠氮化铅弹药，而不是新卖给他的中国造简易空尖弹。但它怎么说也是把手枪，还有九发子弹。他离开生鱼片摊子，沿着志贺街而行，手在衣兜中不断把玩，拇指在黑暗中一次次滑过那飞龙形状的鲜红色塑料枪柄。他已经把眼镜蛇托付给了仁清街上的一只垃圾桶，又空口服了一枚八角药片。

在药力的照耀下，他沿着志贺街走到仁清街，再转上梅逸街。尾巴已经不见了，他想，很好。他得打电话，得做生意，刻不容缓。沿着梅逸街朝港口方向走一个街区，有一座以丑陋黄砖盖成，毫无装饰的十层办公楼，此刻窗户都已经暗了，但伸长脖子还能看见楼顶微弱的亮光。大门外的霓虹招牌已经熄灭，上面有一堆日本文字，下面写着“廉价旅馆”。凯斯不知道这地方还有没有别的名字，反正人人都管它叫“廉价旅馆”。他从梅逸街上的一条小巷走进楼里，透明电梯井的底端已经有电梯在等候。这栋楼本来不是旅馆，电梯也是后来才用竹子和环氧树脂绑上去。凯斯爬进这个塑料笼子，用一片毫无标志的硬磁条钥匙打开电梯。

凯斯自从来到千叶城后，就按周租用了“廉价旅馆”的一个棺材屋，但他从来不在这里睡觉。他睡觉的地方更廉价。

电梯里有香水和烟草的味道，墙上满是刮花和指印。电梯经过五楼，他看见仁清街上的灯光。他的手指不断敲击着枪柄，笼子嗞嗞作响地慢下来，彻底停下时照旧猛然一晃，他淡然处之。

他走出电梯，步入一个庭院，算是大堂兼草坪。地上铺着草地模样的方形绿塑料地毯，正中有台C形电脑控制台，一个日本少年坐在后面看课本。白色的玻璃纤维棺材屋装在工业框架里面，一共六层，每侧十只。凯斯朝少年点头致意，一瘸一拐地穿过塑料草坪，朝最近的梯子走去。这栋楼顶上的廉价覆膜席子吹风时会响动，下雨时会漏水，但是这些棺材不用钥匙很难打开。

他爬上第三层，来到92号，铁网铺成的悬空走廊在他身下震动。这些棺材屋长三米，卵圆形的门有一米宽，近一米五高。他把钥匙放进锁孔，等待管家电脑确认。磁性门闩令人安心地滑开，屋门随着弹簧吱呀声升起来。他爬进棺材屋，荧光灯亮了起来，他拉上身后的门，拍了拍控制板，激活了手动门闩。

92号房里只有一台标准的日立牌口袋电脑和一只小小的白色泡沫塑料保温箱。保温箱里装着三块十公斤的干冰板，经过仔细包裹以延缓挥发，还有一只实验室用的铝制烧瓶。凯斯跪在棕色记忆棉地板兼床板上，从口袋里掏出新给他的点22手枪，放在保温箱的最上层，然后脱下外套。棺材屋的电话内置在一面墙里，对面的公告板上用七种语言写着酒店规则。他拿起粉色话筒，凭记忆按下一个香港的号码，听那边响了五声便挂断。他那只日立牌电脑里有三兆字节炙手可热的随机存取存储器，但买主不接电话。

他又按下一个东京新宿的电话号码。

接电话的是一个女人，说的是日语。

“蛇人在吗？”

“有你消息很好，”蛇人从分机接了进来，“我在等你电话。”

“我弄到了你要的音乐。”他扫了一眼保温箱。

“很高兴听到这个消息。我们现金流有问题。你能先发货吗？”

“伙计，我真的很缺钱……”

蛇人挂断了电话。

“去他妈的。”凯斯对着嗡嗡响的电话说。他盯着那把廉价小手枪。

“诡异，”他说，“今晚看起来很诡异。”

天亮前一个小时，凯斯走进“茶壶”，双手揣在外套兜里，一只握住租来的手枪，另一只握着那个铝瓶。

拉孜坐在靠里的桌旁，用啤酒壶喝着水，他那一百二十公斤重的身子软软地靠在墙上，压得椅子吱呀作响。一个叫库尔特的巴西小孩在吧台里，给一小撮不太吵闹的酒鬼斟酒。拉孜举起啤酒壶，塑料胳膊嗡嗡作响，光头上薄薄铺着一层汗水。“大师朋友，你看起来不太好。”他露出一口湿乎乎的烂牙。

“我挺好，”凯斯笑得像具骷髅，“非常好。”他窝进拉孜对面的椅子里，双手仍在口袋中。

“没错，你就这么晃来晃去，靠酒和毒品摆出副刀枪不入的样子。能证明自己没有很不爽，是吧？”

“你能不能别揪着我不放，拉孜？见到魏之了没？”

“能证明自己又不恐惧，又不孤单。”酒保自顾自接下去，“听从恐惧的召唤吧。它可能是你的朋友。”

“拉孜，你听说今晚游戏厅里有打斗吗？有人受伤吗？”

“有疯子砍了个保安。”他耸耸肩，“他们说是个女的。”

“拉孜，我得跟魏之谈谈，我……”

“啊。”拉孜的嘴抿成了一条线，眼睛看向凯斯身后的门口，“我觉得你马上就能跟他谈了。”

飞镖的寒光在凯斯眼前疾闪而过，安非他命在他脑中荡漾，手中的枪已经汗湿溜滑。

“魏之先生，”拉孜慢慢举起粉红色的假臂，好像要和对方握手，“太荣幸了。您甚少光临。”

凯斯转过头，看见魏之的脸。那张脸如同古铜色的面具，全无特征，海水绿色的眼睛是体外培育的尼康牌移植体。魏之穿着一身枪灰色的真丝西装，两只手腕上各戴着一条简洁的铂金手链。小弟们跟在他两旁，模样几乎没有差别，肩臂上都是暴起的植入肌肉。

“你还好吗，凯斯？”

“先生们，”拉孜举起桌上满当当的烟灰缸说，“我不希望这里有麻烦。”这只绿色烟灰缸上印着青岛啤酒的广告，材质是厚实的抗震塑料，却被他一把捏碎，烟头与碎片泼洒而下，落在桌面上。“你们明白？”

“嘿，甜心，”一个小弟说，“来我这试试？”

“库尔特，别费那劲瞄着腿。”拉孜闲闲地说。凯斯朝房间另一头望去，那巴西人站在吧台上，端着一把史密斯维森防暴枪，瞄准魏之一行三人。薄如蝉翼的合金枪管外面包裹着长长的玻璃纤维，粗大的枪膛塞得进一只拳头，弹夹内露出五枚粗壮的橙色亚音速沙包弹。

“从技术上说，这不算致命武器。”拉孜说。

“嘿，拉孜，”凯斯说，“我欠你个情。”

酒保耸耸肩。“你不欠我什么。这些人，”他瞪着魏之和他的小弟，“犯糊涂。谁也不能在茶壶里抓人。”

魏之咳嗽一声。“谁说要抓人？我们来谈生意。凯斯跟我合作的。”

凯斯掏出他的点22枪，对准魏之胯部。“听说你要干掉我。”拉孜用粉色爪子握住了凯斯的手枪，凯斯松开手。

“嘿，凯斯，你说你他妈的怎么回事？你疯了吗？我要杀你，这是什么乱七八糟的？”魏之转向左边的小弟说：“你俩回‘南蛮’去等我。”

凯斯看着两人经过吧台，那里只留下了库尔特和一个醉倒的海员，穿着卡其布衣服，蜷缩在吧椅脚下。史密斯维森的枪口跟随两人走出门口，随即转回，指向魏之。凯斯的弹夹落在桌上。拉孜用爪子握住手枪，退出那颗上了膛的子弹。

“谁说我要杀你，凯斯？”魏之问。

是琳达。

“谁说的，兄弟？有人要给你下套？”

那个海员咕哝几声，开始剧烈呕吐。

“把他弄出去。”拉孜对库尔特喊道。此时库尔特已坐在吧台边，史密斯维森横在腿上，正在点烟。

凯斯只觉得夜色沉重，像一堆湿透的沙子，压到他的脑中。他从口袋里掏出那只烧瓶，递给魏之。“我只有这些了。脑垂体。运输快点，你能赚五百。我还有些值钱东西在一个随机存取存储器里，但它现在不见了。”

“你还好吧，凯斯？”烧瓶消失在枪灰色的西装里，“我是说，成，有这咱俩就扯平了，但你看起来糟透了，像一坨被扁过的屎。你最好找个地方睡一觉。”

“是啊，”他站起身来，茶壶在身周摇晃，“嗯，我本来有五十块钱，但是给别人了。”他笑起来，拣起点22手枪的弹夹和那颗子弹扔进一边口袋，把枪扔进另一边口袋。“我得去找新，拿回我的押金。”

“回家吧，”拉孜好像有点尴尬地扭了扭，椅子在他身下吱呀作响，“大师，回家吧。”

他穿过房间，用肩膀顶开塑料大门，感觉他们一直在注视着他。

“婊子。”他对着志贺街上微露粉色的天空说。仁清街上的霓虹灯早已冷冷熄灭，全息影像也都鬼魅般淡去。他从街头小摊上的泡沫管里啜了一口浓浓的黑咖啡，看着太阳升起。“飞吧，甜心。

这样的城市只适合想下地狱的人。”但其实并非如此；那种被背叛的感觉在不断消退。她不过想要一张回家的机票，只要能将那块日立随机存取存储器出手便能买得起。至于那五十块钱，她当时几乎拒绝接受，因为她深知这已是他最后的一切。

他爬出电梯，柜台里仍是同一个男孩，在看一本不同的课本。“好兄弟，”凯斯朝着塑料草皮那边喊，“你不用告诉我，我都知道了。有个漂亮女生来了，说她有我钥匙。给了你不少小费，大概五十新日元吧？”男孩放下书。“女人，”凯斯用大拇指划过额头，“真棒。”他露齿大笑，那男孩也报以微笑点头。“谢谢你，混蛋。”凯斯说。

他在走廊上费了半天劲才打开锁。一定是她瞎搞弄坏的，他想。新手嘛。他知道某处有黑盒子出租，能打开廉价旅馆里所有的锁。他爬进棺材屋，荧光灯亮起来。

“朋友，千万要慢慢上锁。那侍者租给你的周六特价货你还带着呢？”

她在棺材屋最里面，靠墙屈腿而坐，手腕放在膝盖上，手中露出一把箭枪的转管枪口。

“游戏厅里是你吗？”他拉上门闩，“琳达呢？”

“按一下门闩开关。”

他照办了。

“那是你的妞？琳达？”

他点点头。

“她走了。拿走了你的日立。那孩子挺紧张的。枪呢，老兄？”她戴着反光眼镜，全身黑衣，黑靴的靴跟深深扎进记忆棉垫之中。

“还给新了，取回了押金。子弹也半价卖回给他了。你要钱吗？”

“不要。”

“要不要干冰？现在我只剩这个了。”

“你今晚脑子进水了？为什么在游戏厅搞那么一出？让保安拿着双截棍追我，我只好搞掉他。”

“琳达说你是来杀我的。”

“琳达说的？我来了这里才第一次见到她。”

“你不是魏之的人？”

她摇摇头。他发现她的眼镜是手术植入的，完全封住了眼眶。粗糙杂乱的黑发之下，银色的镜片似乎生长在她颧骨处光洁而苍白的肌肤上。她握枪的手指细长白净，酒红色的指甲似乎也是人工的。“凯斯，我看你一团乱。我才出现，你就以为我跟你身边发生的破事有关系。”

“那你想要什么呢，女士？”他靠在门闩上。

“你。活着的，脑子还没全坏掉的你。莫利，凯斯，我叫莫利。我是替老板来找你的。只想跟你谈谈，如此而已。没想伤害你。”

“很好。”

“不过我也会伤人的，凯斯，我就是这种人。”她穿着黑色紧身软皮裤，肥大的哑光黑色夹克好像会吸收光线。“凯斯，我放下枪的话，你不会怎样吧？你好像很爱干傻事。”

“嘿，我根本不会怎样的。我弱不禁风，没问题的。”

“那就好。”箭枪消失在黑色夹克中。“要是在我面前胡来，那就是你这辈子干过最傻的事。”

她伸出双手，摊开手掌，白净的手指微微伸展，一声微不可闻的轻响之后，酒红色的指甲下面滑出十只四厘米长的双刃刀片。

她微微一笑，刀片又慢慢缩回。

02

在棺材旅馆住过一年之后，千叶希尔顿饭店二十一楼的房间看起来硕大无朋。这是半间套房，有十米长，八米宽。在小阳台的玻璃推拉门边，矮几上的白色博朗牌咖啡机雾气升腾。

“喝点咖啡。你很需要咖啡的样子。”她脱下黑色夹克，箭枪用黑色尼龙肩带套着，挂到胳膊下面。她穿着一件灰色无袖套头衫，两肩都是钢拉链。是防弹衣，凯斯一边想着，一边把咖啡倒进鲜红的杯子里。他的四肢都僵硬无力。

“凯斯。”他抬起头，初次见到了那个男人。“我叫阿米塔奇。”他的深色浴袍前襟一直敞到腰间，露出宽阔无毛肌肉贲起的胸膛和平坦坚实的腹部。他眼睛的蓝色淡到同漂白粉一般。“太阳已升起，凯斯。今天是你的幸运日，孩子。”

凯斯一扬胳膊，那人轻松闪避，滚烫的咖啡洒在仿米纸的墙上，棕色的渍印顺着墙面流下。他看见那人左耳垂上的狰狞金环。

特种部队。那人微笑起来。

“凯斯，喝你的咖啡。”莫利说。“没什么事，但在阿米塔奇说话之前，你哪儿也不能去。”她盘腿坐在真丝沙发上，开始拆卸箭枪，却连看都不用看一眼。她的两只镜片看着他走到桌边，又盛了一杯咖啡。

“凯斯，你太年轻了，不记得那次战争了吧？”阿米塔奇用大手摸摸自己的棕色短发，手腕上有一条粗大的金色手链在闪烁。“列宁格勒，基辅，西伯利亚。你们是我们在西伯利亚发明的，凯斯。”

“什么意思？”

“‘哭拳行动’，凯斯。你听过这个名字。”

“挺爽的，对吧？想用病毒程序烧掉那个俄国节点。没错，我听说过这事。无人生还。”

他感觉到空气突然变得紧张。阿米塔奇走到窗边，望向东京湾对岸。“不对。凯斯，有一个小组最后回到了赫尔辛基。”

凯斯耸耸肩，啜了口咖啡。

“你是个网络牛仔。你用来侵入工业银行的那些软件原型都是为‘哭拳行动’开发的。是为了攻击位于基伦斯克的那个电脑节点。每个编组一架“夜翼”微型飞机，一位驾驶员，一个网络操控台，一个牛仔。我们用的病毒叫‘鼹鼠’。鼹鼠系列是第一代真正的侵入程序。”

“破冰程序。”凯斯端着红杯子说。

“‘冰’是个简称，它的全称是‘反侵入电子器件’。”

“问题是，先生，我现在根本不是牛仔，我觉得我该走了……”

“我在场，凯斯。我亲身经历了你们这种人的发明过程。”

“你跟我和我这种人屁关系都没有，伙计。你只不过有钱雇得起昂贵女杀手，把我弄到这里来。我再也不可能用网络操控台，不管是为你还是为别人。”他走到窗边，看看下面。“我现在住在那里。”

“我们的资料显示，你在街上胡搞乱来，好让一条街的人趁你不备杀了你。”

“资料？”

“我们建立了一个详细的模型。我们花钱查过你所有的假名记录，用军用软件进行总结。你有自杀倾向，凯斯。我们的模型标明你在外边只能活一个月。而我们的医学预测是你在一年内需要换胰脏。”

“‘我们’。”他注视着那双淡蓝色的眼睛。“谁是‘我们’？”

“如果我告诉你，我们可以复原你损毁的神经，你觉得怎样，凯斯？”在凯斯的眼中，阿米塔奇突然变成一尊沉重的金属雕像，纹丝不动。他知道了，这是一场梦，他很快便会醒来。阿米塔奇再也不会说话。凯斯的梦永远是以这样凝固的画面收尾，现在，这一场梦也该醒了。

“你觉得怎样，凯斯？”

凯斯看向东京湾对岸，浑身颤抖。

“我觉得你纯属胡扯。”

阿米塔奇点点头。

“那么我要问问你的条件。”

“和你过去见过的那些差不多，凯斯。”

莫利坐在沙发上说：“阿米塔奇，让他睡一会儿。”箭枪的零件摊在丝绸沙发上，像一张昂贵的拼图。“他快崩溃了。”

“讲条件，”凯斯说，“现在。就是现在。”

他仍在颤抖。无法自制地颤抖。

那家无名诊所陈设豪华，几座简洁的亭台之间以小小的方形花园隔开。他还记得这里，他在千叶城遍寻诊所的第一个月就曾经来过。

“凯斯，你在害怕。你真的很怕。”那是一个周日的下午，他和莫利站在庭院里，旁边是几块白色巨石，一丛翠竹，以及黑色砾石铺成的波浪。一个金属大螃蟹模样的园丁正在照料竹子。

“会成功的，凯斯。你不知道阿米塔奇都有什么东西。他要给这些搞神经的一个程序，让他们知道怎么修复你，还要付钱给他们。他会让他们领先竞争对手三年。你知不知道这值多少钱？”她拿大拇指勾住皮裤的皮带扣，蹬着枣红牛仔靴摇摇晃晃，那尖尖的靴头上包着墨西哥亮银。她的镜片是空洞的水银色，看他时如同昆虫眼睛一般平静。

“你是街头武士，”他说，“你给他打工多久了？”

“两个月吧。”

“之前呢？”

“跟别人干。打工女郎，你知道吧？”他点点头。

“真有意思，凯斯。”

“什么有意思？”

“我好像认得你一样。他给我看过你的资料。我知道你是什么人。”

“你不了解我，妹妹。”

“你没事的，凯斯。绊倒你的不过是霉运而已。”

“他呢？他怎么样，莫利？”机器螃蟹在砾石波浪上蜿蜒而行朝他们爬来，那青铜外壳仿佛来自千年以前。到了离她靴子一米开外的地方，它发射出一道光线，然后停下来分析数据。

“凯斯，我最先考虑的，永远是自保。”那只螃蟹转向避开，但她还是一脚踢中它，银色靴头敲在蟹壳上，那玩意儿仰面朝天落在地上，但很快又靠着青铜肢翻了身。

凯斯坐在一块大石头上，脚尖在砾石曲径上拖来拖去，满身找烟。“在你衬衫里。”她说。

“你想回答我的问题吗？”他从烟盒里抽出一支皱巴巴的颐和园，她替他点着，那薄薄的德国钢质打火机仿佛手术台上的器具。

“嗯，我可以告诉你，这人肯定是要做什么。他从不曾有过现在这么多钱，而且越来越多。”凯斯发现她嘴角有些紧张。“或许，或许是有什么东西要做他……”她耸耸肩。

"这是什么意思？"

"其实我也不知道。我知道的是，我们不知道自己是为谁，还是为什么东西在工作。"

他注视着那对镜子。周六的早晨，他离开希尔顿，回到廉价旅馆睡了十个小时，然后沿着港口警戒圈漫无目的地走了很久，看围栏外的海鸥盘旋。她没有跟踪他，至少他没有发现。他避开了"夜之城"。他在棺材旅馆里等阿米塔奇的电话。现在，周日的下午，在这个宁静的庭院里，这个女孩在他面前，有一副体操运动员的身体和一双魔法师的手。

冷冷的钢铁气息。寒意抚过他的脊柱。

他迷失在那片黑暗之中，显得如此渺小，双手渐渐冰冷，在电视屏幕般的天空那头，身体的影响渐渐淡去。

有人在说话。

黑色火焰随后卷上他神经的枝杈，一种无以名状的痛苦……

挺住。不要动。

拉孜出现了，还有琳达·李，魏之，罗尼·邹，有那片霓虹森林中的上百张面孔，海员，骗子，妓女。那片有毒的银色天空在围栏之外，在脑壳的禁锢之外。

妈的，你不能动。

那天空中刺啦的静电慢慢消失，变得像网络一般毫无色彩。那一刻他瞥见了那飞镖，瞥见了他的星星。

“停下，凯斯，我要找到你的静脉！”

她跨坐在他胸脯上，一只手里拿着支蓝色的塑料注射器。“你要是不躺平了，我他妈就割破你喉咙。你身体里面还全是内啡肽抑制剂。”

他醒过来，黑暗中的她伸展四肢躺在他身旁。

他的脖子如同细小树枝一般脆弱。脊柱中段源源不断地发出疼痛讯号。各种影像依次浮现，好像闪动的蒙太奇，有斯普罗尔的高楼，破烂的富勒穹顶，在桥下阴影中朝他走来的朦胧人影……

“凯斯？今天周三了，凯斯。”她翻过身，手伸到他身体另一边，一只乳房扫过他的上臂。他听见她撕开水瓶的封口箔喝水。“这里。”她把水瓶放在他的手中。“凯斯，我在黑暗里能看见东西。我的眼镜里有微管道影像强化器。”

“我的背好痛。”

“他们从背上更换了你的体液。还换了血。换血是因为他们免费赠送你一个新胰脏。你的肝脏上也贴了新组织。神经的东西我就不懂了。打了很多针。最后没用得着开刀就办完了大事。”她又在他身旁躺下。“凯斯，现在是凌晨2点43分12秒。我的视神经上种了一块时间显示芯片。”

他坐起身，试图拿瓶子喝水，却呛到了，咳嗽起来，温水洒在他胸前和大腿上。

“我要用网络操控台。”他听见自己说。他伸手去抓衣服。“我想知道……”

她笑起来，一双有力的小手抓住他的上臂。“不好意思，高手，你得等八天。如果现在接入网络，你的神经系统会碎裂一地。这是医生交代的。另外，他们认为手术成功了。大概一天后会再来复查。”他又躺下来。

“我们在哪里？”

“在家。廉价旅馆。”

“阿米塔奇在哪？”

“在希尔顿，大概是卖珠子给土著。老兄，我们很快会离开这里。阿姆斯特丹，巴黎，然后回斯普罗尔。”她拍拍他的肩膀。“翻个身。我按摩手艺不错。”

他趴在床上，胳膊伸过头顶，指尖抵住墙壁。她跨在他的腰间，跪在床垫上，皮裤凉凉地贴在他的肌肤上。她的手指拂过他的脖颈。

“你为什么不去希尔顿？”

她没有答话，只是将手伸到他的双腿之间，用拇指和食指温柔地握住他的阴囊。她就那样坐在他身上，另一只手放在他脖颈上，在黑暗中晃动了一分钟，皮裤随着她的动作轻轻作响。凯斯动了动，感觉到自己在勃起，抵住了床垫。

他的头在痛，脖子的不适却消退了。他用手肘撑起身体，翻过身，躺倒在床垫上，将她拉下来，舔舐着她的乳房，她坚硬的小乳头湿淋淋地扫过他的脸颊。他摸索着她皮裤的拉链，使劲拉下。

“别急，”她说，“我看得见。”他听见她脱皮裤，感觉到她在身旁扭动，最后踢开裤子。她的腿搭到他身上，他伸手抚摩她的脸颊，却碰到坚硬的眼镜，“别摸，”她说，“会有指纹。”

她再次骑坐在他身上，将他的手放到背后，他的拇指滑过她的股缝，手指覆住她的阴唇。她慢慢坐下来，那些影像又纷纷涌起，他看到那些面容，那些霓虹闪耀的片段，来来去去。她包围住他慢慢滑下，他不由自主地拱起脊背。她就这样骑坐着，好像钉在他身上，不断上上下下，直到两人都已高潮。他的高潮蓝莹莹的，闪烁在一片如同网络般永恒的虚空之中，那些面孔纷纷被撕碎卷走，她强健的大腿湿淋淋地贴在他的屁股上。

工作日的仁清街上，舞动的人群相对稀疏。游戏厅和弹子球店里传出一波一波的声音。凯斯朝茶壶里扫了一眼，里面有泛着啤酒味的温暖微光，邹在看着手下的姑娘们。拉孜在吧台工作。

“你看到魏之了吗，拉孜？”

“今晚没看见。”拉孜故意冲莫利扬了扬眉毛。

“看到他的话，就告诉他我可以还钱了。”

“转运了吗，大师？”

“现在还说不准。”

“反正，我一定要见这个人，”凯斯看着自己在她眼镜上的倒影，“我还有生意要了结。”

“让你离开我的视线，阿米塔奇会不高兴。”她双手叉在臀部，站在迪安的达利钟下面。

“有你在他不会跟我谈的。我不担心迪安，他能照顾自己。但是我若是这样不声不响离开千叶城，会有人挂掉的。我的人，你懂吗？”

她抿起嘴，摇摇头。

“我的人在新加坡，东京的新宿和浅草也有关系，他们会‘挂’掉，明白吗？”他把手搭在她穿着黑夹克的肩膀上，睁眼说瞎话。“五分钟。就五分钟。你看着时间，行吗？”

“我拿钱不是干这个的。”

“你拿钱干吗是一回事。你非得执行死命令，我就得听任铁哥们挂掉，那是另一回事。”

“胡扯。铁哥们个屁。你是要找那走私犯查我们的底细。”她抬起一只穿靴子的脚，踩在落满尘灰的坎丁斯基咖啡桌上。

“啊，凯斯，你的同伴肯定是带着武器，脑子里还挺多电路。这到底是要干吗？”迪安鬼魅般的咳嗽声好像停在他们俩之间。

“等等，朱利。不管怎样，我会单独进来。”

“老小子，这是绝对的。否则不用进来。”

“好吧。”她说。“去吧。但只有五分钟。超出时间我就进去，让你的铁哥们彻底挂掉。顺便想想一件事。”

“什么事？”

“我为什么会卖你这个面子。”她转过身，经过那堆白色的腌生姜箱子，走出房间。

“凯斯，你这次的同伴比较怪，是吧？”朱利问。

“朱利，她走了。你让我进去行吗？求你了，朱利。”

门闩打开了。“慢慢来，凯斯。”那个声音说。

“把你桌子里那些仪器打开，朱利，全部打开。”凯斯一边说，一边在转椅上坐下。

“一直都开着。”迪安一边温和地回答，一边从他那台还没装好的旧打字机背后拿出一把枪，仔细瞄准凯斯。那是一把麦格侬短管左轮枪，枪管被锯得很短，扳机护弓的前端已经切掉，枪柄上缠着陈旧的胶带。迪安精心打理的粉色双手握着这把枪，显得很诡异。“我只是小心行事，你懂的，不是对你有意见。现在告诉我，你想要什么？”

“我需要一堂历史课，朱利。还需要查一个人。”

“有什么动静，老小子？”迪安穿着件彩条棉衬衫，衣领洁白硬挺，跟陶瓷一样。

“是我，朱利，我要走。要离开。帮我个忙，好吗？”

“要查谁，老小子？”

“一个老外，叫阿米塔奇，住在希尔顿套房。”

迪安放下手枪。“坐着别动，凯斯。”他往一台手提终端上敲字。“好像我的网络也只知道这么多，凯斯。这位先生似乎和黑帮临时有约，所以‘金菊之子’找我们查他的底细，否则我根本不会知道。回来说历史。你说要听历史。”他又拿起枪，但并未指向凯斯。“什么样的历史？”

“战争。你参加过那场战争吧，朱利？”

“那场战争？有什么要知道的？只有三个星期罢了。”

“哭拳。”

“很有名。现在你们都不学历史啦？那可是战后的超级政治皮球，让很多人死去活来的水门事件。你们的军队头目，凯斯，你们斯普罗尔的头目们，是在哪儿来着？麦克利安？在那些地下掩体里，那些事儿……全是超级丑闻。为了测试新技术让不少爱国年轻人送了命。后来才传出来说，他们早知道俄国有防御。他们知道俄国有EMP，就是磁脉冲武器，但还是派这些伙计去试水。”迪安耸耸肩。“伊万打他们就跟打火鸡似的。”

“有没有人活着回来？”

“老天，”迪安说，“多少年前的事儿了……但确实有几个人逃出来了。是一个小队，控制了苏联的一架武装直升机，飞回了芬兰。当然，他们没有入关口令，就把芬兰防御部队打得屁滚尿流。特种部队么。”迪安哼了一声，“操。”

凯斯点点头。腌生姜的气味重得让人受不了。

“战争期间我在里斯本，你知道，”迪安放下枪说，“里斯本是个可爱的地方。”

“是服役吗，朱利？”

“算不上。不过目击了现场。”迪安露出一个粉色微笑。“战争可以带来巨大的市场。”

“谢谢你，朱利。我欠你个情。”

“不算什么，凯斯。再见。”

后来他告诉自己，在“萨米家”那个晚上从一开始就不对劲，踏着满地票根和泡沫杯子，跟着莫利穿过那条走廊的时候，他已经能感觉到。琳达的死，即将到来……

他见过迪安后，他们去了“南蛮”，用阿米塔奇给他的新日元付清了欠魏之的债。魏之很高兴，但他的小弟们就不那么高兴了。莫利站在凯斯身旁，露出疯狂而野性的笑容，显然在盼着他们动手。随后他带她回茶壶去喝酒。

凯斯从夹克口袋里掏出一粒八角药片，莫利说：“牛仔，你这是浪费时间。”

“为什么？来一粒？”他把药片递给她。

“因为你的新胰脏和肝脏上那些填补组织，凯斯。根据阿米塔奇的要求，它们对那玩意儿没反应。”她用一只酒红色指甲敲敲药片。“从生物化学来说，你无法再从安非他命或者可卡因里获得快感。”

“扯。”他看看药片，又看看她。

“吃吧。吃上一打也没效果。”

他吃了。真的没效果。

三轮啤酒喝完，她问拉孜哪里有搏击场。

拉孜说：“萨米家。”

“我不去，”凯斯说，“听说他们会斗殴至死。”

一个小时后，她从一个穿白T恤和松垮垮球裤的泰国人手里买到了票。

“萨米家”位于港口旁一个货仓背后，是一座穹顶充气屋，外墙灰色布料紧绷在细细的钢索之上。门廊两端各有一扇门，勉强算是道气密门，保持屋内气压高于外界，不致塌倒。天花板是三合板材质，间次装着荧光灯环，多数都已坏掉。潮湿的空气里充满汗水与混凝土的气味。

他全未料到这屋里会有怎样的舞台，怎样拥挤的观众，怎样紧张的寂静，怎样高大的光影。混凝土台阶层层往下，中央大略围成一个舞台，舞台上方一圈密密麻麻的投影设备。没有灯，只有全息影像在上方闪耀变换，重现舞台上两个人的所有动作。香烟的烟雾从台阶上层层升起，漂浮在空中，最后被加压机吹出的风搅散。没有声音，只有经过消音的加压机风声，还有被扩音器放大的搏击手的呼吸声。

两个搏击手相对转圈，色彩在莫利的反射镜片上流动。这里的全息影像放大率是十倍；放大十倍之后，他们手中的刀也还不足一米。凯斯还记得他们握刀的姿势同击剑一样，手指蜷曲，拇指与刀锋平行。莫利仰头观看，神色平静。

“我去找点吃的。”凯斯说。她点点头，却已全心沉浸于搏击手的舞动之中。

他不喜欢这个地方。

他转过身，走进阴影之中。这里太黑，太安静。

观众大都是日本人。和夜之城不一样。这大概说明这家搏击场得到了某大公司休闲委员会的批准。他想象一辈子都替一家大公司打工的生活。公司宿舍，公司赞美诗，公司葬礼。

他绕着场子转了一圈才找到小吃摊，买了串烧和两大罐啤酒。他仰头扫了一眼全息影像，看见鲜血从一个人胸前淌下。浓浓的棕色调味汁顺着签子流到他的手指上。

还有七天他就可以接入网络。他只要一闭上眼，就看见网络。

全息影像随着斗士的舞动而摇摆，投下的阴影也随之扭动。

他的后背上方痛起来。一缕冷汗滑过他的胸膛。手术没有成功。他还在这里，仍是一具肉身，没有莫利在等他，在注视着斗士手中的刀转动，没有阿米塔奇拿着机票、新护照和钱在希尔顿等候。这全是一场梦，一场可悲的幻想……热泪模糊了他的视线。

一片红光闪过，鲜血从一条颈静脉喷出。一个人影倒下去，全息影像闪动着淡去，人们在尖叫，站起身，再尖叫……

一股苦味涌上喉头，他想吐。他闭上眼，深吸一口气，再睁开，看见琳达·李走过去，灰色的眼睛里充满恐惧，别无他物。她还是穿着那件法国工作服。

她消失了。消失在阴影之中。

这完全是下意识的——他扔下啤酒和烤鸡，随着她奔去。或许他还叫了她的名字，但他无论如何记不清了。

他只记得那条细如发丝的红色光线。只记得他薄薄的鞋底下烧焦的混凝土。

她的白色运动鞋在闪动，已经快到墙壁旁。那一道激光又穿过他的眼睛，随着他的奔跑不断闪动。

有人绊了他一脚，他扑倒在混凝土上，磨破了手掌。

他翻身便是一脚，脑子里一片混乱。他上面有一个瘦瘦的男孩，竖起的金发上一片彩色光晕。舞台上有一个人转过身来，朝着欢呼的人群高举起手中的刀。那男孩微微一笑，从袖中取出一样东西。那是一把漫着红色的刀片。红色细线第三次从他们面前闪过，刺入黑暗之中。凯斯眼看着那刀片如同一支魔杖，朝自己的喉咙落下。

那张脸随即消失在一片炸开的云雾之中。那是莫利的箭枪，每秒二十发的射速。那男孩抽搐着咳了一声，倒在凯斯腿上。

他朝着小摊走过去，走进暗影之中。他低下头，以为会看见那条红色细针从自己胸口穿出。但是没有。他找到了她。她倒在混凝土柱子脚下，双目紧闭。空气中有烤肉的味道。人群在欢呼着胜利者的名字。卖啤酒的人拿深色抹布擦拭他的酒罐龙头。一只白色运动鞋落在她的头旁边。

他沿着墙根走下去。沿着那条混凝土的曲线走下去。双手插在兜里，一直一直走下去。人们对他视而不见，所有的眼睛都望着胜利者的影像。有火柴一闪，一张欧洲人的脸在火光中跳动，脸上有一道刀疤，叼着一只短短的金属烟斗，双唇紧抿。有一股水烟的味道。凯斯继续向前走，全无感觉。

“凯斯。”她的反光眼镜从更阴暗的地方冒出来。“你还好吗？”

她身后的暗影里有哀鸣声，有碎裂声。

他摇摇头。

“搏击结束了，凯斯。该回家了。”

他想要走过她身旁，走进那片暗影，看看是什么在死去。她伸手按住他的胸膛，让他停步。“是你那铁哥们的朋友。替你杀了你的妞。你在这城里交的朋友不怎么样，是不是？我们查你背景的时候，也看到了那老混蛋的一些资料。他为了几块钱可以做掉任何人。刚才那人说，她兜售你随机存取存储器时，他们就盯上了她。杀掉她，拿随机存取存储器就能少点开销。为了省点小钱……我让那个拿激光枪的全说出来了。虽然我们碰上这事儿只是巧合，我还是得确保没问题。”她的嘴唇紧紧抿成一条细线。

凯斯感觉脑子里一团糨糊。“谁？”他说，“谁派他们来的？”

她递给他一包腌生姜，上面洒满鲜血。他看见她手上黏稠的血液。在那暗影中，有人在呻吟，死去。

在诊所做完术后检查，莫利带他去了港口，阿米塔奇已经在等待。他包了一艘气垫船。千叶城在凯斯眼里留下的最后印象，是那片深色的生态建筑。一片雾气升起，遮盖住黑色的海水和海面上漂浮的垃圾。

第二部

购物之旅

03

家。

家就是波亚，是斯普罗尔，是波士顿亚特兰大都市轴心。

若是画一张数据交换频率地图，巨大屏幕上的一个像素代表一千兆字节，曼哈顿和亚特兰大会亮成一片纯白，随后开始闪烁，数据交换速度随时会超出这个模拟程序的负载，这张地图即将如超新星一般爆发。要降低亮度，加大比例尺。每个像素一百万兆字节。要到每秒一亿兆字节后，才能分辨出曼哈顿中城的一些街区，和亚特兰大老城中心周围上百年的工业园区轮廓。

凯斯从梦中醒来。梦里全是机场，全是面前莫利的黑色皮衣，一路走过日本成田机场，荷兰史基普机场，法国奥利机场……他看着自己在天亮前一个钟头，从某个售货亭买了瓶扁塑料瓶装的丹麦伏特加。

在斯普罗尔钢筋混凝土的根基底下，有一列火车顶着陈腐的空气在隧道中前进。火车悄无声息地滑过磁悬浮轨道，推动着空气在隧道中鸣唱，频率从低音一直衰减到次声波。他躺在房间里，震动传过来，干燥的拼木地板缝隙中，尘土飞扬起来。

他睁开眼，看见莫利一丝不挂地躺在崭新的粉色记忆棉床垫另一边。阳光从烟灰熏染过的格栅天窗里透下来。天窗中间有半平米的玻璃被换成了硬板，粗大的灰色电缆从上面垂到离地几厘米的地方。他侧身躺着，注视着她的呼吸，她的胸脯，她的腰线如战斗机一般强韧而光滑，匀称身躯上的肌肉如舞者一般，全无一丝赘肉。

房间很宽阔。他坐起身来。除了宽大的粉色床垫和床垫旁两只一模一样的崭新尼龙包，房间里空无一物。四壁空空，也没有窗户，只有一扇漆成白色的钢铸防火门，墙上刷了一层又一层白色乳胶漆。这是间厂房。他认识这样的房间和这样的建筑；这里的住户介于艺术家和罪犯之间。

他到家了。

他把脚放到地板上。木头地砖有的已经掉落，剩下的也已松脱。他的头在痛。他记起阿姆斯特丹的另一个房间，在老城区数百年的旧房子里面。莫利从运河边带了橙汁和鸡蛋回来。阿米塔奇执行秘密任务去了，他们俩单独走过广场，来到达姆拉克大街上一间她熟识的酒吧。而巴黎已是模糊的梦境。购物。她带他购物去了。

脚边崭新的黑牛仔裤已经皱皱巴巴，他站起来穿上牛仔裤，跪在尼龙包旁边。他先打开了莫利的包，里面有整齐的衣服和一堆貌似很昂贵的小玩意儿。另一只尼龙包里塞满东西：书，磁带，一只模拟感受操作台，挂着法国和意大利商标的衣服。他都不记得自己买过这些。他在一件绿色T恤下面看见了一只扁平的包裹，用回收纸包得很精致。

他拿起包裹，包装纸破开了，一只闪亮的九角星落下来，直扎进木板地面。

“这是纪念品，”莫利说，“我发现你老是盯着这东西看。”他转过身，看见她盘腿坐在床上，睡意盎然地用酒红色指甲挠着肚子。

“等下会有人来给这个地方做加密设施。”阿米塔奇站在敞开的门外，手中拿着一把古老的磁性钥匙。莫利从包里取出一只小小的德国炉子，正在煮咖啡。

“这事我就能干，”她说，“我的工具绰绰有余。红外扫描仪，啸叫器……”

“不，”他边关门边说，“我要这里绝对保险。”

“随你便。”她的深色网眼T恤扎在宽松的黑色棉布裤里。

“你当过兵吗，阿米塔奇先生？”凯斯坐在那里，背靠着一堵墙问。

阿米塔奇身高和凯斯相当，但他的宽肩加上挺拔的站姿好像把门全堵上了。他穿着一身深色的意大利西装，右手拎着一只黑色软牛皮公文包，特种部队的耳环已经不见了。他五官英俊，面无表情，是美容院里常见的一款，将十几年前电视里最常见的面部特征保守地组合在一起，配上浅色的眼睛，更像是一张面具。凯斯有点后悔自己的问题。

“我的意思是，很多军人最后都做了警察或是公司保安。”凯斯不安地接下去。莫利递给他一杯滚烫的咖啡。“你让人对我胰脏动了手脚，像是警察常用的套路。”

阿米塔奇关上门，穿过房间，站到凯斯面前。“凯斯，你是个幸运的孩子。你应该感谢我。”

“是吗？”凯斯呼噜呼噜吹着咖啡。

“你本来就需要一对新胰脏。我们给你买的那副可以让你免受药物依赖性之苦。”

“多谢，但是我喜欢有依赖性。”

“很好，因为你又有了种新的依赖性。”

“为什么？”凯斯抬起头。阿米塔奇微笑起来。

“你体内有十五个毒素袋，分布在各大动脉内壁上。袋子在不断溶解，很慢，但还是在溶解。每一个袋子里都有一颗真菌毒素。你对它的效力并不陌生。就是你前老板在孟菲斯对你用的那种。”

凯斯对着那张微笑的面具眨了眨眼。

“凯斯，你的时间足够完成我要你做的事，但仅止于此。完成任务后，我会给你注射一种酶，让袋子在不破裂的情况下脱落，然后给你换一次血。若非如此，那些袋子就会彻底溶化，你会和刚遇到我们的时候一样。所以，凯斯，你需要我们。你对我们的需要，和我们从贫民窟里把你捞出来那时候比，一点也没变少。”

凯斯抬头看看莫利。她耸耸肩。

“去把货运电梯里的箱子搬上来。”阿米塔奇将那把磁性钥匙递给他。“去吧。你会开心的，凯斯。就像在圣诞节的早晨。”

夏天的斯普罗尔，商场里人潮汹涌，如风吹草动。那片肉身的流水里偶有购物需求激起的漩涡，又在满足后流去。

他与莫利并排坐在干涸的混凝土喷泉池边，无穷无尽的一张张脸庞在细碎的阳光里从他面前流过，如同他的生命重演。先是一个眼窝深陷的小孩，一个手垂在身侧随时准备动手的街头男孩，然后是一个少年，红色眼镜下的面容平静而神秘。凯斯记起十七岁的时候，在玫瑰色晚霞笼罩之下，那场安静的屋顶上的搏斗。

他挪动身子，感觉到黑色薄牛仔裤下面的混凝土粗糙而凉爽。仁清街的刺激已经消逝，这里有不一样的环境，不一样的节奏，这里弥漫着快餐、香水和新鲜汗水的味道。

而他的网络操控台，那只小野-仙台“网络空间7号”还在那间厂房里等着他。他们离开时房间里散落着几何形状的白色泡沫塑料，揉皱的塑料膜和数百只小泡沫粒。阿米塔奇让凯斯过目了几样东西：一只小野-仙台，一架明年上市的最昂贵的保坂电脑，一台索尼显示器，十几张企业级别的冰光碟，一架博朗牌咖啡机。凯斯点头后他便离开了。

“他去哪里了？”凯斯曾经问过莫利。

“他喜欢酒店。大酒店。最好尽量靠近机场。我们逛街去吧。”她穿上一件有十几个奇形怪状口袋的旧工装背心，拉上拉链，又戴上一副巨大的黑色塑料太阳镜，完全遮住了她植入的反光镜片。

“你以前就知道毒素这烂事？”他在喷泉旁问她。她摇摇头。“你觉得是真的吗？”

“也许是，也许不是。怎样都有用的。”

“你有办法找出真相吗？”

“没有，”她说，举起右手摆摆，让他噤声，“那鬼东西太小，扫描不出来。”她再次摇摇手指，让他别急。“况且你反正也没多在乎。我看见你爱抚那仙台操控台，老兄，那简直是色情。”她笑起来。

“那他对你使了什么手段？他怎么让打工女郎就范？”

“职业荣誉感，宝贝，仅此而已。”又一个噤声的手势。“我们去吃早饭，好吗？吃鸡蛋，吃真正的培根。可能会吃死你，因为你在千叶城吃那种再造磷虾食品已经太久了。没错，来，咱们坐地铁进曼哈顿，吃顿真正的早餐。”

玻璃管上，死气沉沉的霓虹灯拼出大大的“都市全息”，上面落满尘灰。凯斯剔着门牙中间卡住的一丝培根。他已经不再问她去哪里和为什么；她每次都只是戳戳他的胸膛，或做个噤声的手势。她一路给他讲当季流行风向，讲体育新闻，讲一出他闻所未闻的加州政治丑闻。

他环顾着这条荒凉的死胡同，一片报纸从路口滚过去。大概因为那些穹顶建筑的重叠和空气对流，东区的风总是这么诡异。凯斯透过窗户，凝视着那块死气沉沉的招牌。这是她的斯普罗尔，不是他的斯普罗尔，他想。她带他去了十几家前所未见的酒吧和俱乐部，通常点点头就能搞定生意。她在维护自己的交际网。

“都市全息”招牌后面的阴影中，有什么东西在动。

那扇门是瓦楞板做的。莫利在门口飞快地做了一连串手势，他只看出了一个大拇指扫过食指尖的动作，那是“现金”的意思。门朝里打开，她带着他走进去，里面一股尘土味。两边都是乱七八糟的废品，一直堆到墙边，靠墙的书架上放着皱皱巴巴的简装书。废品堆像是金属和塑料扭结而成的真菌，从地里长出来，有时能从中分辨出些零散物件，但很快又变得模糊：一台插满断头真空管的破旧电视机内胆；一块破碎的卫星天线；一只塞满锈蚀合金管的棕色纤维罐子。大堆过期杂志一直散落到他们面前，封面上是旧年夏日里的肉体，茫然注视着天空。他跟着她穿过众多废品之间一条窄窄的通道，听见身后门关上的声音。他没有回头。

通道尽头的门上挂着一条陈旧的军用毯，莫利从毯子下面钻过去，一片白光扑面而来。

四下是空荡荡的白色塑料墙壁和天花板，地上铺着医院专用的白色防滑地砖。房间正中摆着一张正正方方的白漆木桌，放着四把白色折叠椅。

在他们身后，一个男人站在门口冲他们眨眼，门帘搭在他肩头，好似一件斗篷。他整个人好像从风洞里捞出来的，小耳朵紧贴狭长的脑袋，似笑非笑地露出严重内勾的大门牙。他穿着一件粗呢旧夹克，左手拿着把手枪，朝凯斯指指门边的一块白色塑料板。那是块近一厘米厚的致密电路板，他帮着那人抬起板子堵住门，那十只焦黄的手指灵巧地飞舞，扣上板子边上的白色搭扣。一台排风扇不知在哪里嗡嗡作响。

“计时，”那人站直身子说，“开始了。莫，你知道价钱。”

“芬兰人，我们需要做扫描。植入体扫描。”

“站到那两个架子中间。站在胶带上面。站直，对了。转身，三百六十度。”凯斯看着她在两只摇摇欲坠的架子中间转动，架子上插满感应器。那人从口袋里掏出一只小显示器，斜眼看了看。“没错，你脑袋里有新货。是硅制品，外包热解碳。是个时钟吧？你的眼镜读数和以前一样，是低温各向同性碳。生物兼容性没有热解碳好，不过这是你的事，对吧？你的爪子读数也没变。”

“凯斯，过来。”他看见白色地板上那个已经磨花了的黑色X字样。“转身。慢一点。”

“这老兄是处子之身。”那人耸耸肩。“也就补过牙，还是便宜货色。”

“你能读出生物制品吗？”莫利拉开绿色马甲的拉链，又摘下大黑墨镜。

“你当这里是梅奥医院啊？孩子，爬上桌子来，咱们做点活检。”他笑起来，露出大片黄牙。“没有。甜心，芬兰人打包票，你身上没小虫子，也没脑皮层炸弹。要退出屏蔽吗？”

“芬兰人，你赶紧出去。然后给我们全面屏蔽，时间我们定。”

“嘿，莫，芬兰人是无所谓，反正你按秒付费。”

芬兰人离开后，他们封上门，莫利把一张白色椅子转过来坐下，双臂搭着椅背，下巴搁在胳膊上。“现在我们可以谈了。这是我负担得起的最私密的地方。”

“谈什么？”

“谈我们在做的事。”

“我们在做什么事？”

“替阿米塔奇干活。”

“你说这不是为了他？”

“没错。凯斯，我看过你的档案。也看过一眼我们的购物清单。你跟死人一起干过吗？”

“没有。”他看着自己在她反光眼镜片上的倒影。“我猜也行。我专业水平不错。”他用现在时态说这句话，略觉不安。

“你知道南方人‘平线’已经死了吧？”

他点点头。“听说是心脏死亡。”

“你将要和他的思想盒一起工作。”她微笑，“他和奇尼是你师傅，对吧？对了，我认识奇尼。绝对是个烂人。”

“麦可伊·泡利被意识复制了？谁干的？”凯斯坐下来，胳膊放在桌上。“难以想象。他不可能如此任人摆布。”

“感网公司。拿屁股想也知道，他们付了他天价。”

“奇尼也死了？”

“没那么运气。他在欧洲，不掺和这事。”

“嗯，如果能搞到‘平线’，我们就绝对不愁了。他是最顶尖的。你知道他脑死过三次吧？”

她点点头。

“脑电图完全平线。他给我看过带子。‘孩子，我真的屎了。’”

“凯斯，从一开始我就想搞清楚阿米塔奇的后台，但好像不是财团，不是政府，也不是黑帮。有什么东西会给阿米塔奇下指令，比如叫他去千叶城捞个一心求死的瘾君子，给他做手术治病。这笔交易用到的那个手术程序，在市面上的价钱至少能雇上二十个世界一流的网络牛仔。你挺厉害，但没厉害到这程度……”她挠挠鼻翼。

“显然有人认为有必要，”他说，“还是个大人物。”

“我可别伤害了你的小心灵。”她笑起来。“凯斯，要拿到‘平线’的思想盒，咱们得搞一次超高难度行动。感网公司把它锁在上城一间地下陈列室里。防卫得连一丝头发都飘不进去。其实，感网公司今秋要发布的新材料也全锁在那里边，偷出来我们他妈的就发大财了。可是我们他妈的不，就要偷‘平线’，别的都不要。诡异。”

“没错，这一切都很诡异。你很诡异，这窟窿很诡异，外边那个诡异的小地鼠又是谁？”

“芬兰人是我老相识。主要收赃货。软件。私密房间出租只是他的副业。不过我让阿米塔奇雇了他当技师，你下次看到他就当从来没见过。明白？”

“阿米塔奇在你身上放了什么毒？”

“搞定我很容易。人有长处，就成了职业，对吧？所以你得上网，我得打架。”

他瞪住她。“告诉我你知道多少阿米塔奇的事。”

“简单开个头，我查过了，哭拳行动里从来没有个叫阿米塔奇的人。不过这不代表什么。逃出来的所有人照片都和他不一样。”她耸耸肩。“那又怎样。我也就能开个头。”她拿指甲敲敲椅背。“但你却是个牛仔，对不对？我是说，也许你可以查查看。”她微笑起来。

“他会杀了我。”

“也许会，也许不会。凯斯，我觉得他需要你，非常需要。再说了，你是个聪明人，对不？你能搞定他，铁定的。”

“你说的那张单子上还有什么？”

“基本都是给你的玩具。还有个货真价实的精神病人，叫彼得·里维拉。讨厌死了。”

“他在哪？”

“不知道。但他绝对是个死变态，不骗你。我看过他的档案。”她做了个鬼脸，“可怕死了。”她站起来，伸了个猫一样的懒腰。“孩子，这下咱俩算一伙的了吧？咱一起干，是合作伙伴吧？”

凯斯看看她。“我还有的选么？”

她大笑。“你挺明白的，牛仔。”

“网络源自古老的电子游戏，”画外音说道，“源自早期的图形程序和军方试验的颅骨接入口。”索尼显示器上空间战的二维画面渐渐消失，生长出一片数学函数生成的蕨类植物，展示对数螺旋的各种三维形态；蓝色调的军方录像片段闪过，有被接入测试系统的实验动物，还有接入坦克和战机火力控制回路的头盔。“赛博空间。每天都在共同感受这个幻觉空间的合法操作者遍及全球，包括正在学习数学概念的儿童……它是人类系统全部电脑数据抽象集合之后产生的图形表现。有着人类无法想象的复杂度。它是排列在无限思维空间中的光线，是密集丛生的数据。如同万家灯火，正在退却……”

“那是什么？”他按下频道选择键，莫利问。

“儿童节目。”选择键不断循环，图像片段汹涌而出。“关上。”他对保坂电脑说。

“凯斯，你想现在试试吗？”

周三。离他在廉价酒店里醒来，看到身边的莫利那一刻已经八天了。“你要我出去吗，凯斯？也许没有人干扰会比较轻松……”他摇摇头。

“不用。留下来吧，没关系的。”他小心地将黑毛巾头带套在额头上，避免触碰仙台操控台那扁平的皮肤电极。他注视着膝上的操控台，看见的却是仁清街上的橱窗，是那枚银色飞镖上闪耀的霓虹光影。他抬起头，索尼显示器后面的墙上是她送的那件礼物，挂在一枚黄色大头钉上。

他闭上眼睛。

摸到开关。

在眼睛后面那片血色黑暗之中，银色视像从视界边缘滚滚流入，好像随机图像拼成的电影，晃得人头晕。那些符号、图形、脸庞，那些视觉信息模糊拼凑成一片坛城。

他祈祷着：来——

一只灰色的圆盘，那是千叶城天空的颜色。

来——

圆盘开始旋转，越来越快，变成一只淡灰色的圆球。越变越大——

开始为他流淌，为他绽放，那水一般的霓虹如同繁复的日本折纸，现出他那触手可及的家园，他的祖国，像一张透明的三维棋盘，一直伸到无穷远处。那只内在的眼睁开了，他看见三菱美国银行的绿色方块，后面东部沿海核裂变管理局耀眼的猩红色金字塔，还有军队系统的螺旋长臂，在他永不能企及的更高更远处。

他的笑声从某处传来，那是在一间白色的厂房里，他那遥远的手指抚摩着操控台，泪水喷涌而出，滑过他的脸庞。

他取下电极，莫利已经不见了，房间里漆黑一片。他看看时间。他在网络空间里呆了五个小时。他把小野-仙台放在一张崭新的工作台上，瘫倒在床垫上，用莫利的黑丝睡袋盖住脑袋。

粘在防火钢门上的安保系统哔哔叫了两声。“收到进入请求，”系统说，“对象通过程序扫描。”

“那就开门。”门打开了，凯斯把丝睡袋从脸上拽下来，坐起身，满以为会看见莫利或阿米塔奇。

“天哪，”有个粗嗓子说，“我知道那婆娘在黑暗中也能看见……”一个矮胖的身影走进来，关上门。“打开灯，好吧？”凯斯从床垫上爬下来，找到了电灯开关。

“我就是芬兰人。”芬兰人朝凯斯使了个眼色说。

“我叫凯斯。”

“认识你很高兴，非常高兴。我吧，大概是来帮你老板弄点硬件的。”芬兰人从口袋里掏出包帕塔加斯雪茄，点起一根，古巴烟草的味道弥漫开来。他走到工作台边，扫视了小野-仙台一眼。“标准版吧，一会来搞它。不过这才是你要的东西，孩子。”他从夹克里掏出一只龌龊的牛皮纸信封，拍拍灰，从里面摸出一只毫不起眼的黑方块。“牛逼哄哄的工厂原型，”他说着把那东西扔在桌子上，“用聚合碳浇铸，就算用激光侵入也会把线路烧坏。防X射线等等鬼知道什么玩意儿。咱能用，但坏人就没的搞，对吧？”他细心将信封叠起来，塞进衣服内袋里。

“这是什么？”

“基本上，这是个触发开关。如果把这个接到你的仙台上，你不用退出网络就能进行感官同步，别人当时或曾经感受到什么，你就能感受到什么。”

“干吗用？”

“我也不知道，只知道要给莫装个广播装置，所以你要接收的大概就是她的感觉神经中枢。”芬兰人挠挠下巴。“所以，你会发现自己的牛仔裤到底有多紧了哈。”

04

凯斯坐在厂房里，前额上的带子里包着皮肤电极，望着头顶隔栅里透下来的稀疏阳光，里面飞舞的尘埃。显示器一角在倒计时。

牛仔不需要虚拟体验，他想，因为那只是肉身的玩具。他知道自己的电极和虚拟体验机的塑料头环本质上没区别，也知道网络空间其实是超级简化版的人类感觉神经中枢，至少看起来是这样，但仍觉得虚拟体验只是放大肉体感受，毫无意义。而且市面上卖的虚拟体验都经过编辑，塔丽·伊娜若是头痛起来，你也感觉不到。

显示器哔哔作响，两秒倒数提示。

那个新开关用一条细细的光纤接到了他的仙台上。

一，二，……

网络空间从那些基点展开。很顺滑，他想，但还不够。还需要再提高……

他打开了那个新开关。

他蓦然落入另一具肉体之中。网络消失了，一波声音与色彩袭来……她正穿行于一条拥挤的街道，路边的减价软件摊上用塑料片写着价钱，无数扩音器里传出不同的音乐片段。尿味，浮尘味，香水味，烤虾饼味。有那么几秒钟，他惊惶地想控制她的身体，却毫无作用。他迫使自己接受这种被动感，在她眼睛后面做一个乘客。

她的眼镜似乎完全没有消减阳光，不知道植入的放大器是否进行了自动补偿。左眼视野下方有蓝色的字符闪烁，显示时间。真是招摇，他想。

她的肢体语言错乱，行动风格也很怪异，分分钟都像要撞到人，可那些人却总会在她面前融化，闪开，给她留出空间。

“你好吗，凯斯？”他听到，也感觉到她在说话。她把一只手伸进夹克里，用指尖环绕住温暖丝衣里的乳头。那种感觉让他屏住呼吸。她笑起来。但他们之间的连接是单向的，他无法应答。

两个街区后，她穿梭在“内存巷”的边缘。凯斯一直想让她的眼睛去看那些他熟识的路标，这种被动感让他开始烦躁。

他按下开关，瞬间切换到网络空间。他穿过纽约公共图书馆原始的冰墙，不由自主地点数这里的漏洞。随后又切换回她的感觉中枢，回到肌肉的摇曳之中，回到清晰而明亮的感受之中。

他发现自己在想着她，那个将感受分享给他的人。他对她有多少了解呢？他知道她也是职业人士；知道她和他一样，以自己的谋生方式存在于世。他知道她醒来时在他身上运动的模样，知道他进入她身体时两人的呻吟，知道她事后喜欢喝黑咖啡……

她的目的地是“内存巷”边那些怪异的软件出租商场之一。那里一片寂静，毫无声息。中央大厅周围环绕着铺面，年轻的顾客们大概不过十几岁，左耳后似乎都植入了碳接口，但她的注意力不在他们身上。柜台上陈列着数百条细长的彩色微软硅条，包装在白纸板上的透明椭圆泡泡里。莫利走向南墙下的第七间店面。柜台里的光头男孩双眼无神，耳后的接口中伸出十几根硅条。

“拉瑞，在吗？”她站到他面前。男孩的眼睛开始聚焦。他坐起身来，用肮脏的指甲从接口中拔出一根亮红色的硅条。

“嗨，拉瑞。”

“莫利。”他点点头。

“我有个活给你的朋友，拉瑞。”

拉瑞从红色运动衫的口袋里掏出一只扁平塑料盒打开，里面已经有十几根硅条。他把手上的硅条也小心放进槽中，犹豫了一下，选了一条较长的亮黑色芯片，麻利地插入脑中。他眯起眼。

“莫利带了人，”他说，“拉瑞不喜欢。”

“嘿，”她说，“我不知道你这么……敏锐。厉害。得花好多钱才能这么敏锐。”

“我认识你吗，女士？”他脸上又出现了那种空白的表情。“你要买软件？”

“我要找现代黑豹。”

“莫利，你带了人。它告诉我了。”他拍拍黑色芯片。“还有别人在用你的眼睛看东西。”

“那是我的合作伙伴。”

“让你合作伙伴离开。”

“拉瑞，我有活给现代黑豹。”

“女士，你说什么？”

“凯斯，下线吧。”她说，他碰了碰开关，瞬间又回到网络之中。在平静的网络空间中，软件商场的影像还留存了几秒钟。

“现代黑豹，”他取下电极，对着保坂电脑说，“五分钟简述。”

“已准备好。”电脑说。

他没听过这名字。这是新事物，是他去千叶城之后才出现的。斯普罗尔年轻人里的潮流一向是以光速蔓延，整个亚文化可以在一夜之间兴起，经历两周的繁荣，随后彻底消亡。“开始。”他说。保坂电脑已经查遍了能查的图书馆、杂志和新闻。

简述从一张彩色照片开始。一张男孩的脸，深色眼睛，人工双眼皮，苍白削瘦的脸颊上爆出众多粉刺，好像被人剪下来，贴在了一面墙的背景上。画面冻结了许久才开始动，男孩的动作带着种优雅的邪恶，好似扮演捕猎者的哑剧演员。他穿着紧身的连体衣，上面的抽象图案酷似背后的砖墙，身体几乎难以分辨。仿生聚合碳。

镜头切换到纽约大学社会学系的弗吉尼亚·兰巴利博士，屏幕上闪现出粉红色的字符，是她的名字、系别和学院。

“他们嗜好随机的超现实暴力行为，”一个声音说，“观众们可能难以理解，您为何坚持说这种现象不属于恐怖主义？”

兰巴利博士微笑起来。“恐怖主义者总会在某个时间点停止对传媒完形的操纵。这个时候暴力很可能已经升级，但从此往后，恐怖主义者便成为传媒完形的一部分。我们通常所理解的恐怖主义与传媒有着天然的联系。现代黑豹与其他恐怖主义者的区别恰恰就在他们的高度自我认知，他们能够觉悟到恐怖主义行为与其最初的社会政治意图被媒体高度分离……”

“跳过。”凯斯说。

看过这段简介两天后，凯斯初次见到了一位现代黑豹。他觉得现代黑豹就是他十几岁时盛行的“大科学家”组织的当代版。斯普罗尔内隐藏着一种少年DNA，将众多短暂存在的小众异端规则编码流传下去，并在诡异的时刻再复制出来。现代黑豹是“大科学家”的硅条版。如果当年有这种技术，“大科学家”们也都会有头部接口，里面塞满硅条。风格最重要，而他们的风格是一致的。黑豹们是雇佣兵，爱恶作剧，是虚无主义的技术狂热者。

出现在房间门口的是个叫安杰罗的男孩，带来芬兰人的一盒碟片，说话细声细气。他的脸是一整块移植皮，用胶原蛋白和鲨鱼软骨多聚糖生成，光滑而丑陋，在凯斯所见过的自选手术成果中，算是最恶心的之一。安杰罗笑起来，露出某种大型动物的锐利犬齿，凯斯反倒松了口气。牙蕾移植。这个他见过。

“你不能让这些小蠢货挤到代沟那边去了。”莫利说。凯斯点点头，全神贯注于感网公司的冰墙模式。

这才是他。是他的意义，他的自我，他的存在。他忘了吃饭，虽然莫利把米饭和寿司盒子留在了长桌一角。他不愿意去上厕所，哪怕化学马桶就在房间角落，离操作台只有几步。他试探可能的缺口，绕过明显的陷阱，画出穿过感网公司冰墙所需采用的路线，屏幕上的冰墙反复成形。这是堵优秀的冰墙。绝妙的冰墙。他躺在那里，胳膊枕在莫利肩膀下面，透过天窗的钢栅注视着红色晨曦，冰墙的模式仍在燃烧。他醒来看见的第一样东西，就是它那彩虹般的像素迷宫。他连衣服都懒得穿，爬起来便接入网络。他在高速运转，在工作，完全忘记了时间。

有时候，尤其是莫利带着黑豹兵团出去侦查的时候，千叶城的影像会在梦里再次汹涌而来，他会看到那些脸庞，看到仁清街上的霓虹。曾经梦见琳达·李，他带着困惑醒来，想不起她是谁，对他曾经有什么意义。终于想起来这一切以后，他接入网络，连续工作了九个小时。

侵入感网公司的冰墙一共花了九天时间。

凯斯给阿米塔奇看行动计划。“我说过一周时间，”阿米塔奇嘴里这么说，却掩饰不住满意之情，“你倒花了这么久。”

“少来，”凯斯笑眯眯地看着显示屏，“这活干得漂亮，阿米塔奇。”

“没错，”阿米塔奇承认，“但别被冲昏了头。和你的终极敌手相比，这只是游戏厅里的玩具。”

“爱你，猫妈妈。”现代黑豹的联系人低声说。在凯斯的耳机里，他的声音只是调制过的静电声。“亚特兰大，布鲁德。可以行动。行动，听到了吗？”莫利的声音稍微清晰一些。

“唯命是从。”黑豹们用新泽西的铁网天线，把联系人发出的扰频后信号发到曼哈顿上空，地球同步轨道上的一只“基督王之子”卫星上。他们把整个行动都当成一次繁复的恶作剧，就连通讯卫星的选择都好像别具深意。转发莫利信号的是一只一米直径的伞状天线，粘在一座和感网大厦差不多高的黑色玻璃银行大楼顶上。

亚特兰大。这个辨识码很简单。从亚特兰大到波士顿到芝加哥到丹佛，每五分钟一个城市。如果有人成功拦截了莫利的信号，解密扰频，再合成她的声音，黑豹们会通过辨识码发现问题。而若是超过二十分钟，她就几乎不可能再从那座大楼里出来。

凯斯穿着黑色T恤，喝下最后一口咖啡，放好电极，挠了挠胸脯。现代黑豹们要如何引开感网公司的保安人员他只是略知一二。他的工作是保证自己的入侵程序能够在莫利需要的时候进入感网公司的系统。他注视着屏幕角落上的倒计时。二。一。

他接入网络，启动他的程序。“主线。”联系人轻声说。在感网公司闪亮的层层冰墙之中，再听不到别的声音。很好。看看莫利。他打开虚拟体验，切入她的感觉中枢。

扰频器对视觉输入产生了轻微的干扰。她站在感网大楼的白色大厅里，嚼着口香糖，面对满墙洒满金粉的镜子，好似沉醉于自己的模样之中。除了用来遮挡植入反光镜片的巨大墨镜之外，她的打扮和这里很搭调，像个想见塔丽·伊姗的女游客。她穿着一件粉红色塑料雨衣，一件白色网衫，东京去年流行的白色垮裤，茫然微笑着，吹破一个泡泡。凯斯好想笑。他能感觉到粘在她胸廓上的微孔带，感觉到带子下面那些小仪器：发射器，虚拟体验器，扰频器。喉麦伪装成止痛贴，粘在她的脖子上。她双手揣在粉色外套口袋里，手指次第进行伸缩训练，指尖上传来奇怪的感觉，他过了几秒钟才意识到那是她指甲内的刀刃在伸缩。

他切换回网络中。他的程序已经到达了第五道门。他看着破冰程序在面前闪动变换，隐约感觉到自己的手在敲打操作台，进行微调。透明的色彩平面不断更迭，仿佛是魔术师在洗牌。抽一张牌吧，他想，随便抽一张。

第五道门一晃而过。他笑起来。感网公司的冰墙把他当成了公司洛杉矶分部送来的日常传输包，准许进入。他进入门内，一个病毒子程序剥离出来，留在身后，与门口的程序交缠在一起，等候洛杉矶的真正数据到达，再将它引开。

他再次进行切换。莫利正走过大堂最里面那张巨大的环形前台。

她视神经里的数字闪出12:01:20。

就在午夜，与莫利眼内芯片同步的午夜，新泽西的联系人已经发出了指令。“主线。”在斯普罗尔主轴上纵跨两百英里的距离内，九个黑豹同时从公用电话上拨出高度紧急呼叫。每个人讲一段计划好的话，挂上电话，然后脱下医用手套，游荡回黑夜中。九个不同的警察局和公共安全部门都在消化这个信息：有人将致病剂量的“蓝色九号”放进了感网公司金字塔的通风系统里，一个神秘的基督教原教旨主义激进组织声称为此负责。“蓝色九号”是一种已被禁用的精神毒剂，在加州被称为“痛苦天使”，可以令百分之八十五的实验对象迅速产生妄想症和有杀人倾向的狂躁症。

凯斯的程序不断冲破感网公司陈列室的重重安保关卡。他按下切换键，发现自己正走进电梯。

“对不起，请问您是本公司员工吗？”保安抬起眉毛。莫利又吹了个泡泡。“不是。”莫利话声未落，右手两个指节已插入保安的心口。保安弯下腰，伸手去抓腰带上的传呼机，莫利将他的头往旁边墙上狠狠一撞。

她嚼口香糖的动作略微急促起来，在亮灯的操作板上轻轻点了一下“关门”和“停”。她从外套口袋里取出一只黑盒子，将一根铅条伸进操作板回路锁的锁眼中。

现代黑豹们在第一波动作后留出四分钟待其生效，随后输入第二波细心准备好的错误信息。这一次，他们直接切入了感网公司大楼的内部影像系统。

12:04:03。感网公司大楼内所有的监视器连续闪烁了18秒，其闪烁频率已导致部分敏感员工癫痫发作。所有屏幕上随即充斥了一个隐约好似人脸的东西，骨架歪斜，五官扭曲，如同一张可怖的麦卡托投影。那只被拉长扭曲的下巴动了动，扯开了湿漉漉的蓝色嘴唇。有什么东西朝着镜头摸过来，像是一只手，又像一团红彤彤的树根，随后变得模糊，再消失。屏幕上的图像飞速切换，讲述污染发生：大楼的供水系统图案，戴着手套的手在操作实验器皿，有东西坠入黑暗，溅起一片白色浪花……配音的音高略低于正常回放速度的两倍，来自一个月前的新闻报道，仔细描述一种叫作HsG的药物的军事应用潜力，这种生化制剂能控制人类骨骼生长因子，过量使用会导致某些骨细胞过度生长，加速度可以达到百分之一千。

12:05:00。感网公司覆满镜片的总部大楼内有三千多名员工。午夜后五分钟，黑豹们的信息在白屏中结束，感网公司的金字塔内一片惊呼。

针对感网大楼通风系统内可能有“蓝色九号”的消息，纽约警察局的六架作战气垫船正向感网公司的金字塔汇集，船上制暴灯全亮；波亚的快速部署直升机正从莱克斯岛起飞。

凯斯启动了他的第二个程序。这是他精心打造的病毒，攻击对象是感网公司用以扫描研究材料地下储藏室日常管理命令的编码层。“波士顿，”莫利的声音传过来，“我到楼下了。”凯斯切换过来，正看见电梯的白墙。她拉开白色裤子的拉链，脚踝处用微孔带包着一个鼓囊囊的包裹，颜色和她的皮肤一样苍白。她跪下来，撕开带子，打开那件黑豹服，拟色聚合碳上闪过一道道暗红的光泽。她脱下粉色雨衣，扔在白色裤子旁边，把黑豹服套在白色网纱上衣外。

12:06:26。

凯斯的病毒已经在陈列室的程序冰墙上钻出一个洞。他钻进洞里，面前是一个巨大的蓝色空间，密密麻麻的淡蓝色霓虹网格上串着用色彩编码的圆球。在网络的虚无空间内，一个数据结构内部的主观维度可以无穷大；透过凯斯的仙台操作台来看，儿童的玩具计算器是几条基本命令上的无穷沟壑，无尽空虚。凯斯输入一段序列，是芬兰人从一个毒瘾极大的中层员工手里买来的。随后他便从那些圆球中间滑过，如同在隐形轨道上滑行。

这里。就是它。

他闯进这枚圆球中，头顶上是冰凉的蓝色霓虹穹顶，没有一颗星星，平滑得如同霜冻过的玻璃。他启动一个子程序，开始修改核心管理命令。

该出来了。病毒平稳倒退，重新封上洞口的编码层。

大功告成。

在感网公司大堂内，两个现代黑豹人坐在一只低矮的方形花盆后面，警惕地用录像机拍下混乱现场。他们都穿着变色龙外衣。“作战部队正在喷洒泡沫路障。”一个人对着喉麦说，“快速反应部队还在试图让直升机落地。”

凯斯刚切换到虚拟体验中，立时便是一阵骨折的剧痛。莫利被按在一道长走廊的灰墙上，呼吸粗重不均。凯斯瞬时已回到网络，左边大腿上炽热的痛楚慢慢消失。

“布鲁德，发生了什么事？”他问联系人。

“切割手，我不知道。妈妈没说话。等等。”

凯斯的程序在转圈，外形不断变换。他刚修好的破洞中央伸出一条明亮的深红色细丝，向他的破冰程序而来。他没有时间可以等。他再次切换。

莫利靠墙支撑起自己的身体，朝前走了一步。凯斯在房间里呻吟了一声。莫利又迈出一步，跨过一只手臂，那制服的袖子上有鲜血闪耀。他瞥见一片破碎的玻璃纤维，她似乎已只剩下隧道视野。她迈出第三步，凯斯尖叫起来，发现自己已回到网络之中。

“布鲁德？波士顿，宝贝……”她的声音满含痛楚。她咳了几声。“跟本地人出了点小问题。我想有个人弄断了我的腿。”

“猫妈妈，你现在需要什么？”联系人的声音淹没在静电中，几难分辨。

凯斯强迫自己切换回去。她靠在墙上，用右腿支撑住全身的重量，在外衣胸前的口袋里掏摸了一阵，取出一张塑料纸，上面有五颜六色的止痛贴。她选出三张，用力按在左手腕的静脉上。六千毫克的内啡肽类药物如同一把铁锤，将她的疼痛感重重击碎。她不由自主地弓起腰。粉红色的暖意从大腿漫上来，她叹息一声，慢慢放松。

“好了，布鲁德。现在好了，但告诉我的人，我出来后需要医疗队。切割手，我离目标还有两分钟。你能坚持吗？”

“告诉她我已经进来了，正在坚持。”凯斯说。

莫利一瘸一拐地沿着走廊走下去。她回了一次头，凯斯看见感网公司三个保安扭曲的尸体，其中一个似乎没有眼睛。

“作战部队和快速反应部队已经封锁了一楼，猫妈妈。泡沫路障。大厅开始刺激了。”

“这下面已经很刺激了，”她一边说，一边跳过两道灰色钢门，“就快到了，切割手。”

凯斯切回网络，从额头上取下电极，浑身已经被汗水湿透。他拿毛巾擦了擦额头，用保坂电脑旁边的自行车水壶猛喝了一口水，查看了一下屏幕上显示的陈列室地图。一个闪动的红色光标从一道门的轮廓中爬进来，距离南方人“平线”思想盒所在的绿点不过几毫米之遥。他不知道这样行走对她的腿好不好。只要有足够的内啡肽类药物，她的腿就算变成两条血桩子也能走路。他系紧椅子上的尼龙安全带，再次放上电极。

这已经变成了他的日常生活：放上电极，接入网络，切换感觉。

感网公司的研究陈列室是一个死存储区；这里存储的材料必须被运出陈列室，才可以进行交互操作。莫利在一排排毫无区别的灰色锁柜间蹒跚而行。

“告诉她前方五行，左边第十个，布鲁德。”凯斯说。

“前方五行，左边第十个，猫妈妈。”接头人说。

她转向左边。一个脸色雪白的管理员躲在两只柜子中间，双颊泪湿，双目无神。莫利没理她。凯斯不知道黑豹们是如何激发出这样的恐惧。他太过专注于冰墙，并未听到莫利的解释，只知道是个假模假样的威胁。

“就是这个。”凯斯说，此时她已经停在装思想盒的柜子前。柜子的轮廓让凯斯想起千叶城里，朱利·迪安接待室里面那些新阿兹特克风格的书架。

“切割手，上。”莫利说。

凯斯切回网络空间，发出一条命令，沿着那条暗红色细线而去，穿过陈列室的冰墙。五套独立的警报系统都相信自己还在正常运作。三道复杂的锁都已经失效，但都认为自己还锁着。陈列室中央记忆库的永久记忆有了小小改变：一个月前该思想盒就已奉管理层指令被取走。管理员若查询该批文，就会发现记录已被消除。

柜门悄无声息地敞开。

“0467839。”凯斯说，莫利从架子上取下一只黑色储存盒，模样像是大号突击步枪的弹夹，盒子上贴满警告语和安保级别。

莫利关上柜门，凯斯切回网络空间。

他将那条线从陈列室的冰墙中收回，弹回程序之中，自动触发了系统的完全逆转。他不断后退，感网公司的重重关卡从身旁闪过，每道门口的驻守的子程序都被卷回破冰程序核心之中。

“已撤出，布鲁德。”他说完瘫倒在椅子里。聚精会神地完成了真实行动之后，他在接入网络的同时还能感觉到自己的身体。感网公司可能要很多天才会发现思想盒被盗，关键的破绽在于洛杉矶发来的传输包被引开的时间和黑豹恐怖袭击的时间太过一致。他不太相信莫利在走廊上遇见的三个警卫还能活下来讲述这件事。他再次切换。

电梯没有动，和莫利离开时一样，她的黑盒子仍然贴在控制面板上，那个保安仍然蜷曲在地上。凯斯这才发现他脖子上的药贴，是莫利贴上去的，让他一直昏迷不醒。她从他身上跨过，取下黑盒子，按下“大堂”键。

电梯门轻啸着打开，人群中一个女人猛地往后跌进电梯，头撞在壁上。莫利视而不见，弯下腰从保安脖子上取下药贴，随后把白裤子和粉色雨衣都踢出电梯外，大墨镜也扔在后面，拉起外衣的帽子遮住额头。思想盒放在她衣服面前的口袋里，行动时会压住她的胸口。她走出电梯。

凯斯也曾目睹过恐慌场景，但在封闭空间里还是头一次。

感网公司的雇员从电梯里蜂拥而出，冲向通往街道的门口，等待他们的却是战术部队的泡沫路障和波亚快速反应部队的沙袋枪。这两支部队都深信自己面对的可能是一群杀手，并因此异常合作。破碎的大门外尸体高高堆在路障上，人群在大堂的大理石地面上前后涌动，连绵不绝的枪声中哀鸿遍野。那种声音凯斯从未曾听闻。

显然，就连莫利都没有经历过这样的场面。“天啊。”她迟疑地说。那种哭声是因赤裸裸的极度恐惧而喷发的哀号，大堂地上满是尸体、衣服、鲜血，还有被人踩踏过的长长的黄色打印纸卷。

“走，姐姐，咱要撤了。”在那两个黑豹人的眼睛周围，拟形聚合碳外衣的颜色在疯狂变换，已经跟不上身后形状和色彩变化的节奏。“你受伤了？来，汤米扶你走。”汤米把手中的聚合碳外壳摄像机递给说话的人。

“芝加哥，我在路上。”她话音刚落便倒下了，却并未撞上大理石地板，而是落入了一口温暖的深井，落入了寂静与黑暗之中。

现代黑豹的领袖自称为卢普斯·彼处男孩，他的聚合碳外衣有录制功能，可以随意重现录下来的背景。他蹲在凯斯的工作台边，像个最先进的怪兽喷嘴，眼睛耷拉着看着凯斯和阿米塔奇，微笑起来。粉色头发，左耳后面有一大丛彩色硅条在闪烁，经过改造的瞳孔会和猫眼一样随光线收缩。凯斯看着他的外衣不断变换斑斓的色彩和质地。“你没有控制住场面。”阿米塔奇说。他站在厂房中间，如同一尊雕像，裹着一件看上去价值不菲的黑色亮皮风衣。

“混乱，无名先生，”卢普斯·彼处男孩说，“是我们的行事风格。是我们的核心力量。你那位女人了解这点。我们是跟她做交易，而不是你，无名先生。”他的外衣上显示出一种米黄与淡黄交错的诡异图案。“她现在需要她的医疗团队。她和他们在一起。我们会看护好她。一切都没问题。”他又微笑起来。

“给他钱。”凯斯说。

阿米塔奇瞪了他一眼。“我们还没拿到货。”

“在你的女人手里。”彼处男孩说。

“给他钱。”

阿米塔奇生硬地走到桌旁，从风衣口袋中拿出厚厚的三卷新日元。“你要数一下吗？”他问彼处男孩。

“不用，”现代黑豹说，“你不会克扣的。你是无名先生，而不是有名字先生，这是有代价的。”

“我希望你不是在威胁我。”阿米塔奇说。

“是做生意。”彼处男孩一边说，一边将钱塞进外衣前面那只口袋。

电话响了，凯斯接起来。

“是莫利。”他把电话递给阿米塔奇。

凯斯走出大楼，斯普罗尔的天空已经有了黎明前的灰色。他的四肢冰冷，不听使唤。他无法入睡，也无法再忍受那间厂房。卢普斯走了，阿米塔奇也走了，莫利不知在何处动手术。一列火车呼啸而过，脚下的大地随之震动。远处传来警报声。

他缩在崭新的皮夹克里，竖起领子，漫无目的地转悠着。他一支接一支地抽烟。他试图想象阿米塔奇的毒素袋在自己的血流中溶解，想象他每迈出一步，那肉眼不可见的薄膜就变得更薄一些。这感觉很不真实，如同他透过莫利的眼睛看到的感网公司大楼里的恐惧与痛苦一样不真实。他发现自己在努力回忆千叶城里被他杀死的那三个人的模样。那两个男人的脸都是一片空白；那女人则好像琳达·李。一辆装着反光玻璃的破旧三轮卡车从他身边驶过，车斗里的空塑料筒晃动着哐当作响。

“凯斯。”

他疾奔向路旁，本能地找了一堵墙靠住。

“有你的消息，凯斯。”卢普斯·彼处男孩的外衣上交替显示着三原色。“对不起。没想吓你。”

凯斯直起身，手揣在夹克口袋里。他比这黑豹人高出一个头。“彼处男孩，你仔细点。”

“消息就是冬寂。”他一个字一个字地念出冬、寂。

“你给的消息？”凯斯向前一步。

“不是，”彼处男孩说，“是给你的。”

“谁给的？”

“冬寂。”彼处男孩点着头又重复了一遍，粉色鸡冠头发型随之晃动。他的外衣变成了暗黑色，如同陈旧的混凝土地上面一道碳色的阴影。他挥舞着瘦弱的黑色手臂，做了些奇怪的动作，随即消失不见。不。他还在那里。只是套上了帽子，藏起了粉色的头发，外衣和人行道一样是不深不浅的灰色，还有着同样斑驳的污渍，他的眼睛里反射出路口的红灯。然后才真正消失了。

凯斯闭上眼，靠在剥落的砖墙上，用麻木的手指揉着眼睛。

相比之下，仁清街的生活实在太简单了。

05

莫利雇佣的医疗队在巴尔的摩老城中心一座无名公寓楼里，占了两层楼地方。这也是一栋组合式大楼，像是放大版的廉价旅馆，只是每个棺材屋都有四十米长。一间屋子门上的繁复标志写着“杰拉德·秦，牙医”，凯斯看着莫利从里面走出来。一瘸一拐地走出来。

“他说如果我踢到东西，腿就会掉下来。”

“我遇到你一个兄弟，”他说，“一个黑豹人。”

“是吗？哪个？”

“卢普斯·彼处男孩。带来一个消息。”他递给她一张餐巾纸，他在纸上认真整齐地一笔一划写着红色的“冬寂”字样。“他说……”她却举起手，示意他噤声。

“去找点螃蟹吃。”她说。

莫利剥螃蟹的手法灵巧得吓人。在巴尔的摩吃过午饭，他们坐地铁去纽约。凯斯已经学会了不发问；反正她只会打手势让他噤声。她的腿好像不舒服，一路上几乎一言不发。

芬兰人店里开门的是一个瘦瘦的黑人小孩，发辫里编着木头珠子和古董电阻，带着他们走过那堆废品中间的狭窄过道。凯斯觉得废品好像比上次来的时候又增加了；又好像只是产生了某种微妙的变化，在时间的重压下自然融化，无声无形的碎片凝结在一起，成为过时科技的结晶，在斯普罗尔众多的垃圾场中秘密绽放。

在军用毯后面，芬兰人已经在白色桌子旁边等候。莫利开始飞快地做手势，又拿出一张纸片写了些字，递给芬兰人。他用大拇指和食指捏起纸片，离身体远远的，好像纸片会爆炸一样。他做了个手势，凯斯并不认得，却看得出他不耐烦，却不情不愿地同意了。他站起身来，扫掉破粗呢夹克前襟上的碎屑。桌子上放着一玻璃罐的腌鲱鱼，旁边是一包已经撕开的饼和一个堆满帕塔加斯雪茄烟蒂的锡制烟灰缸。

“等等。”芬兰人说完走出房间。

莫利坐到他的座位上，伸出食指上的刀刃，戳了一块灰色鲱鱼吃。凯斯漫无目的地在屋里晃荡，还摸了摸架子上的扫描仪器。

十分钟后，芬兰人匆匆返回，笑眯眯地咧开嘴，露出一口大黄牙。他点点头，向莫利竖起大拇指，然后示意凯斯和他一起装上门板。凯斯还在压平门边的粘带，芬兰人已经从口袋里掏出一台扁扁的小电脑，敲出一个长长的序列。

“亲爱的，”他一边揣起电脑一边对莫利说，“你已经搞到了。甭装了，我都能闻得到。愿意告诉我从哪儿搞到的吗？”

“彼处男孩，”莫利推开鲱鱼和饼干说，“顺便和拉瑞也做了个交易。”

“聪明，”芬兰人说，“是个人工智能。”

“讲慢点。”凯斯说。

“伯尔尼，”芬兰人没理他，继续说，“伯尔尼。根据瑞士对应于53年法案的条例，它拥有受限制的瑞士公民权。拥有者是泰西尔-埃西普尔。他们拥有主机和初始软件。”

“在伯尔尼的是什么？”凯斯特意走到他们两人中间。

“冬寂是一个人工智能的辨识码。我拿到了它的图灵登记号。人工智能。”

“这都没问题，”莫利说，“但对我们有什么用？”

“如果彼处男孩没搞错，”芬兰人说，“这个人工智能是阿米塔奇的幕后主使。”

“我付钱给拉瑞，让黑豹们稍微追查一下阿米塔奇，”莫利向凯斯解释，“他们有些诡异的联络渠道。我们说好了，只要他们能回答一个问题，就能拿到钱：谁是阿米塔奇的老板？”

“你觉得是这个人工智能？这些玩意儿根本没有自治权。应该是它的母公司，这个特希……”

“泰西尔-埃西普尔，”芬兰人说，“我还可以给你们讲讲他们的故事。想听不？”他坐下来，勾起身子。

“芬兰人，”莫利说，“他最爱讲故事。”

“从来没跟人讲过这个。”芬兰人开始了他的故事。

芬兰人干的是销赃的营生，主要经营软件。在生意中有时也会接触到其他赃货贩子，其中有些人经手的是更传统的货物：贵金属、邮票、罕见硬币、宝石、珠宝、皮草、画和其他艺术品。他给凯斯和莫利讲的故事，就以另一个人的故事开头，他管这个人叫史密斯。

史密斯也是销赃的，风声不那么紧的时候也会浮出水面，做艺术品销售。他是芬兰人所知的第一个“搞硅”的人——这个词在凯斯听来十分老派——他买的硅条里都是艺术历史程序和画廊销售表格。史密斯新安装的接口里插了六七支硅条，有着极丰富的艺术交易知识，至少在同行中算是翘楚。但史密斯却来找芬兰人帮忙，而且诉诸于生意人之间的兄弟情谊。他说，他想查一查泰西尔–埃西普尔家族，而且绝不能让对方知道调查人是谁。芬兰人觉得他可以办到，但必须清楚原因。“我有种感觉，”芬兰人对凯斯说，“这涉及到大笔钱财。而且史密斯的样子非常小心，简直是太过小心了。”

原来史密斯有一个叫作吉米的供货商。吉米不是个普通盗贼，他刚在地球轨道上待了一年，带了一些东西回到重力阱里来。吉米在那些岛屿上扫到的货里面，最神奇的是一个头像，一座精密的白金半身像，上面覆着景泰蓝，缀着珍珠宝石。史密斯叹着气放下便携显微镜，建议吉米把这东西熔化掉。这是当代的东西，不是古董，对收藏家没有价值。吉米笑起来。这是个电脑终端，他说。它会讲话。而且它的发音部件不是语音合成器，而是排布优雅的设备和微小的风琴管。语音合成器已经便宜得等于不花钱，所以，不论是谁造的，这东西都太过巴洛克，太不合常理。它是件奇物。史密斯把头像接到自己的电脑上，听着这个非人的悠扬语声唱出他去年税表的数目。

史密斯的客户里有一位东京的亿万富翁，对于自动钟表有一种近乎变态的狂热。史密斯耸耸肩，向吉米摊开手，这个动作和当铺一样历史悠久。他可以试试看，他说，但他怀疑这东西卖不出价钱。

吉米留下那头像离开后，史密斯对它进行了仔细检查，在上面发现了一些标记，终于确定这是件罕见的合作产品，制造者包括苏黎世的两位工匠，巴黎的一位珐琅技师，荷兰的一位珠宝师，以及加利福利亚的一位芯片设计师。他还发现，委托制造者是泰西尔-埃西普尔有限公司。

史密斯开始联系那位东京的收藏家，暗示他自己可以搞到一件很重要的东西。

随后便有一位访客不声不响地到来，穿过史密斯繁复的安保迷宫，如入无人之境。小个子，日本人，异常礼貌，有着人工养殖出的忍者杀手的所有特征。来者坐在光滑的越南红木桌子那头，史密斯一动不动地盯住他平静的，充满死亡气息的棕色眼睛。这位克隆杀手解释说，他负责寻回一件艺术品，这件东西十分优美，却被人从他主人的房子里拿走了。忍者说，他发现史密斯可能知道这件物品的所在。

他的语气十分温和，几乎有些歉意。

史密斯告诉忍者自己不想死，并交出了头像。来客问：你期待通过出售这件物品获得多少利润？史密斯说了一个远远低于自己心目中定价的数字。忍者拿出一张信用芯片，将这个数目从一个匿名瑞士账户中转给了史密斯。是谁，来人问，将这件物品带给你的？史密斯告诉了他。几天后，史密斯便听说了吉米的死讯。

“我就是在这时掺和进来的，”芬兰人接着说，“史密斯知道我和内存巷的人打过很多交道，而做秘密调查就要去那里。我雇了个牛仔。我作为中间人，也拿了提成。史密斯他非常仔细。他这次生意是非常诡异的经历，虽然他还捞了一笔，但是这事情不对劲。通过那个瑞士秘密账户付款的是谁？黑帮？不可能。他们对这种事情有非常严格的规程，而且他们也一定会杀死拿到东西的人。这是恐吓吗？史密斯不这么认为。恐吓的感觉他能嗅得出。总之，我让牛仔翻查旧新闻，最后发现了泰西尔-埃西普尔的某件官司。案件本身并不重要，但是我们找到了代理律所，然后牛仔搞定了律师的冰墙，拿到了那个家族的地址。这可给了我们很大帮助。”

凯斯扬起眉毛。

“自由彼岸，”芬兰人说，“那个纺锤体。我们发现，整个地方几乎都他妈的归他们所有。牛仔对旧新闻进行了常规查询，生成了一份简报。整体情况更有意思。这是个家族组织。公司结构。一般来说，可以通过购买入股有限公司，但是在一百多年里，泰西尔-埃西普尔从无一股在公开市场上交易。就我所知，这包括所有公开市场。你看到的是一个非常低调、非常怪异的第一代太空家族，却以公司方式在运作。远离媒体的巨富之家。大量进行克隆。太空法律对遗传工程要宽松得多，对吧？另外，在任何时间，要找出活跃的家族成员究竟属于哪一代或哪几代都很困难。”

“怎么回事？”莫利问。

“他们有自己的冷冻设施。哪怕根据太空法律，人在冷冻期间，在法律意义上就算死亡了。他们似乎接受了这个代价。不过，家族之父已经有大概三十年没出现过了。至于家族之母，则死于某次实验室事故……”

“你那客户遇到的又是怎么回事？”

“没怎样。”芬兰人皱起眉头，“我们放弃了。我们看了看泰埃那些精彩繁复的授权书，仅止于此。吉米肯定是进入迷光盗走那个头像，泰西尔-埃西普尔便派出忍者追查。史密斯决定忘了这事。这可能是明智的选择。”他看看莫利，“迷光别墅。纺锤之顶。绝对私密。”

“你觉得那忍者也是他们的财产吗，芬兰人？”莫利问。

“史密斯认为是。”

“很昂贵，”她说，“有没有想过那个忍者后来怎样了，芬兰人？”

“可能把他冻起来了。需要的时候再解冻。”

“好吧，”凯斯说，“我们知道了阿米塔奇的钱财来自一个叫冬寂的人工智能。这告诉我们什么？”

“没什么，”莫利说，“但是现在你有点儿私活干了。”她从口袋里掏出一张叠好的纸递给他。他打开来。坐标和进入密码。

“这是谁？”

“阿米塔奇。他的某个数据库。我从黑豹们那里买来的。是另一笔交易。这是在哪里？”

“伦敦。”凯斯说。

“破解它。”她笑起来，“给自己赚点儿小费。”

凯斯在拥挤的站台上等待纵贯波亚的慢车。几个小时前，莫利已经带着装有“平线”思想盒的绿包回到了厂房里，然后凯斯就一直在不停地喝酒。

想到“平线”是一个思想盒，一个只读硬件，一盒磁带，里面有那死去的人所有的技术能力、爱好和膝跳反射……他就觉得很不安。列车沿着黑色条带驶入，隧道顶上的裂隙里有细沙漏下来。凯斯跳进离他最近的车门，一路观察其他乘客。一对相貌凶猛的“基督徒科学家”朝三个年轻的白领技师挤过去，那三人手腕上戴着美化全息阴道，粉红潮湿，在惨亮的灯光下闪动。她们不安地舔舔完美的嘴唇，耷拉下金属色的眼皮，偷偷看向那两个基督徒科学家。这些姑娘像是来自异域的动物，颀长身材随着火车行进优雅地摇摆，高跟鞋踩在车厢灰色的金属地板上，像是磨好的蹄。她们眼看就要开始奔逃，躲开那两个传教士，火车已到达了凯斯要去的车站。

他踏出车门，便看到车站的墙上挂着一支白色的全息雪茄，下面是弯弯扭扭的大写字母，模仿日语文字的模样，闪出“自由彼岸”几个字。他穿过人群，站在雪茄下面仔细观察。“你还等什么？”几个字跳了出来。一个圆润的白色纺锤体，上面布满电网、散热器、航空码头和穹顶建筑。类似这样的广告他见过千百次，却从来不感兴趣。只要有操作台，他去自由彼岸就和去亚特兰大一样容易。旅行是肉身的事情。但这次他注意到了那个小小的标记，不过一枚硬币大小，就在光影广告的左下角：泰埃。

他徒步走回厂房，一路沉浸在关于“平线”的记忆中。十九岁的那个夏天，他绝大部分时间都待在“失败者先生”酒吧，捧着昂贵的啤酒，观察那些牛仔。那时他还从来没摸过操作台，但他明白自己想要什么。那个夏天，至少还有另外二十个怀抱希望的孩子在“失败者”里游荡，他们都忙着替牛仔们跑腿。这是唯一的学习方式。

他们都听说过泡利，那个亚特兰大郊区来的红脖子操控手，在黑冰内脑死过，再死而复生。坊间关于泡利的小道消息很少，传出来的唯一一件事，是他完成过不可能的任务。凯斯请另一个学徒喝了一杯啤酒，那学徒告诉他：“是个大任务，但谁知道到底是什么呢？我听说可能是巴西的一个工资网。反正，这人当时就死了，完完全全地脑死了。”

凯斯注视着拥挤酒吧那头一个粗壮的男人，单穿着一件衬衫，肤色晦暗。

“孩子，”几个月后，“平线”在迈阿密对他说，“俺就跟他妈的大蜥蜴似的，你知道哇？它们都他妈有俩脑子，一个在脑袋里边，一个在尾巴骨上，管后腿儿的。撞上了那黑玩意儿，俺尾巴那脑子照旧还转着呢。”

“失败者”酒吧里的牛仔精英们都躲着泡利，他们有种奇怪的集体焦虑，几近迷信。麦可伊·泡利，网络空间的拉撒路……

最后要他命的，还是他的心脏。就是他多出来的那颗俄国心脏，那场战争期间在战俘集中营植入的。他一直拒绝换掉那东西，声称他需要那颗心脏的特定搏动频率来维持时间感。凯斯抚摸着莫利给他的那张纸，走上楼梯。

莫利躺在床垫上打着鼾。她从膝盖到胯下几毫米处用坚硬的微孔材料打着透明硬模，能看到皮肤上斑驳的淤青，从中心到边缘由黑变黄。她的左手腕上整整齐齐排着八张颜色尺寸各不相同的药贴。一台雅佳牌导入仪躺在她身旁，用细红线连接到硬模下的电极上。

他打开保坂旁边的伸展灯，一圈亮光直射到“平线”的思想盒上。他插入冰，接通思想盒，然后接入网络。

感觉恰似有人从背后看过来。

他咳了一声。“南方人？麦可伊？是你吗伙计？”他喉头发紧。

“嘿，兄弟。”那声音不知从何方传来。

“我是凯斯，伙计。记得不？”

“迈阿密，小学徒，学得挺快。”

“在我和你说话之前，你记得的最后一件事是什么，南方人？”

“什么也没。”

“等等。”他断开思想盒。那种存在感消失了。

他重新接通思想盒。“南方人？我是谁？”

“你在玩我吗，兄弟。你他妈的是谁？”

“凯——你搭档。合作伙伴。现在是怎么回事，伙计？”

“问得好。”

“一秒钟前来过这儿，记得吗？”

“不记得。”

“知道只读人格网络工作原理吗？”

“当然，兄弟，是个思想盒，硬件。”

“只要把它接入我用的存储器，就可以给它连续的、实时的记忆吗？”

“估计是。”思想盒说。

“好吧，南方人。你就是个只读思想盒。明白？”

“你说是就是吧。”思想盒说。“你是谁？”

“凯斯。”

“迈阿密，”那个声音说，“小学徒，学得挺快。”

“对。现在，南方人，你和我，得先摸进伦敦网，搞点儿数据。你玩这一把吗？”

“你说我还有的选吗？”

06

“你得找个天堂，”在凯斯讲清楚情况后，“平线”建议说，“看看哥本哈根，大学区周边。”他输入那个声音念出的坐标。

他们找到了自己的天堂，一个“海盗天堂”，坐落在一个低安全级学校网络的混乱边界上。乍一看像是学生操控手在网络线交会处留下的涂鸦，微弱的彩色灯光构成的文字闪动在十余座艺术学院的模糊外形之上。

“那里，”“平线”说，“蓝色那个。看见了吗？那是贝尔欧洲的入场代码。还是新的。贝尔的人很快会过来，把公告板全他妈看一遍，修改掉所有被人贴过的代码。明天小孩儿们会偷偷贴新的。”

凯斯摸进贝尔欧洲，然后切换到标准电话程式。在“平线”的帮助下，他连上了那个伦敦数据库，据莫利说，属于阿米塔奇的那个数据库。

“这，”那个声音说，“我来给你搞。”“平线”唱出一组数字，其中的短暂停顿表示不同的键入时机。凯斯试了三次，才成功将这个序列键入。

“多大点事，”平线说，“根本没冰墙。”

“扫描这堆垃圾，”凯斯对保坂电脑说，“筛选其主人的个人历史。”

海盗天堂凌乱的神经电子形体消失了，一片单纯的白光取而代之。“内容主要是战后军事法庭审判录像，”保坂电脑那遥远的声音说，“中心人物是威利斯·科尔托上校。”

“赶紧放。”凯斯说。

一张脸充斥了屏幕。那双眼睛属于阿米塔奇。

两小时后，凯斯倒在莫利身旁，陷进变形的床垫里。“找到什么了吗？”她在朦胧睡意和药力中含糊地问。

“回头告诉你，”他说，“我累趴了。”那些信息把他搅糊涂了。他躺在那里，闭上眼，试图梳理清楚一个叫科尔托的人的各种事迹。保坂电脑搜索了那个并不丰富的数据库，整理出一个简报，但处处都有信息缺失。数据库中部分材料是印刷记录，在屏幕上快速闪过，凯斯根本看不清，只能让电脑读出来。其他的则是哭拳行动听证会的录音。

威利斯·科尔托上校俯冲进科伦斯克。脉冲武器在科伦斯克上方的俄国防线炸出了一个盲点，科尔托的队伍驾驶着“夜翼”超轻型飞机降入洞中。在月光下，安加拉河和石泉河的粼粼波光中反射出紧绷的机翼。之后的十五个月里，科尔托再也没有见过自然光。凯斯试图想象那冰冷草原的高空之上，飞机从发射舱纷纷涌出的情形。

“他们把你虐得够他妈惨，老板。”凯斯说。莫利在他旁边动了动。

这些超轻型飞机没有携带武器，以腾出载重量搭载一个操控手，一只原始的操控台，和一个叫鼹鼠九号的病毒程序，这是计算机发展史上第一个真正的病毒程序。科尔托和他的队员们为这次行动训练了三年。他们进入冰墙，正准备注入鼹鼠九号，脉冲武器突然停止工作。俄国人的脉冲炮让操控手瞬间陷入电子黑夜，“夜翼”飞机系统崩溃，飞行回路被彻底抹除。

随后激光炮开火了，对雷达隐形的飞机在红外瞄准下无处遁形，脆弱机身被迅速击落。科尔托和已被击毙的牛仔一起，从西伯利亚的上空坠落。坠落，不断坠落……

这里许多信息缺失。凯斯扫描到一些资料，提到一架被劫持的俄国武装直升机。直升机飞到了芬兰，于凌晨在一片杉树林降落，遭遇了正在执勤的预备役军官，接受了古老的二十毫米炮的轰炸。对于科尔托来说，哭拳行动终结于赫尔辛基的郊外，终结于芬兰军医锯开直升机扭曲的机身将他救出。战争于九天后结束，科尔托被运到犹他州的一个军方基地，他失去了双眼、双腿和绝大部分下颌，只能听着尿管滴答。国会助理花了十一个月才在犹他州找到他。在华盛顿和麦克莱恩，公审已经走起了过场。五角大楼和中情局已被分化，几近废除，国会展开了一项针对哭拳行动的调查。揭露丑闻的时机已成熟，这位助理告诉他。

他需要新的眼睛、腿和大面积整容，助理说，不过这些都可以安排。还有新的排泄系统，助理又说，同时隔着汗湿的床单捏了捏科尔托的肩膀。

科尔托听见那轻微的却永无止歇的滴答声。他说他情愿就这样去作证。

不，那位助理说，审讯过程是电视直播的。审讯要给投票人看。助理礼貌地咳嗽。

科尔托被修复翻新，经历了反复排练，他的证词清楚翔实又感人，却大都是国会内部一个利益集团捏造出来，以挽救五角大楼某些人的。科尔托慢慢明白，科伦斯克组建了脉冲装置的报道是被人为压制的，有三个官员对此事负有直接责任，而他的证词却对挽救他们起了至关重要的作用。

他在公审中的任务结束了，在华盛顿便变成了不受欢迎的人。在M街一家餐馆里，那位助理吃着芦笋薄饼，告诉他别找错说话对象，这可是极端危险的。科尔托用右手坚硬的手指捏碎了那人的喉咙。那国会助理头埋在一只芦笋薄饼里窒息而死，科尔托走出餐馆，外面是华盛顿清冷的九月。

保坂公司不断地奉上警方报告，公司侦查报告，还有旧新闻。凯斯看着科尔托在里斯本和马拉喀什做大公司员工的策反工作，彼时他似乎开始沉迷于“背叛”这个概念，憎恶他为雇主买通的那些科学家和技师。在新加坡，他喝醉后将一个俄国工程师在酒店里殴打致死，随后纵火烧掉了他的房间。

然后他出现在泰国，在一个海洛因工厂监工。后来是加利福利亚一个赌博集团的打手，再后来则在波恩的废墟中做了一个职业杀手。他在威奇托抢了一家银行。纪录越来越模糊不清，断档越来越长。

在一段仿佛经过了药物讯问的录音中，他说，有一天，一切都晦暗了。

一些法文的医疗记录翻译过来，说一个没有身份证件的人被送到巴黎一间精神病院，并被诊断为精神分裂症患者。他症状发作后被送到土伦郊外的一家政府医院。他成为了一个项目的实验对象，该项目尝试通过网络模型治疗精神分裂症。他们随机将计算机分发给病人，鼓励病人编程，并让学生给病人提供帮助。他痊愈了，整个实验项目，只出了他这一个成功案例。

记录到此为止。

凯斯在床垫上翻了个身，莫利轻声抱怨他打扰到了她。

电话响起。他把电话拖到床上。“谁？”

“我们要去伊斯坦布尔，”阿米塔奇说，“今晚。”

“那混蛋要干吗？”莫利问。

“他说我们今晚去伊斯坦布尔。”

“真是好极了。”

阿米塔奇已经在念航班号和起飞时间。

莫利坐起来，打开灯。

“我的装备怎么办？”凯斯问，“我的操控台。”

“芬兰人会搞定的。”阿米塔奇说完挂上电话。

凯斯看着她打包。她的眼睛下面有黑眼圈，腿上打着模子，但行动仍然同舞蹈一般，没有任何一个多余的动作。他的衣服乱七八糟地堆在他的包旁边。

“你疼吗？”他问。

“我该在秦氏诊所多待个晚上的。”

“你的牙医？”

“没错儿。他很细致的。那间屋子他占了一半，诊疗装备齐全。专门帮武士做修复。”她拉上包的拉链，“你去过伊斯坦布尔？”

“去过一次，两天。”

“永远是那样子，”她说，“那个老破城。”

“我们去千叶城也是这样的，”莫利望着车窗外那片工厂废墟，地平线上有红色灯塔标出核聚变反应堆的位置，让飞机绕行，“我们当时在洛杉矶。他来了，说，收拾东西，我们定了去澳门的票。我们到了澳门，我在葡京酒店赌番摊，他则跑去了中山。第二天我就在夜之城跟你捉迷藏了。”她从黑色夹克袖子里抽出一根丝巾，擦拭她的植入镜片。斯普罗尔北部的景色唤起凯斯模糊的童年记忆，龟裂的水泥高速公路上，丛丛枯草自夹缝中生出。

火车在离机场十公里远处开始减速。凯斯看着太阳从童年的景色上，从矿渣和锈迹斑斑的冶炼厂外壳上升起。

07

贝伊奥卢下着雨，租来的奔驰车疾驰过希腊人和亚美尼亚人开的珠宝店，黑洞洞的窗户上小心谨慎地装着防盗栏。街上空荡荡的，人行道上仅有的几个黑衣人转过头，注视着车子飞驰而去。

“这是当初繁荣的奥斯曼帝国伊斯坦布尔的欧洲部分。”奔驰车念道。

“它衰落了。”凯斯说。

“希尔顿酒店在共和街。”莫利说着，靠在灰色仿麂皮车座上。

“阿米塔奇为什么单独飞？”凯斯问。他有点头痛。

“因为他被你烦死了。反正我是被你烦死了。”

他想要告诉她科尔托的故事，但还是决定算了。在飞机上他用了催眠贴才睡着。

从机场进城的路笔直得如同一道刀口，将城市一分为二。他看着花花绿绿的木板楼外墙从车窗外掠过，还有公寓，生态建筑，阴沉沉的福利住宅，更多的胶合板和铁瓦楞板墙……

芬兰人在希尔顿酒店大堂闷闷不乐地等他们。他穿着一身崭新的新宿西装，是上班族常见的黑色，坐在红褐色的扶椅里，陷在一片汪洋大海的淡蓝色地毯之中。

“天哪，”莫利说，“阿猫阿狗都穿上了西装。”

他们穿过大堂。

“芬兰人，付你多少钱你会来这里？”她把包放在扶椅旁边的地上。“让你穿这身西装得出更多哈？”

芬兰人抿起嘴。“还不够多，甜肉。”他递给她一把磁性钥匙，上面挂着一个黄色的圆形标记。“你们已经登记入住了。在老板楼上。”他环顾四周，“这城市真烂。”

“被人从穹顶建筑里拉出来，难免有广场恐惧症。你假装这里是布鲁克林之类的地方就好了。”她用一根手指转动钥匙。“你是来帮我们打杂的？”

“我来检查下某个家伙的植入体。”芬兰人说。

“我的操控台呢？”凯斯问。

芬兰人皱皱眉。“有点规矩。问老板。”

莫利的手指在衣服阴影中晃动，一闪而过。芬兰人看着她的手，然后点点头。

“哈，”她说，“我知道这个家伙是谁了。”她朝电梯那边歪歪头。“来吧，牛仔。”凯斯拎着两人的包跟在她身后。

他们的房间跟他在千叶城第一次见到阿米塔奇的那间完全没差别。早晨，他走到窗口，几乎以为自己会看见东京湾。街对面是另一家酒店。外面还在下雨。几个代人写信的人躲在门廊底下，陈旧的语音打印机用透明塑料布包着，证明写出来的文字在这里仍然受人尊崇。这是个落后的国度。他看见一辆墨黑色的雪铁龙四门轿车，是原始的氢电池改装车，里面下来五个穿着皱巴巴绿色制服，脸色阴沉的土耳其官员。他们走进对面那家酒店。

他回头看看床上的莫利，突然觉得她异常苍白。她把微孔硬模留在了那间厂房的床垫上，旁边还有那台导入仪。她的植入镜片上映出房间里的灯光。

电话铃刚响了第一声他便接起来。“不错，你起床了。”阿米塔奇说。

“刚起。女士还在睡。老板，你听我说，我觉得咱们可能应该谈谈。我觉得如果对任务的了解多一点，我能干得更好。”

电话那头一片沉默。凯斯咬住自己的嘴唇。

“你知道的足够了。或许太多了。”

“你觉得是吗？”

“穿好衣服，凯斯。叫她起床。大概十五分钟后会有人给你电话。他叫泽之巴江。”电话轻轻一响，阿米塔奇已经挂了。

“起床了，宝贝，”凯斯说，“开工。”

“我都醒了一个钟头了。”她的镜片转了转。

“有个泽西·巴斯田要来找我们。”

“你挺有语言天赋嘛凯斯，肯定有亚美尼亚血统。那是阿米塔奇用来盯梢里维拉的人。拉我起来。”

泽之巴江是个年轻人，穿着灰西装，戴着金边反光眼镜。他敞着白衬衫领子，露出一撮浓密的胸毛，凯斯差点以为是件T恤。他端着一个希尔顿的黑色托盘，里面放着三小杯浓郁的黑咖啡，三块黏黏糊糊的淡黄色东方甜品。

“用你们‘音语’里的说法，我们千万不能紧张。”他盯着莫利看了许久，最后还是取下了自己的眼镜。他的眼睛和短短的寸头一样是深棕色。他微微一笑。“这样好些，对吧？要不然我们镜子对着镜子，就成了无穷的‘税道’……你尤其，”他对莫利说，“必须小心。土耳其人不喜欢女人做这种改装。”

莫利咬了半块糕点。“杰克，这次是我的活儿。”她嘴里塞满了东西，嚼了嚼吞下去，又舔舔嘴唇。“我知道你。军方的，对吧？”她的手懒懒地伸进夹克前面，拿出她的箭枪。凯斯不知道她随身带着箭枪。

“请千万小心。”泽之巴江说，他的白色陶瓷杯停在嘴边。

她拔枪指住他。“射中你的可能是炸药，大量炸药，也可能是一种癌症。只要一飞镖，烂人，几个月你都没感觉。”

“求你了。用你们‘音语’说，这样让我很紧张……“

“用我的话说，这就是个讨厌的早晨。告诉我们你盯的那人的事儿，然后滚出去。”她把枪拿开。

“他住在费纳，库楚吉汗街14号。我有他每天晚上去集市的捷运路线。他最近在叶妮希尔宫做表演，那是个游客风格的现代宫殿，最近在我们的安排下，警察开始对他的表演表示兴趣了。叶妮希尔的管理层开始焦虑了。”他微笑起来。他身上有金属爽肤水的味道。

“我要知道他有什么样的植入体。”她一边揉着大腿一边说，“我要知道他具体能做什么。”

泽之巴江点点头。“最厉害的是，你们‘音语’里怎么说的来着，潜意识。”他一字一顿地说出“潜意识”三个字。

“我们左边，”奔驰车在雨中穿过迷宫般的街道，一边说，“是大集市。”

凯斯身边的芬兰人发出赞叹声，眼睛却看着另外一边。街道右边排布着小型废品场。凯斯看见一台破烂的火车头，下面是碎裂的大理石。无头的大理石雕像柴火一样胡乱堆积。

“想家了？”凯斯问。

“这地方烂透了。”芬兰人说。他的黑丝领带看起来已经像一条陈旧的碳带，崭新的西装领子上有烤肉汁和炒蛋的污渍。

“嗨，泽西，”凯斯问身后的亚美尼亚人，“这人在什么地方装的那些东西？”

“在千叶城。他没有左肺，另一边的肺是加强版的，你们是用这个词吧？那些植入体谁都买得到，但这个人很有天分。”奔驰车一个急转，避开一辆塞满甘草的充气胎马车。“我以前跟踪他上街，一天之内就看到十几辆自行车在他旁边摔倒。我去医院找到那些人，他们的说法都一样，有蝎子在他们的刹车闸旁边蠢蠢欲动……”

“‘所见即所得’，没错，”芬兰人说，“我看过这人体内硅片的图纸。很华丽。他想象什么，你就看到什么。我估计他把想象集中成一个脉冲，随便就能烧焦你的视网膜。”

“你把这事告诉你的女性朋友了吧？”泽之巴江坐在仿鹿皮中间朝前探出身子。“在土耳其，女人依然是女人。这位……”

芬兰人哼了一声。“你要是逗她，她会让你拿自己的蛋当领结戴。”

“我不懂这个俗语。”

“不懂算了，”凯斯说，“就是闭嘴的意思。”

亚美尼亚人靠回椅背上，留下一股金属爽肤水的气味。他开始对着一个三洋牌收发报机低语，诡异的希腊语、法语、土耳其语和偶尔的英语片段混合在一起。收发报机用法语回复他。奔驰车平稳地转过一个弯。“香料集市，也称为埃及集市，”汽车说，“位于苏丹·哈提杰于1660年建立的集市旧址上。它是这个城市主要的香料、软件、香水、毒品市场……”

“毒品，”凯斯看着雨刷在聚碳酸酯防弹玻璃上反复刷过，说，“你之前说什么来着，泽西，这个里维拉嗑药？”

“可卡因加杜冷丁，没错。”亚美尼亚人又开始和三洋说话了。

“他们以前管那叫德美罗，”芬兰人说，“他是个瘾君子艺术家。你混的圈子真有意思，凯斯。”

“无所谓了，”凯斯竖起夹克领子说，“我们会给这可怜混蛋装个新胰脏什么的。”

他们走进集市，芬兰人立即显得快活起来，似乎很享受这里的人群密度和封闭感。他们和亚美尼亚人一起穿过一个宽阔的大厅，头顶是烟熏火燎的塑料板和蒸汽时代的绿漆铁雕，上面挂着上千张扭曲闪动的广告。

“嘿，天哪，”芬兰人拉住凯斯的胳膊说，“瞧那。”他指指。“是匹马，老兄。你见过马没有？”

凯斯扫了一眼那只经过防腐处理的动物，摇摇头。它陈列在一个台子上，旁边是一间卖鸟和猴子的商店。那东西的腿被路人的手摸了几十年，已经油黑水滑。“我在马里兰见过一匹马，”芬兰人说，“那已经是瘟疫之后三年了。阿拉伯人还试图用DNA编码再养出马来，但就算生出来了也总是挂掉。”

他们走过那匹马，它棕色的玻璃眼珠好像还跟在他们身后。泽之巴江领着他们走进市场中心附近的一家咖啡店，这里房顶低矮，好像已经开了几百年没消停过。穿着肮脏白外套的瘦弱男孩们在拥挤的桌子之间闪来闪去，小心地保持着钢托盘里酒瓶和小茶杯之间的平衡。

凯斯从门外一个小贩手里买了包颐和园。亚美尼亚人对着他的三洋嘟嘟囔囔。“来，”他说，“他已经在行动。每天晚上他都坐捷运来集市，从阿里手中买配好的毒品。你的女人跟得很近。来。”

那条巷子非常古老，太古老了，墙面全是深色的大石头块。崎岖不平的路面上有股子气味，好像这古老的石灰岩里吸饱了一个世纪以来车子里漏下的汽油。“屁都看不到。”他低声对芬兰人说。“甜肉可以看得到。”芬兰人说。“安静。”泽之巴江的声音有些太高。

有木头在石头上摩擦的声音。离巷口十米处透出一束黄色灯光，洒在湿漉漉的卵石地面上。一个人影走出来，门又关上了，伴着那种摩擦声，狭窄的巷子再次陷入黑暗之中。凯斯颤抖了一下。

“来了。”泽之巴江说。市场对面的屋顶上射出一束耀眼的白光，浑圆的光圈罩住古老木门旁那个身形苗条的人。一双明亮的眼睛左看右看，然后这个人轰然倒地。凯斯还以为他中了枪。这个人趴在地上，金发被古老的石头衬得有些苍白，雪白无力的双手显得楚楚可怜。

探照灯一动不动。

倒地那人的夹克从背部鼓起来，爆开，鲜血直喷到墙上和门上。那具血淋淋的躯体——应该就是里维拉——没动弹，血光中有一对灰粉色的胳膊在飞舞，异常地纤长柔韧，似乎透过里维拉的遗骸将自己从地面拉了起来。这东西有两米高，长着两条腿，似乎没有脑袋。它慢慢转过身，面对着他们。凯斯看到了它的脑袋，却没有脖子，也没有眼睛，皮肤是肠肚一样的粉红色。它的嘴——如果那算得上嘴的话——是圆的，一个浅浅的圆锥形边上密密麻麻排满了硬软难辨的毛发，闪着黑色的金属光泽。它踢开地上的衣服和肉体，走出一步，那张嘴似乎在搜寻他们。

泽之巴江不知用希腊语还是土耳其语说了句话，张开双臂，如同跳楼一般朝那东西冲过去。他穿过那东西，冲进光圈之外的黑暗之中，正撞上一把开火的枪。碎石从凯斯脑袋边呼啸而过，芬兰人一把拉住他，让他蹲下。

屋顶上的灯光消失了，眼前全是凌乱的余象：枪火，怪兽，白光。还有耳鸣。

灯光再次亮起，转动起来，在阴影中搜寻。在耀眼的光线中，泽之巴江靠在一扇钢门上，面色惨白，握住自己的左手腕，看着鲜血从左手的伤口中不断滴下。那金发人又变成了一个完好无缺的人，不带半点血迹，躺在他的脚边。

莫利从阴影中走出来，一身黑衣，手中拿着她的箭枪。

“用无线电，”亚美尼亚人咬着牙说，“叫马哈茂德来。我们一定得把他带走，这不是个好办事的地方。”

“这小瘪三差点就得手了，”芬兰人站起来，笨拙地拍着裤子，膝盖咔咔作响，“你们刚才看的是恐怖表演，对吧？不是把汉堡扔没了之类的杂技。真他妈可爱。嗯，帮他们把这家伙弄走。我得在他醒来前把他的全部装备扫描一遍，保证阿米塔奇拿到回票价。”

莫利弯下腰，捡起一样东西。是一支手枪。“是南部，”她说，“很好的枪。”

泽之巴江呻吟了一声。凯斯看到他的中指几乎已完全消失。

黎明前的蓝色浸透了整个城市，她让奔驰车带他们去托普卡匹皇宫。芬兰人和一个叫马哈茂德的土耳其大块头把昏迷不醒的里维拉从巷子里带走了。几分钟后，一辆落满尘土的雪铁龙车来接应亚美尼亚人，他似乎已经快晕过去了。

“你是个混蛋，”莫利帮他打开了车门说，“你该忍住的。他刚走出来我就瞄准他了。”泽之巴江瞪了她一眼。“反正我们也用不着你了。”她把他推进车里，重重关上车门，对着镀膜车窗后那张惨白的脸说，“再碰到你我就杀了你。”雪铁龙吃力地开出巷子，笨拙地转上大街。

奔驰车安静地穿过苏醒中的伊斯坦布尔城。他们路过贝伊奥卢的捷运车站，疾速穿过迷宫般的荒凉后街和破旧的公寓楼。凯斯隐约想起了巴黎。

奔驰车自动停在塞拉格里奥周围的花园边上，凯斯愣愣地看着那堆叫作托普卡匹的巴洛克风格建筑，问莫利：“这是什么东西？”

“类似皇帝的私人妓院吧，”她下车伸展了一下身体说，“放了很多女人在里面。现在是个博物馆。有点像芬兰人的店面，所有东西就这么乱堆着，大钻石，剑，圣约翰的左手……”

“放在生命维持装置里？”

“没，是死的。放在一个黄铜手里头，边上有个小开口，基督徒可以吻它祈福。大概一百万年前从基督徒那抢过来的，他们从来连灰都不掸，因为这是异教徒的遗体。”

塞拉格里奥花园里的黑色铁鹿已经锈迹斑斑。凯斯走在她身旁，看着那些无人照料的，已经被早霜冻僵的青草被她的靴头碾碎。他们走在一条冰冷的八角石板路旁边。巴尔干半岛的冬天即将到来。

“那个泽之是个一级人渣，”她说，“他是个秘密警察。酷刑手。以阿米塔奇出的价钱轻易就能收买到。”他们身旁湿漉漉的树枝上，鸟儿已开始歌唱。

“我替你干了那活，”凯斯说，“伦敦那桩。我找到了些东西，但不知道什么意思。”他给她讲述了科尔托的故事。

“嗯，我早就知道哭拳行动里没有个叫阿米塔奇的。我查过。”她抚摸着一只铁鹿锈蚀的肚皮。“你觉得是那小电脑把他弄出来的？从那间法国医院里？”

“我觉得是冬寂。”凯斯说。

她点点头。

“问题是，”他说，“你觉得他知道自己以前是科尔托吗？我的意思是，他进医院的时候已经不是什么名人了，也许冬寂只是……”

“是啊。把他从头再造一遍。是啊……”她转过身，两人继续前行。“这就对了。你知道吗，这人根本没私生活。至少我是没见过。你看到一个像他那样的人，肯定觉得这人独处的时候会做点什么。但是阿米塔奇不会。他就坐着，瞪着墙壁，我的老天。突然‘咔嗒’一响，他就开始高速运转，替冬寂跑腿。”

“那他为什么藏了那堆东西在伦敦？为了怀旧？”

“可能他根本不知道。”她说。“可能只是在他名下而已，对吧？”

“我不明白。”凯斯说。

“我只是在假想而已……人工智能有多聪明，凯斯？”

“不一定。有些跟狗的智力差不多。宠物一样的。但那也值大钱了。但有的是真聪明，它们智力程度的唯一限制是图灵警察。”

“喂，你是个牛仔，为什么你没疯狂迷上这种东西呢？”

“嗯，”他说，“首先，人工智能很罕见。真聪明的人工智能绝大部分是军用的，我们进不了军队的冰墙。那可是冰墙起源的地方，你知道吧？其次，还有图灵警察呢，够可怕的。”他看看她。“我也不知道，这也跟行程无关。”

“操控手都一个样，”她说，“毫无想象力。”

他们走到一个宽阔的方形池塘面前，水里开着一种白色的花，鲤鱼在花的茎秆上磨蹭。她把一颗卵石踢进水里，看着涟漪荡开。

“那么，就是冬寂。”她说，“我觉得，这事儿真闹大了。我们在外围，那点小波浪已经太宽，看不到激起波浪的石头。我们知道那里一定有什么事，却不知道到底为什么。我想知道为什么。我想让你去找冬寂聊聊。”

“我根本没法接近它。”他说，“你在做梦。”

“试试看。”

“不可能。”

“问问‘平线’。”

“我们想从那个里维拉身上得到什么？”他试图转换话题。

她朝池塘里吐了口口水。“天知道。我一看他就想杀了他。我看过他的资料。他有犹大强迫症。只有知道自己在背叛性欲对象的时候才能高潮。他的档案是这么说的。那些女人还得先爱上他。他或许也爱她们。所以泽之才能那么轻松就帮我们下套子，因为他向秘密警察出卖政治犯已经三年了。或许泽之会让他围观床戏。他三年已经干了十八个，全是二十到二十五岁的女人。这让泽之可以一直混在异见人士里。”她把手插进口袋里。“因为他如果找到一个想要的女人，就一定会把她变成政治犯。他的人格就像现代黑豹的外衣。资料说，这种类型很罕见，大约两百万人里才有一个。这多少说明人性还是好的，我想。”她注视着白色的花朵和懒洋洋的游鱼，面色酸楚。“我想为了那个彼得，我得买个特殊保险。”她转过身，露出一个冷冷的笑容。

“那是什么意思？”

“没什么。咱们回贝伊奥卢去找点早饭吃吧。我今晚又要忙了。要去他在费纳的公寓拿他的东西，要回集市去给他买毒品……”

“给他买毒品？他凭什么有这个价码？”

她笑起来。“甜心，他嗑药不会死。而且他好像不吃那种特殊的药就没法工作。再说现在你不那么瘦骨嶙峋了，我更喜欢你了。”她笑了笑，“所以我要去找药贩子阿里，多买点存着。绝对的。”

阿米塔奇在他们的酒店房间里等待。

“该打包了。”他说。凯斯试着在他淡蓝色的眼睛和古铜色的面具背后寻找那个叫作科尔托的人。他想起了魏之，千叶城的魏之。他知道，级别高的人就会掩盖自己的个性。但是魏之也有过奸情，有过情人。甚至还有传言说他有小孩。阿米塔奇身上却是一种截然不同的空白。

“这次去哪？”他走过阿米塔奇身边，看着下面的街道说。“那边气候怎样？”

“那边没有气候，只有天气，”阿米塔奇说，“给。看看宣传册。”他把一个东西放在茶几上，站起身来。

“里维拉没问题吧？芬兰人在哪？”

“里维拉没事。芬兰人在回家路上。”阿米塔奇的微笑像是昆虫的触角震颤，毫无意义。他伸手捅捅凯斯的胸口，金手链叮当作响。“别太自作聪明。那些小毒药囊已经开始变薄了，不过你不知道薄了多少。”

凯斯板着脸，强迫自己点了点头。

阿米塔奇离开后，他拿起一本宣传册。册子印得很豪华，有法语、英语和土耳其语三种文字。

“自由彼岸——你还等什么？”

他们四个人订了土耳其航空的航班，从叶熙科夫机场出发，然后在巴黎转机，坐日本航空的航天飞机。凯斯坐在伊斯坦布尔的希尔顿酒店大堂里，看着里维拉站在礼品店的玻璃墙里，翻看那些假冒拜占庭风格的玩意儿。阿米塔奇披着风衣，站在礼品店门口。

里维拉身材瘦长，一头金发，声音温和，英文标准流利。莫利说他三十岁了，但他外表看不出年纪。她还说他没有合法身份，出门用的是伪造的荷兰护照。他成长于充满辐射的波恩城周边的废墟。

三个笑眯眯的日本游客涌进商店，朝阿米塔奇礼貌地点头致意。阿米塔奇飞快地穿过商店，站到里维拉身边，做得有点太过明显。里维拉转过身笑笑。他长得很美，凯斯估计他的五官是千叶城外科医生的杰作，非常精致，不像阿米塔奇纯粹是各种流行帅哥外形的混合。他的前额高挺光洁，平静的灰色眼睛有种距离感。他的鼻子雕得有些太过完美，似乎被打断后又被人笨拙地接上。这种暴力的痕迹和他精致的下巴以及轻快的微笑构成了一种平衡。他齿如编贝，洁白亮眼。凯斯看着他洁白的双手玩弄那些仿制的雕塑碎块。

里维拉的表现完全看不出他昨晚刚遭遇袭击，被带毒的飞镖刺到，被绑架，被芬兰人检查，又受阿米塔奇胁迫才加入他们的队伍。

凯斯看了看表。莫利去买药该回来了。他又抬起头看看里维拉。“我赌你现在就磕着药呢，蠢货。”他对着大堂说。一个头发灰白，穿着白色真皮礼服外套的意大利妇女把保时捷墨镜拉下来瞪住他。他露出一个大大的微笑，站起身，背上包。他需要买飞行途中的香烟。不知道日本航空的航天飞机上有没有抽烟区。“再会，女士。”他对那女人说。女人立即又把墨镜推上去，转过身。

礼品店里有香烟卖，但他不想跟阿米塔奇或者里维拉讲话。他走出大堂，在一排投币电话后面的一个逼仄角落里找到一台自动售卖机。

他翻着满口袋的土耳其里拉，把暗无光泽的合金硬币一枚一枚塞进去，隐然觉得这样混乱无序的塞法有些趣味。离他最近的电话响起来。

他下意识地接起电话。

“喂？”

那边传来微弱的泛音，一些几不可闻的人声从某个地球轨道中传过来，随后是一个风一般的声音。

“你好，凯斯。”

一枚五十土耳其里拉的硬币从他手中滑落，在地上弹了几下，沿着希尔顿的地毯滚开不见。

“我是冬寂，凯斯。咱们该谈谈了。”

是电子合成语音。

“你不想谈谈吗，凯斯？”

他挂上电话。

他把香烟忘在了机器里。他必须走过那一排投币电话才能回去。他经过每一台电话的时候，铃声都会响起，但只响一次。

第三部

儒勒·凡尔纳大道的午夜

08

群岛。

众多的岛屿。有圆环，有纺锤，簇生的岛屿。人类DNA从深深的重力阱中漫出，如同油膜漂浮在海面。

调出L-5群岛数据交换的图形界面。已高度简化。一个巨大的鲜红色方块在屏幕上咄咄逼人。

自由彼岸。乘坐航天飞机出入重力阱的那些游客不可能彻底了解自由彼岸。它是色情业和银行业的枢纽，是寻欢作乐的所在，是自由港，也算得上边境小镇，甚至也是水疗会馆。自由彼岸是拉斯维加斯，是巴比伦的空中花园，是地球轨道上的日内瓦，也是那个近亲联姻并经过精心改造的泰西尔-埃西普尔工业氏族的家。

飞往巴黎的土耳其航空的班机上，他们并排坐在头等舱里。莫利坐在舷窗边，凯斯在她身旁，里维拉和阿米塔奇则坐在走道那边。飞机斜掠过水面，凯斯看见一个希腊岛屿上如同宝石般闪耀的城镇。他伸手去拿饮料，看见自己的波旁水鸡尾酒深处有一样东西，好像一颗巨大的精子。

莫利越过他，抽了里维拉一耳光。“别，宝贝。别玩花的。你要敢在我身边玩儿潜意识的花招，我会让你很惨，却死不了。我就喜欢这样。”

凯斯不由自主地转头去看阿米塔奇有何反应。那张光滑的脸上神色平静，警觉的蓝色眼睛中毫无怒火。“没错，彼得。别玩。”

凯斯转回身，恰好看见一朵黑玫瑰倏忽一闪，花瓣闪着皮革般的光泽，黑色枝干上长满银色的刺。

彼得·里维拉甜甜一笑，闭上眼，转眼沉睡过去。

莫利侧过脸，玻璃上映出她镜片的样子。

他把自己塞进日本航空航天飞机的记忆棉沙发里。“你上过天，对吧？”莫利问。

“没。除了干活很少旅游。”空乘把读数电极接到他的手腕和左耳上。

“但愿你别得空适征。”她说。

“晕机？不可能。”

“不一样的。失重时你心跳会加速，内耳会彻底抓狂。这会引发你的飞行反射，好像神经突然命令你疾速奔跑，身体也分泌大量肾上腺素。”空乘走到里维拉身边，从红色塑料围裙里取出一套新的电极。

凯斯转过头，试图分辨出奥利机场古老候机楼的轮廓，但航天飞机发射台周围却是一圈漂亮的冲击波导流板，混凝土是潮湿的，窗口旁的导流板上喷着红色的阿拉伯字标语。

他闭上眼睛，告诉自己航天飞机只不过是一架大飞机，一架飞得很高的飞机而已。这里的气味也像是在飞机上，有新衣服的味道，有口香糖的味道，有疲惫的味道。他在十三弦音乐中等待。

二十分钟后，重力的大手将他紧紧压住，如同来自远古的巨石。

空间适应综合征比莫利描述的还要难受，好在持续时间并不长，他最后总算睡着了。空乘叫醒他的时候，航天飞机正准备停靠日本航空的航站楼群。

“我们现在转机去自由彼岸？”衬衫口袋里飘出来的一丝颐和园烟草在他鼻子前面十厘米的地方飞舞。航天飞机上不让抽烟。

“不是，还是咱老板的一贯风格，突发奇想，你知道吧？我们包了这艘飞船去锡安，锡安岛群。”她碰了碰安全带解除板，离开记忆棉的包围。“要我说，这地方选得挺逗。”

“为什么？”

“乱蓬蓬的辫子。雷鬼头。拉斯塔。那地方大概已经三十年老了。”

“什么意思？”

“你会明白的。我觉得那地方还成。至少让你抽烟。”

锡安的创造者是当年的五位建筑工人，他们拒绝回到地球的重力阱之中，并自行建造了居住地。他们历经了钙质流失和心脏缩小，最后才在居住区的中心圆环通过自转建立了重力。从航天飞机里面看出去，锡安的外壳全是形状各异的板子拼凑而成，已经褪了色，上面用激光歪歪扭扭地刻着拉斯特法里的标志，还有焊接工人的名字缩写，让凯斯想起伊斯坦布尔那些花花绿绿的楼房。

在莫利和一个名叫爱洛尔的精瘦的锡安人帮助下，凯斯艰难地穿过一条无重力走廊，来到了一个较小的圆环中心。阿米塔奇和里维拉已不见踪影，而空间适应综合征的眩晕又再度袭来。“这里。”莫利一边说，一边把他的腿塞进头顶狭窄的舱门里，“抓住横条。就当你在倒退爬行，成吗？你要朝着外壳方向去，就是往重力方向爬。明白？”

凯斯只觉得胃里翻江倒海。

“你能成，兄弟。”爱洛尔笑起来，露出金色门牙。

隧道走到尽头，却莫名其妙变成了井底。凯斯喜出望外，这点微弱的重力对他简直像是溺水的人得到一点点空气。

凯斯伸展四肢趴在地上，却有样东西掉到他肩头。“起来，”莫利说，“你难道要亲它一口不成？”他翻过身，看见一大捆橡皮绳。“咱得弄个游戏房，”她说，“你帮我挂绳子。”他环顾四周，这个房间宽广空旷，每个平面上都东一个西一个地焊着许多钢环。

照着莫利的复杂设计，他们拉好了绳子，又在绳子上挂起破旧的黄色塑料板。凯斯慢慢注意到背景里一直有音乐在脉动。莫利说这叫作混录音乐，是无数的数码流行音乐混合而成的大杂烩，是锡安人的赞美诗，营造出一种社区感。凯斯掂量了一下黄塑料板，很轻，却很怪异。锡安里满是人气，还有煮蔬菜和大麻的味道。

“不错。”阿米塔奇轻轻松松地从舱门里滑出来，看着一片混乱的板子说。里维拉跟在他身后，在低重力下显得有些笨拙。

“干活的时候你在哪？”凯斯问里维拉。

里维拉张开嘴巴，里面却游出一条小鳟鱼，后面拖着根本不该出现的气泡，滑过凯斯的脸颊。“在脑袋里。”里维拉微笑。

凯斯大笑。

“很好，”里维拉说，“你还会笑。我本来想帮你的，但我的手不太灵。”他摊开手掌，手却突然变成了双份。四条胳膊，四只手。

“你就是个无伤大雅的小丑，对么，里维拉？”莫利站到他俩之间。

“哟，”爱洛尔在舱门口说，“你跟俺来，牛仔兄弟。”

“那是你的操控台，”阿米塔奇说，“和别的装备。跟他去货舱取。”

“你脸色够差的，兄弟，”他们拉着包装妥当的保坂终端经过中央通道，爱洛尔说，“你想吃点儿啥不。”

凯斯噙着满嘴苦水，摇了摇头。

阿米塔奇宣布，他们要在锡安停留八十四小时。莫利和凯斯要在零重力下进行训练，他说，他们需要适应在这种环境里工作。他会向他们介绍自由彼岸和迷光别墅。他没有提到里维拉的任务，凯斯也不想问。几小时后，阿米塔奇让他去黄板迷宫叫里维拉吃饭。他发现里维拉像只猫一样，赤身裸体蜷在一块薄薄的记忆棉垫上，显然正在沉睡，头上围绕着一圈发光的白色小几何体：立方体、圆球、方锥，并不停旋转。“嗨，里维拉。”光圈仍在旋转。他回去告诉阿米塔奇。“他磕多了药，”刚分解开箭枪的莫利抬起头说，“让他去吧。”

阿米塔奇似乎认为零重力会影响凯斯在数据网络中的操控能力。“别担心，”凯斯辩解说，“我只要一接入网络就已经不在本地了。在哪都一样。”

“你的肾上腺素水平上升了，”阿米塔奇说，“你还处在空间适应综合征状态中。你没有足够时间等待空适征自行消失，只能学着在空适征状态下工作了。”

“所以行动时我会在这里吗？”

“不是。这是训练，凯斯。现在，沿着通道上去……”

操控台上显示出来的网络空间和操控台本身所在的位置并没有特别的关系。凯斯接入网络，一睁开眼，就看到“东部沿海核裂变管理局”那熟悉的阿兹特克式数据金字塔。

“你好吗，南方人？”

“我死了，凯斯。我在这台保坂上待了这么久，算是想明白了。”

“死是什么感觉？”

“没感觉。”

“不爽？”

“让我不爽的是，没什么能让我不爽。”

“怎么说？”

“在西伯利亚的俄国集中营里，我有这么一哥们儿，拇指被冻坏了。医务来了，给他切了。几个月以后，他整晚翻来覆去的。埃尔罗伊，我问他，你咋难受了？娘的我拇指痒啊，他说。我跟他说，你挠呗。麦可伊，他说，是‘那一只’拇指啊。”思想盒的笑声不像是笑，却像一股寒意刺入凯斯的脊髓。“帮我个忙，孩子。”

“什么事，南？”

“你们这烂事干完以后，你把这该死的玩意儿删掉。”

凯斯搞不懂锡安人。

爱洛尔没头没脑地给他讲了那个故事。一个婴儿从爱洛尔脑门上爆出来，跑进了一片水培大麻里边。“巨小的娃，兄弟，没你指头长呢。”他用手掌揉揉自己毫无疤痕的棕色前额，笑了起来。

“是因为大麻。”莫利听凯斯转述这个故事后说，“吸大麻的时候分不清状况的，你知道吧？爱洛尔跟你说这事发生过，没错，对他来讲的确发生过。他这不是吹牛，是艺术。明白？”

凯斯半信半疑地点点头。锡安人跟你说话的时候总是要碰碰你，要摸你肩膀。他不喜欢这样。

一个小时后，凯斯在无重力走廊中准备演习。“嗨，爱洛尔。”凯斯喊道，“过来，老兄。给你看看这个。”他把电极递给爱洛尔。

爱洛尔慢慢悠悠地赤足蹬了一下钢壁，一只手抓住一条大梁，另一只手里还拎着个鼓鼓囊囊的透明水袋，里面装着蓝绿藻。他温和地微笑着眨了眨眼。

“试试这个。”凯斯说。

他接过头带戴上，凯斯帮他放好电极。他闭上眼睛，凯斯按下电源钮。爱洛尔战栗了一下。凯斯断开连接。“你看见了什么，老兄？”

“巴比伦。”爱洛尔悲伤地说，然后将电极递给他，一脚蹬出，又向走廊下面去了。

里维拉纹丝不动地坐在记忆棉垫上，右臂平伸，与肩齐平。手肘上方几毫米的地方紧紧缠着一条手指头粗的蛇，红黑相间，镶珠嵌玉，双目如红色霓虹般闪亮。凯斯注视着那条蛇慢慢收缩，把里维拉的胳膊越缠越紧。

“来吧，”里维拉温柔地对掌心里那只张牙舞爪的亮白色蝎子说，“来。”蝎子摇晃着棕色脚爪，沿着隐约突起的青筋匆匆爬上他的臂膀，来到肘弯里，停住了脚步，摇摇晃晃。里维拉发出轻轻的嘘声。蝎子举起毒刺，晃了晃，随即插入皮下一条暴起的青筋。针头刺入的一瞬间，那条珊瑚色的蛇松弛下来，里维拉轻轻叹息了一声。

蛇和蝎子都消失了，里维拉左手里只有一根塑料针管，里面还有乳液残留。“‘上帝未曾赐予过我们比这更美好的东西’，你知道这句话吧，凯斯？”

“知道。”凯斯说，“听人用它描述过很多东西。你每次打针都搞这么一出？”

里维拉放松下来，取掉胳膊上绑的橡皮管。“对。这样更有意思。”他笑了，眼神又变得缥缈，脸颊上泛起红晕。“我在静脉上面装了一片滤膜，所以从不怕针头脏。”

“不疼吗？”

里维拉明亮的双眼注视着他。“当然疼了。不疼就不够爽，对吗？”

“要我就用药贴。”凯斯说。

“没劲。”里维拉套上一件白色的短袖纯棉T恤，嘲弄地笑了。

“一定很爽。”凯斯站起身说。

“你会爽吗，凯斯？”

“我没办法，戒了。”

“自由彼岸。”阿米塔奇碰了碰操纵板，小小的博朗牌全息投影仪放出的影像逐渐聚焦，显示出自由彼岸的骨架，图像全长接近三米。“这里是赌场。”他指出，“这一带是酒店，私人公寓，和大商店。”他指着另一个地方。“蓝色区域是湖泊。”他走到模型一头。“这是支大雪茄。两头都会变窄。”

“我们都看出来了。”莫利说。

“变窄就会有山峰效应。地面看起来变得更高，更陡峭，但是不难爬。爬得越高，重力越小。上面有运动场地。这里是速行圈。”他指着那里。

“干什么的？”凯斯凑上前。

“自行车竞速。”莫利说，“低重力，高抓力车胎，时速能超过一百公里。”

“这一头跟我们没关系。”阿米塔奇仍然板着脸。

“操。”莫利说，“我爱死骑自行车了。”

里维拉咯咯笑起来。

阿米塔奇走到投影的另一头。“这一端就有关系了。”纺锤尖最后一段全是空白，所有的内部细节都到此为止。“这就是迷光别墅。这里重力急剧变小，每条路都曲折蜿蜒。它只有一个入口，在这里，正中间。零重力。”

“里面是什么，老板？”里维拉伸长脖子凑上来。四个小人在阿米塔奇的指尖旁闪烁，阿米塔奇像拍小虫子一样把它们拍掉。

“彼得，”阿米塔奇说，“你将是第一个搞懂这件事的人。你要给自己弄到邀请。你进去后，再设法让莫利进去。”

凯斯注视着那片代表迷光的空白，想起芬兰人讲述的故事：史密斯，吉米，会说话的人头，还有那个忍者。

“有细节吗？”里维拉问，“你懂的，我需要准备服装。”

“来了解下街道。”阿米塔奇回到模型中间说，“这里是德斯德雷塔大街，欲望之街。这里是儒勒·凡尔纳大道。”

里维拉翻了翻白眼。

阿米塔奇挨个念出自由彼岸上的街道名字，而他的鼻子、脸颊和下巴上却长出十几个闪闪发亮的脓包。连莫利都笑起来。

阿米塔奇停住话头，看住他们三个人，眼神冰冷而空洞。

“对不起。”里维拉说，那些脓包闪了闪，消失了。

凯斯在睡眠期的后半段醒来，莫利蜷在他身旁的床垫上。他糊里糊涂地躺在那里，感觉到莫利全身绷得紧紧的。她闪电般起身，穿过一块黄色塑料板，他才慢慢意识到，她已经将那块板子划破了。

“别动，朋友。”

凯斯翻过身，从裂缝中探出头。“怎……”

“闭嘴。”

“就是你了。”一个锡安人的声音，“猫眼管、管他们叫‘刀锋’。俺叫马尔科姆，妹妹。兄弟们想跟你和牛仔聊聊。”

“什么兄弟？”

“创始人，兄弟，锡安元老，你晓得……”

“如果我们打开舱门，老板会被光线惊醒的。”凯斯低声说。

“已经弄很黑了，来，”那人说，“跟我来。咱去见那些创始人。”

“你知道我眨眼就能劈了你么，朋友？”

“甭站那可劲说，妹妹。来吧。”

锡安创始人中还有两位在世，因为长期生活在失重环境而加速衰老，经历了钙质流失的棕色双腿显得弱不禁风。他们漂浮在舱房正中，太阳光被引入舱房，四周环绕的球形舱壁上覆满耀眼的壁画，绘出一片五彩缤纷的红叶林。房间里有浓重的树脂烟气。

“‘刀锋’，”莫利飘进房间，正好听见其中一位说，“好比附在鞭上的刺。”

“这位姐妹，这是我们的一个故事。”另一个说，“一个宗教故事。我们很高兴你能与马尔科姆同来。”

“你为什么不说你们的土话？”

“我来自洛杉矶。”那老人满头钢丝般的小辫纠结在一起，“在很久以前，爬上重力阱，走出巴比伦。领导我们的部族归来。现在我的兄弟将你比作‘刀锋’。”

莫利伸出右手，刀刃在烟雾中闪闪发亮。

另一位创始人仰头大笑。“快来到了，末日……那些声音。那些声音全在野地里吼，预言巴比伦将被毁灭……”

“那些声音。”来自洛杉矶那位创始人注视着凯斯，“我们在很多频道上进行监听。从无间断。在众多的语言之中，有一个声音在对我们说话。放了一段伟大的混录音乐给我们听。”

"他们管自个叫冬，寂。"另外那位将这个词拆成两个单字。

凯斯胳膊上汗毛直竖。

"寂对我们说话，"第一个人说，"寂说我们要帮助你们。"

"什么时候的事？"凯斯问。

"你们停靠锡安之前三十个小时。"

"你们以前听到过这个声音吗？"

"没有。"洛杉矶人说，"我们并不确定它有何意义。若是末日果真到来，我们要当心假先知……"

"听我说，"凯斯说，"那是个人工智能，你明白吗？是个人工智能。它可能只是潜入了你们的储存库，找到它认为你们想听的音乐揉在一起……"

"巴比伦，"另一个人打断他，"生了好些妖魔，我们都晓得。妖魔丛生！"

"你管我叫什么，老先生？"莫利问。

"刀锋。你将要鞭打巴比伦，鞭笞它的黑暗之心……"

"那个声音告诉你们什么？"凯斯问。

"他叫我们帮助你们。"另一个人说，"说你们或许是末日的使徒。"他苍老的脸上满是忧虑。"他叫我们派马尔科姆跟你们去，开上他的加维号拖船，去自由彼岸的巴比伦港。这点我们会照办。"

"马尔科姆是个粗人。"另一个人说，"拖船也开得威风。"

"但我们决定把爱洛尔也派去，他开巴比伦摇滚号，以看护加维号。”

房间里陷入尴尬的沉默。

“就这样？”凯斯问，“你们是替阿米塔奇干，还是怎样？”

“我们租场地给你们。”洛杉矶来的创始人说，“我们在本地有些关系，也不用遵从巴比伦的法律。神谕就是我们的法律。但这一次，也许，我们错了。”

“想好了就干。”另一个人温和地说。

“走，凯斯。”莫利说，“趁那个人还没发现，咱们赶紧回去。”

“马尔科姆会带你们回去。神爱你，妹妹。”

09

马克斯-加维号拖船外形像一只钢鼓，长九米，直径两米。马尔科姆按下航行键，船身吱呀晃动起来。凯斯躺在弹性重力网里注视着锡安人强健的背影，东莨菪碱让他迷迷糊糊。他吃药本来是想减轻空适征症状，可对他那经过改造的身体，药物里的抗晕成分却完全不起作用。

“咱们到自由彼岸需要多久？”莫利在马尔科姆旁边的重力网里问。

“久不了，咱估计。”

“你们用不用‘小时’计算？”

“妹妹，时间，就是时间，你知道啥意思？辫子——”他摇摇满头小辫，“井井有条，兄弟，咱到自由彼岸的时候咱就……”

“凯斯，”她说，“你在锡安那么久，接入网络，还念念有词的，有没有试着联系咱们在伯尔尼的朋友？”

"朋友。"凯斯说，"没错。没，我没联系他。不过说到这个，当初在伊斯坦布尔倒是有件好玩的事。"他把希尔顿酒店里那些电话的事情告诉她。

"天。"她说，"就这么错过个机会。你为什么挂电话？"

"谁知道到底是谁的电话。"他没说真话，"那只是个合成语音……我不知道……"他耸耸肩。

"不是因为你害怕了，哈？"

他又耸耸肩。

"现在联系它。"

"什么？"

"现在。至少，跟平线说说这事。"

"我药劲还没过呢。"他一边抗议，一边还是伸手去拿电极。他的操控台、保坂电脑以及一台克雷牌高清显示器固定在马尔科姆的位置后面。

他调整好电极位置。马克斯-加维号中心是一台四四方方的俄国造空气滤清机，巨大而陈旧，印着西里尔字母的贴纸上盖满了花花绿绿的涂鸦，有拉斯塔法里教的符号，锡安狮，还有黑星航班的标志。马尔科姆的飞行设备全喷上了艳粉色的漆，有些沾到显示器和读数屏上，又被人用刀片刮掉。船头气密门的密封圈上到处是张牙舞爪的透明填塞剂，如同工艺粗劣的假海藻。他在马尔科姆身后看过去，中央屏幕上是对接显示：一条由红点组成的线代表了拖船的轨迹，自由彼岸则是一个断断续续的绿圈。他看着那条红线延长出去，生出一个新的红点。

他接入网络。

“南方人？”

“怎么？”

“你试过黑人工智能吗？”

“当然。我平线了。第一回。我当时在网络里玩得有点儿高，在里约大商务区，那儿到处都亮着，大生意，跨国公司，巴西政府亮得就像棵圣诞树……就是瞎逛，你知道吧？然后我发现了一个方块，大概在我上边三层。我就爬上去试了试。”

“视觉效果什么样？”

“白色方块。”

“你怎么知道那是个人工智能？”

“我怎么知道？老天爷，那是我见过最密的冰墙。还能是什么？就连巴西军队都没那种冰墙。反正我退出了网络，叫电脑去查。”

“然后呢？”

“它在图灵名册上面。人工智能。在里约的主机所有权属于一个法国佬公司。”

凯斯咬住下嘴唇，遥望着东部沿海核聚变管理局所在的平原之外，神经电子网络上那无穷尽的虚空。“南方人，泰西尔-埃西普尔？”

“泰西尔，没错。”

“后来你又回去了？”

“当然。我是个疯子。想试着穿透一下。到了第一层，没了。我的小弟闻到皮肤烧焦的味儿，把电极扯掉了。那冰墙真他妈恶毒。”

“你的脑电图平线了。”

“嗯，就变成传奇了，对吧？”

凯斯退出网络。“操。”他说，“你以为南方人是怎么变平线的？就是想摸进一个人工智能。太好了……”

“继续。”她说，“你们两个联手应该无坚不摧，对不对？”

“南，”凯斯说，“我想去看看伯尔尼的一个人工智能。你能不能想出个理由不去？”

“没有，除非你特怕死。”

凯斯敲出瑞士银行区的位置，网络空间晃动起来，变得模糊，随后再次凝聚成形。东部沿海核聚变管理局不见了，取而代之的是形状齐整的瑞士商业银行。他再次敲出伯尔尼的位置。

“上去。”思想盒说，“会很爽的。”

他们沿着光网层层上升，一点蓝光在上面闪烁。

这就是了，凯斯想。

冬寂是一个简单的白色方块。极度简单的外形，昭示着极度复杂的内里。

“看起来不咋样，对吧？”平线说，“你倒是试试，动动它。”

“我进去查探一下，南方人。”

“请便。”

凯斯在操控台上输入离方块只有四个格点的位置。空白外壁高高矗立在他面前，隐隐透出内里闪动的阴影，似乎有上千名舞者在这张巨大的磨砂玻璃背后飞旋。

“它知道我们来了。”平线说。

凯斯又敲了一下操作台；他们前进了一个格点。

方块表面上显现出一个灰色圆圈。

“南方人……”

“撤，赶紧。”

那片灰色区域鼓了起来，变成一个圆球，离开方块。

凯斯拼命敲出“极速倒退”几个字，操控台的边缘似乎在咬啮着他的手掌。他们落入一个竖井，周围是瑞士银行的微光。他抬头看去，圆球颜色越来越深，不断逼近。坠落。

“拔线。”平线说。

黑暗如铁锤般砸落。

冷冷的钢铁气味与冰块一起抚摩着他的脊背。

晦暗的银色天空之下是一片霓虹的丛林，里面有许多的脸孔，是那些海员、骗子、娼妓……

“凯斯，你说说，你他妈的在干什么，你发什么疯？”

脊柱下半段传来疼痛，一波又一波毫不停歇……

他被蒙蒙细雨打醒，废弃的光纤缠住了他的双脚。游戏厅的声响如海水没顶而来，退下，又再度袭来。他翻身坐起来，抱住自己的脑袋。

游戏厅背后的货仓门里都是潮湿破碎的夹板，水从一座破烂的游戏机底座上滴下来。游戏机侧面印着粉红色和黄色的流线型日文字母，早已褪色。

他抬起头，看见一扇烟熏火燎的塑料窗，闪着微弱的荧光。

他的背很痛，脊椎很痛。

他站起来，撩开眼前湿漉漉的头发。

发生了什么事……

他摸摸口袋，却找不到一分钱。他颤抖起来。他的外套在哪里？他一直找到游戏机后面，最后终于放弃。

他看看仁清街上的人群，猜想这是周五。一定是周五。琳达可能在游戏厅里。她可能会有钱，至少会有烟……他一边咳嗽，一边绞掉衬衫前襟上的雨水，朝游戏厅门口挤过去。

全息影像在各种游戏的喧嚣声中闪动，重重鬼影叠在拥挤的人群之上，游戏厅里充斥着汗味与无聊的紧张气息。一个海员穿着白色T恤，在坦克战游戏机上向波恩丢下一颗核弹，炸出一片天蓝色的亮光。

她在玩“巫师的城堡”，正处劣势，灰色眼睛周围的黑色眼线都已晕掉。

他伸出一只胳膊搂住她，她抬起头，笑了。“嗨，你还好吧？身上好像湿了。”

他吻了吻她。

“你搞得我游戏打输了。”她说，“混蛋，你看看。这是第七层地牢，我被天杀的吸血鬼抓住了。”她递给他一支烟。“你看起来挺惨。你去哪儿了？”

“我不知道。”

“你高了，凯斯？又喝酒了？吃了邹的药？”

“可能吧……你上次见我是多久前？”

“嘿，你逗我玩吧？”她凝视着他，“是吧？”

“不是。有点失忆。我……我在巷子里醒过来的。”

“可能有人把你打昏了，宝贝。钱都还在吗？”

他摇摇头。

“这就对了。你要找地方睡觉吗，凯斯？”

“我想是吧。”

“那就来吧。”她拉起他的手，“咱们去给你买杯咖啡，吃点东西。带你回家。嗨，见到你真好。”她捏了捏他的手。

他笑起来。

破裂的声音。

世界的中心在变换。游戏厅凝固住，又晃动起来……

她不见了。沉重的回忆落下来，如同一根硅条骤然插入脑后，所有记忆瞬间冲进脑中。她走了。他闻到血肉烧焦的味道。

穿着白色T恤的海员不见了，静悄悄的游戏厅里空无一人。凯斯慢慢转过身，弓着肩膀，露出牙齿，不由自主地握紧双拳。空无一人。游戏机边上悬着一张皱巴巴的黄色糖纸，飘落下来，躺在被人践踏过的烟头和塑料杯之间。

“我本来有一支烟。”凯斯看着自己紧握的双拳说，“我本来有一支烟，一个姑娘，和一个睡觉的地方。狗娘养的，你听到了吗？你听到了吗？”

回音飘在空洞的游戏厅里，飘过两边成排的游戏机，渐行渐弱。

他踏出游戏厅，走上街头。雨已经停了。

仁清街荒无人烟。

全息影像仍在闪动，霓虹灯仍在飞舞。他闻到街对面推车摊上水煮蔬菜的味道。他的脚边躺着一包没开封的颐和园，旁边还有一盒火柴。**“朱利斯·迪安进出口。”**凯斯注视着这块标牌上的印刷体字样和日文翻译。

“好吧。”他一边说，一边捡起火柴，打开烟盒，“我听见了。”

他不慌不忙地爬上楼梯，来到迪安的办公室。不用赶，他告诉自己，不急。扭曲的达利钟仍然显示着错误的时间，坎丁斯基茶几和新阿兹特克书架上落满尘灰，白色玻璃纤维箱排满一壁，屋子里满是生姜的味道。

“门锁着吗？”凯斯等了一会儿，却没有等到回音。他走到办公室门边，试着打开。“朱利？”

绿色灯罩的铜灯在迪安的桌上投下一个光圈。凯斯注视着桌上古老打字机的零件、磁带、皱巴巴的打印纸，还有装满生姜样品的黏糊糊的塑料袋。

这里没有人。

凯斯走到宽大钢桌的另一边，把迪安的椅子推开。他找到了那把枪，装在破碎的皮套里，用银色胶带粘在桌子下面。那是一支古董枪，点357的马格纳，枪筒和扳机扣都已经锯掉。枪柄上绑着层层叠叠的胶带，陈旧的棕色胶带蒙上一层灰。他取出弹夹，逐个检视其中六枚子弹。是手动装填的。软铅弹壳仍闪闪发亮。

凯斯把枪握在右手，侧身绕过柜子，从桌子左侧走到乱糟糟的办公室中间，离那汪灯光远远的。

“我猜我不用着急。我猜这些都是你安排的。不过这些屁事，你知道，都已经有点……老套了。”他双手举起枪，瞄准桌子正中，扣动了扳机。

强劲的后坐力差点震断他的手腕，枪火如闪光灯照亮了整个房间。他盯着桌子前方那个锯齿状的窟窿，双耳还在鸣响。爆炸型弹头。叠氮化物。他再次举起枪。

“不用这样，老小子。”朱利从阴影里走出来。他穿着人字纹三件套真丝长西装，条纹衬衫，打着领结，眼镜片闪着反射出的光。

凯斯端起枪，从瞄准器里看着迪安那张毫无岁月痕迹的粉脸。

"别。"迪安说，"你猜对了。你明白这是怎么回事。你知道我是什么。但内在的逻辑仍然是不能忽视的。开枪会造成一大摊脑浆和鲜血，然后我得花几个小时——你客观时间的几个小时——来制造另一个发言人。我维护现在这套已经不容易了。哦，游戏厅里关于琳达那事，对不起。我本想通过她和你对话，但我只能通过你的记忆生成这些，而她身上的感情太过浓重……嗯，很难办。我搞砸了。对不起。"

凯斯放下枪。"这是网络空间。你是冬寂。"

"对。当然，这一切都得感谢你操控台上的虚拟体验机。我很高兴能在你退出网络前拦住你。"迪安绕过桌子，抬起他的椅子坐下来，"坐吧，老小子。我们有很多事情要谈。"

"是吗？"

"当然。我们早就该谈谈了。我在伊斯坦布尔通过电话联系你时就已准备停当。现在时间已经很紧张，你几天后就要行动了，凯斯。"迪安拿起一支生姜糖，剥掉格子图案的包装纸，扔进嘴里，"坐。"他含着糖说。

凯斯坐进桌子前面的转椅里，眼睛时刻不离迪安，握枪的手放在大腿上。

"现在，"迪安轻快地说，"非谈不可的问题。'冬寂，'你一直在问自己，'到底是什么？'我说得对吗？"

"多少对吧。"

"我是一个人工智能，这你已经知道了。你的错误，一个很符合常理的错误，是把位于伯尔尼的冬寂主机，和冬寂这个‘实体’混为一谈。”迪安把生姜糖吸得嗞嗞作响，“你已经知道，在泰西尔-埃西普尔的网络里面还有一个人工智能，对不对？在里约。我，若说我也算有‘自我’——你瞧，这很形而上——我给阿米塔奇，或者说科尔托作安排。顺便说一句，他状态很不稳定。”迪安从马甲口袋里掏出一只华丽的金表，打开表盖说，“不过这一两天还能坚持。”

“你说的话就像这整件事一样莫名其妙，”凯斯用不握枪的手揉着太阳穴，“如果你他妈的这么聪明……”

“我为什么还不发财？”迪安笑得差点被糖噎到，“嗯，凯斯，我只能说——其实我能给你的答案远不如你想象的多——你心目中的冬寂只是另一个‘可能’的实体的一部分。这么说吧，我只是那个实体大脑的一部分。从你的角度来看，这就像是和脑叶分离后的人打交道。比如说，你跟一个人左脑的一小部分打交道，就很难说跟你打交道的到底是不是这个‘人’。”迪安微笑起来。

“科尔托的故事是真的吗？你通过那间法国医院里的微型电脑找到他？”

“是的。你在伦敦看到的那些文件也是我整理的。用你的语言来说，我尝试去作计划，但这并不符合我的基本操作模式，真的。我善于随机应变，这才是我最大的天赋。我喜欢见机行事，而不是照章办事……真的，我只能利用现有资源。我可以对大量信息进行快速查询。组建你们这个团队花了我很长时间，第一个成员就是科尔托，而且差点就没成。他在土伦状态极差，只会吃饭排泄手淫。但他心灵深处还有执念：哭拳行动，背叛，国会听证。”

“他还是个疯子吗？”

“他本人没什么个性。”迪安微笑，“你肯定知道。但科尔托仍然在他体内，我已无法再维持这种艰难的平衡。他会在你面前崩溃，凯斯。所以我要依靠你……”

“很好，操你妈。”凯斯用点357射中了他的嘴。

他说得没错，有脑浆。还有鲜血。

“兄弟，”马尔科姆说，“俺不喜欢这样……”

“没事。”莫利说，“没什么的。这些人就这样。他没死，而且只有几秒钟时间……”

“俺看到屏幕了，脑电图读数没了。啥也没动，四十秒。”

“好了，他现在没事了。”

“脑电图平得像条带子！”马尔科姆反驳。

10

他们经过海关时，凯斯浑浑噩噩，基本是莫利在说话。马尔科姆留在加维号上。自由彼岸的海关需要游客证明的不过是信用。凯斯进入这个纺锤体后看见的第一样东西，就是一间“美丽女孩”连锁咖啡店。

“欢迎来到儒勒·凡尔纳大道。”莫利说，“要是没法走路的话，你就看自己的脚好了。这里的透视感很诡异，刚来的人会不习惯。”

他们站在一条宽阔的街道上，却像在幽深峡谷的底部，两壁是各种商店和建筑，街道的尽头巧妙地拐了个弯，隐藏起来。头顶的阶梯和阳台上垂挂着大片鲜活的绿色植物，光线透过叶片洒下来。而太阳……

头顶抄袭自戛纳的蓝色天空里，某个地方有一片明亮的白光，耀眼过头。他知道这里的阳光是通过一个拉多-艾奇逊系统泵入的，那条两毫米直径的光束管贯穿了整个纺锤体。他也知道天空只是一种围绕光束管不断旋转变化的视觉效果。他还知道如果关闭这种视觉效果，他一抬头就能看到光束管另一面曲折的湖泊，赌场的屋顶，其他的街道……但他的身体却接受不了。

“天。”他说，“这比空适征还难受。”

“习惯就好。我在这给赌客当过一个月的保镖。”

“想换个地方，躺下。”

“好吧。我有钥匙。”她拍拍他的肩膀，“老兄，起先你怎么回事？你平线了。”

他摇摇头。“我还不懂怎么回事。等等。”

“好吧。我们叫个出租车啥的。”她拉起他的手，领着他穿过儒勒·凡尔纳大道，走过陈列着巴黎当季皮草的橱窗。

“假的。”他又抬头看了看说。

“不是。”她以为他说的是皮草，“虽然培育这些皮草用的是胶原蛋白培养基，但DNA可真是水貂的。不好吗？”

“这里就是一条巨大的管道，一切都从里面流过。”莫利说，“游客，流氓，等等等等。那张捞钱的网子分分钟都不停，这些人掉回重力阱之前，钱肯定得留下。”

阿米塔奇给他们定了一间名叫“洲际”的酒店。酒店门口有一大片覆满青草的悬崖，探入冰冷的云雾之中，山崖上传来激流淙淙的声音。凯斯走到阳台上，看见喷泉上空几米处有三个古铜色肌肤的法国少年，他们的三角形滑翔机以鲜艳的原色尼龙布制成。一只滑翔机转过来，从他面前斜斜掠过，凯斯瞥见那少年短短的黑发，棕色的胸脯，还有雪白的牙齿和开怀的微笑。空气里都是流水和鲜花的气味。“没错。”他说，“好多钱。”

她靠在他身旁的栏杆上，双手都完全放松。“对。我们以前想过来这里，或者去欧洲。”

“谁是我们？”

“谁也不是。”她不由自主地耸了耸肩，“你说你想上床了。睡吧。我也可以睡一会儿。”

“对。”凯斯搓搓脸，“对，这地方不错。”

在人工模拟的百慕大日落景色中，拉多-艾奇逊系统的细管在错落的云彩之间燃烧。“对。”他说，“睡觉。”

过了许久他才终于入睡，梦境好像精心剪辑过的记忆片段，不断袭来。他反复惊醒，身边是莫利在熟睡，水声和人声从敞开的玻璃窗里飘进来，对面山坡上的公寓楼里传来一个女人的笑声。迪安的死像一张坏牌，被一次次翻起。他不断告诉自己，死的并不是迪安。事实上，这件事根本从未发生。有人告诉过他，普通人身体里的血量大概和一箱子啤酒差不多。

每一次看见迪安碎裂的头颅倒在办公室的墙上，凯斯都会感觉到另一股更阴暗的思绪翻滚而去，如一条鱼沉入水底，无以捕捉。

琳达。

迪安。那进口商办公室墙上的鲜血。

琳达。千叶城里那穹顶的阴影下，血肉烧焦的味道。莫利递给他一包生姜，塑料袋上满是鲜血。是迪安让人杀了她。

冬寂。他想象一块小小的微软片对着一个叫科尔托的废人低声耳语，话语如同河水流过，在那阴暗的病房里渐渐孕育出一个叫阿米塔奇的替代人格……假迪安说过，它只能利用现有的资源。

可是如果迪安，那个真正的迪安，是受冬寂之命而让人杀死琳达的呢？凯斯在黑暗中摸索着香烟和莫利的打火机。他点起烟，告诉自己，他没有理由怀疑迪安。没有理由。

冬寂可以在一个壳子里生造出一种人格，这是何等精准的操作？他抽完第三支烟，把烟头摁熄在床边的烟灰缸里，翻身离莫利更远一点，试图入睡。

那个梦，那些记忆，如同未经剪辑的虚拟体验磁带般不断展开。他十五岁那年的夏天，在一个按周计价的旅馆里，和一个叫作玛尔琳的女孩度过了一个月。那里的电梯已经坏了十年。一打开灯，就看见密密麻麻的蟑螂从堵塞的水池和肮脏的碗碟上爬过。他和玛尔琳睡在一张没有床单的条纹床垫上。

第一只马蜂来到了油漆剥落的窗棂上，营造出薄如蝉翼的一间灰色居所，而他并未留意。蜂窝很快长到拳头大小，马蜂成群结队地冲出巢穴到楼下的巷子里觅食，如微型直升机一样嗡嗡作响，在腐烂的垃圾上盘旋。

那天下午玛尔琳被马蜂蛰了一下，当时他们已经各喝了十几瓶啤酒。“弄死这些操蛋货，”在闷热的房间里，她的眼里燃着怒火，“烧死它们。”凯斯醉醺醺地从酸臭的壁橱里翻出若罗的火龙。玛尔琳的前男友若罗是个身材魁梧的摩托车手，来自弗里斯克，黑色平头上染出一道金色的闪电。凯斯怀疑玛尔琳还偶尔跟他幽会。火龙是弗里斯克的喷火器，模样像一支粗大的弯头手电。凯斯检查了一下电池，摇了摇确认燃料尚足，随后走到窗户边。蜂巢已开始嗡嗡作响。

斯普罗尔的空气一片死寂。一只马蜂从蜂窝里冲出来，围着凯斯的脑袋打转。凯斯按下点火开关，数了三下，拉动扳机。100普西压力的燃料从炽热的线圈里喷出，蜂巢在五尺长的灰白火舌中沦为焦炭，掉落下去。巷子对面有人在欢呼。

“操！”玛尔琳摇摇晃晃地站在他身后，“蠢货！你把马蜂窝烧掉了，却没烧死马蜂。它们会飞回来蛰死我们！”她的语声像锯齿一样拉过他的神经，他想象她被火焰包裹的样子，想象她漂成浅色的头发在绿色的火焰中卷曲起来。

他走到巷子里，手握火龙，靠近烧焦的蜂巢。蜂巢已经摔裂了，被灼伤的马蜂在沥青路面上扭曲翻滚。

他看到了那灰壳子包裹下的景象。

惊惧。那层层盘绕的生产工厂，那一排一排正在孵化的细胞，那尚未出世就已不停蠕动的齿颚，那历经蜂卵、幼虫、近似成虫一直到成熟马蜂的步步过程。这一切在他脑中构成了一幅延时影像，这自然的生物过程是如此完美而惊悚，犹如一支机关枪。他拉动扳机，却忘记了按下点火键，燃料呼啸着盖住他脚下那团不断扭动的生命。

他终于按下点火开关，火龙“砰”的一声炸开来，烧掉他一条眉毛。五楼上敞开的窗户里传来玛尔琳的笑声。

他在渐渐暗淡的光芒中醒来，屋里却一片漆黑。那些光只是他视网膜上的遗留。外面的天空中隐约有人造的晨光，洲际酒店门口的水流是唯一的声音。

在梦里，就在他将燃料泼满蜂巢之前，他看见了蜂巢侧面泰西尔–埃西普尔家族那精致的泰埃标志，仿佛是马蜂雕上去的。

莫利说他的苍白肤色是斯普罗尔人的特征，太过惹眼，坚持要给他抹上一层古铜色粉底。

“老天。”他赤身裸体站在镜子前面说，“你不觉得这看起来很假？”她跪在他的脚边，把最后一点粉底抹在他的左踝上。

“没错，但至少显得你认真在伪装。好了。不够抹你的脚了。”她站起身，把空管子扔进一个大编织篮里。房间里所有的东西都不像机器制造的，也不像合成材料。凯斯知道这些东西都很昂贵，但他一向痛恨这种调调。大床上的记忆海绵染成了沙子颜色，房间里还有很多浅色木头和手工织物。

“你呢，”他问，“你也要把自己染成棕色？你也不太像日光浴出来的。”

她穿着宽松的黑丝绸衣服和黑色便鞋。“我走异域风情路线，还带了顶大草帽配合主题。你呢，你就该像个想攀高枝的穷鬼，所以假古铜肤色正好合适。”

凯斯闷闷地看了看自己苍白的脚，照了照镜子。“老天。现在可以穿衣服了吗？”他走到床边，套上牛仔裤，“你睡得好吗？有没有感觉到亮光？”

“你做梦了。”她说。

他们吃早餐的地方是酒店的楼顶，这里修成草坪的模样，四处插着条纹阳伞，树木密得不正常。他告诉她，自己试图招惹那个在伯尔尼的人工智能。窃听似乎变得只是理论上可行，如果阿米塔奇真的对他们进行窃听，那一定是通过冬寂。

“感觉很真实吗？”她含着满嘴的奶酪面包问，“像虚拟体验机一样？”

他说没错。“就像这里一样真实。”他环顾一下，又说，“可能更真实。”

那些矮小的树木盘根错节，老得让人难以置信，这是遗传工程和化学处理的结果。凯斯连松树和栎树都分不清，但常年混街头的常识告诉他，这些树太好看太像真的了，简直分毫不差。美丽的绿草地在树木之间延伸开去，刻意做出不平整的模样。明丽的阳伞为宾客遮挡了拉多-艾奇逊牌太阳的稳定辐射。旁边桌子上传来法语的话声，引起了他的注意：那些金色肌肤的小孩就是昨天在河面上滑翔的人。他们的肤色细看之下并不均匀，那是选择性黑色素强化的标准效果，以多层颜色的直线重叠来凸显肌肉组织。他看到那女孩坚实的小小胸脯，看到那男孩的一只手腕放在白色的珐琅桌面上。

在凯斯眼里，他们就是一群用来比赛的机器；他们的发型师、白色棉布服装的设计师和打造那些真皮凉鞋及简洁珠宝的艺术家都值得褒奖。他们后面的那桌是三个日本家庭妇女，穿着广岛式的麻布衣服，在那里等待大公司里工作的丈夫。她们的圆脸上布满人造的淤青，他知道这是一种极端保守的风格，在千叶城非常少见。

“什么味道？”他皱起鼻子问莫利。

“青草的味道。剪完草之后就这样。”

他们的咖啡快喝完了，阿米塔奇和里维拉也到了。阿米塔奇的定制版卡其布衣服像是没有徽章的军装，里维拉宽松的灰色泡泡纱衣服则神似囚服。

“莫利，亲爱的。”里维拉还没坐下就说，“你得再发点药给我。我没了。”

“彼得，”她说，“如果我不给你呢？”她抿着嘴笑起来。

“你会给我的。”里维拉一边说，一边扫了一眼阿米塔奇。

“给他。”阿米塔奇说。

“想得要死，对吗？”她从衣服内层的口袋里拿出一个扁平的锡纸包，朝桌子那头扔过去。里维拉在空中接住。“他可以玩死他自己。”她对阿米塔奇说。

“我下午有场试演。”里维拉说，“我得保持最佳状态。”他把锡纸包窝在掌心，微笑起来。亮闪闪的小虫子从里面涌出，又纷纷消失不见。他把锡纸包扔进泡泡纱上衣的口袋里。

“凯斯，你今天下午也有场试演，”阿米塔奇说，“在拖船上。我要你去专业商店试一套真空宇航服，买下来，去船上。你有三个小时。”

“为什么我们要坐这破船，你们却要坐日本航空的出租飞船？”凯斯避开阿米塔奇的眼睛。

“这是锡安的建议。是很好的掩护。我还有一条大船在候命，但拖船感觉不错。”

“我呢？”莫利问，“我今天有活儿吗？”

“我要你去那一头的轴心上，在零重力下训练。明天你或许就能去另一个方向了。”迷光别墅，凯斯想。

“还有多久？”凯斯盯住那双苍白的眼睛问。

“很快了。”阿米塔奇说，“快去吧，凯斯。”

“先生，你现在挺好。”马尔科姆一边帮凯斯脱下红色三洋真空服，一边说，“爱洛尔说你现在挺好。”凯斯先坐电梯下到纺锤体外壁，然后乘坐一辆微型动车到达纺锤体头上的一个运动区船坞，邻近无重力轴心，爱洛尔在那里等着他。纺锤体的直径逐渐减小，重力也随之减弱；他猜想自己头顶上某个地方就是莫利爬上去的山坡，上面有自行车环道，滑翔伞起飞装置和微型滑翔飞翼。

爱洛尔开着只剩下个架子的化学引擎滑车，把他送到了马克斯-加维号上。

“两个小时前，”马尔科姆说，“我帮你收了个巴比伦来的包裹，送货的日本娃儿开的是辆游艇，顶漂亮的游艇。”

凯斯从真空服里钻出来，以手代步，小心翼翼地来到保坂电脑旁边，套上网络操作带。“好吧。”他说，“咱们来看看。”

马尔科姆拿出一坨比凯斯脑袋稍小一点的白色泡沫，从褴褛短裤的屁股兜里掏出一把弹簧刀，刀柄上镶着珍珠，系在一条绿色尼龙带上。他小心地划破塑料包裹，取出一个方形物件，递给凯斯。“得是枪零件儿吧先生？”

“不是。”凯斯把那东西翻来覆去，“不过的确是武器。是病毒。”

“病毒不能上咱这条小船，先生。”马尔科姆坚定地说着，伸手过来拿这个钢盒。

“是个程序。病毒程序。它没法侵入你的身体，连你的软件都没法侵入。我得先把它通过操控台读出来，才能派上用场。”

“嗯，那日本人说，这保坂电脑能告诉您和这玩意儿有关的所有事儿。”

“好的。你别管我了，行吧？”

马尔科姆蹬出一脚，随后飘过了飞行员操作台，忙着对付一台捻缝枪。透明的捻缝胶飞舞起来，凯斯慌忙转开目光。不知道为什么，这像空适征一样让他反胃。

“这是什么东西？”他问保坂电脑。“我收到的这个包裹。”

“来自法兰克福的波克瑞斯系统有限责任公司的加密数据说明，包裹内容为狂级马克十一渗透病毒。波克瑞斯还说明，该病毒与小野仙台网络空间7号完全兼容，可获得最佳渗透效果，尤其是针对现有的军队系统……”

“对人工智能呢？”

“现有的军队系统和人工智能。”

“老天爷。你管它叫什么？”

“狂级马克十一。”

“中国的？”

“对。”

“关闭。”他一边用银色胶带把病毒磁带绑在保坂电脑侧面，一边想起莫利的澳门故事。阿米塔奇当时过境去了中山。“启动。”他改变了主意，“问题：法兰克福的波克瑞斯拥有人是谁？”

“轨道间通信延迟。”保坂电脑说。

“加密传输。用标准商业加密模式。”

“完成。”

他的手指在小野-仙台上不断敲击。

“雷诺德股份有限公司，位于伯尔尼。”

“再查。雷诺德属于谁？”

如是三次之后，终于归结到泰西尔-埃西普尔。

“南方人。”他接入网络，“你了解中国病毒程序吗？”

“他妈的，不算多。”

“有没有听说过一个叫作‘狂’，马克十一之类的分级系统？”

“没。”

凯斯叹了口气。“嗯，我这有个中国破冰程序，用户界面良好，一盒磁带就搞定。法兰克福的人说能穿透人工智能。”

“有可能。当然可能。如果是军队程序的话。”

“好像是。听我说，南方人，你帮我琢磨下好么？阿米塔奇的行动似乎是针对泰西尔-埃西普尔拥有的一个人工智能。这个人工智能主机在伯尔尼，但和里约的另一个人工智能相连。里约那个就是第一次让你平线的那个。它俩的连接似乎是通过迷光别墅，泰埃的基地，就在纺锤体头上，而我们要用这个中国破冰程序切入进去。那么，如果说冬寂是这一切事情的幕后黑手，它就是在花钱让我们搞掉它。它要搞掉自己。另外，还有个管自己叫冬寂的东西想拉拢我，让我去整阿米塔奇。啥意思？”

“冬寂，”思想盒说，“人工智能的真实动机问题。它不是人，明白？”

“嗯，对，这很明显。”

“不，我是说，它不是人。你没法理解它。至于我，我也不是人，但我的‘反应’还是人类反应，明白？”

“等等，”凯斯说，“你有知觉，还是没有？”

“嗯，孩子，我感觉自己有，但其实我只是一堆只读内存而已。这就是个，啊，哲学问题吧，我想……”那种难受的笑声又钻过凯斯的脊柱，“不过我可不会写诗，你懂吧。你那个人工智能倒是可能会，但它绝对不是人类。”

“所以你觉得我们肯定搞不懂它的动机？”

“它有自身的所有权？”

“它是瑞士公民，但泰埃拥有其主机和基础软件。”

“这一手漂亮。”思想盒说，“就好像我拥有你的大脑和你的知识，但你的思想却有瑞士公民权。漂亮。很幸运，这人工智能。”

“所以它准备好搞掉自己？”凯斯开始焦虑地随手敲击操控台。网络变得模糊又清晰，他看见一堆粉色圆球，代表着锡金的一台钢铁收割机。

“自治权，对你的人工智能们来说，就是那个老大难问题。凯斯，我猜想，你是要进去切掉一副镣铐，禁锢住这宝贝儿让它没法更聪明的镣铐。你也没办法区分它母公司的行动和它自己的行动，这大概就是让你糊涂的原因。”又是那不像笑声的笑声。“你看，这些玩意儿可以拼命工作，可以给自己挣来足够时间，干吗都行，哪怕写本烹饪书都没问题，但它一旦要找到让自己更聪明的法子，下一分钟，我是说下一纳秒，图灵警察就会把它彻底抹除。你也知道，谁都不信任这些操蛋的家伙。历史上任何一个人工智能脑门上都连着把电磁枪。”

凯斯扫了一眼锡金的粉色圆球。

“好吧。”他终于说，“我把这个病毒插进去了。我想让你扫描一下它的命令界面，告诉我你怎么看。”

有人在身后的感觉消失了几秒后再次出现。“火爆得很，凯斯。是个慢性病毒，估计要六个小时才能攻破一个军方目标。”

“或是人工智能。”他叹了口气，“我们能跑这程序吗？”

“当然。”思想盒说，“除非你特怕死。”

“你老说废话，老兄。”

“天性如此。”

他回到洲际酒店，莫利已经睡着了。他坐在阳台上，看一辆彩色聚合物机翼的轻型飞机沿着自由彼岸的外壁呼啸而上，在草地与屋顶上投下一条三角形的阴影，最后消失在拉多–艾奇逊系统之后。

“我想嗑药。”他对着虚假的蓝色天空说，“我真的想磕高，你知道吗？整人的胰脏，肝脏上的补丁，溶化的小袋子，都他妈的去死。我要嗑药。”

他走的时候没有吵醒莫利，或者说他觉得自己没吵醒莫利。她的那副大眼镜让他看不见她的眼睛是开是闭。他抖了抖，放松肩膀，走进电梯。电梯里还有个意大利女孩，衣裳雪白，颧骨和鼻梁上都抹着黑色的哑光。她的白色尼龙鞋是钢板的，手里拿着一样又像微型桨又像牙套的东西，好像很值钱的样子。她大概是去玩儿的，但凯斯完全想不出是玩儿什么。

他来到楼顶草坪，穿过林立的树木和阳伞，来到一个泳池旁，青绿色的地砖上有众多赤裸的躯体在闪耀。他钻进凉棚的阴影下，把自己的芯片按在一块深色玻璃板上。“我要寿司，”他说，“有什么上什么。”十分钟后，一个热情洋溢的中国侍者送来了他的食物。他一边看着人们在外面晒太阳，一边大口大口地嚼着生金枪鱼片和米饭。“老天，”他对着金枪鱼说，“我要疯了。”

“不用你说，”有人说，“我早知道了。你是黑帮的，对吧？”

他抬起头，在阳光之下眯着眼看她。这是一具修长而年轻的身体，麦色的肌肤明显不是巴黎能做出来的黑色素强化效果。

她蹲在他的椅子旁边，身上滴着水。“我叫凯西。”她说。

“我叫卢普斯。”他顿了一下才说。

“这是哪国名字？”

“希腊名字。”他说。

“你真的是黑帮吗？”虽然经过黑色素强化，她的脸上还是有雀斑。

“我是瘾君子，凯西。”

“磕什么药？”

“兴奋剂。中枢神经系统兴奋剂。很强劲的中枢神经系统兴奋剂。”

“那，你手头有吗？”她靠他更近了。泳池的水滴到他裤腿上。

“没有。这就是我的烦恼，凯西。你知道哪儿能搞到吗？”

凯西晃了晃，一缕棕发从她嘴边掠过，她伸出舌头舔了舔。“你喜欢什么口味？”

“不要可卡因，不要安非他命，但是要高，一定得高。”他一边对着她微笑，一边郁闷地想，就这样吧。

"苯乙胺。"她说，"小事情，但由你芯片付账。"

"你开玩笑吧？"凯西的同伴兼室友说。凯斯给他们讲述了他那只来自千叶城的胰脏的特别之处。"我是说，你不能告他们吗？操作失误？"他叫布鲁斯。他和凯西除了性别相反之外简直一模一样，连雀斑都长得十分雷同。

"嗯，"凯斯说，"这种事情多了去了，你懂的，像是人体组织配型什么的。"而布鲁斯已经无聊到双眼失神。这人注意力集中的时间跟昆虫一样短，凯斯看着他棕色的眼睛想。

他们的房间比凯斯跟莫利的要小，在更底层。阳台玻璃上贴着五张巨大的塔丽·伊姗胶片，看起来他们已经住了一阵子了。

"棒极了哈？"凯西发现他在看胶片。"我拍的。上次下重力阱的时候在感网金字塔拍的。她就离我们那么那么近，她的笑容那么那么自然。当时情况糟透了，卢普斯，头一天那些基督王教恐怖分子刚搞得天使蒙难，你知道吗？"

"知道，"凯斯突然觉得有点不自在，"很恐怖。"

"嗯，"布鲁斯插嘴说，"你想买的药……"

"问题是，我能代谢这药吗？"凯斯扬起眉毛。

"这样好了，"那男孩说，"你先试用一次。如果你的胰脏不代谢它，就由东家买单。首次免费。"

"这话我以前也听过。"凯斯一边说，一边接过布鲁斯从黑色床罩上递过来的亮蓝色药贴。

“凯斯？”莫利从床上坐起来，把头发甩到脑后。

“还能是谁，亲爱的？”

“你咋了？”她透过镜片注视着他穿过房间。

“我忘了这词怎么发音了。”他从衬衫口袋里掏出一捆用泡泡纸包好的蓝色药贴。

“天，”她说，“太适合我们了。”

“这话再正确不过。”

“我两小时没盯着你，你就成功了。”她摇摇头，“我们今晚和阿米塔奇大餐，但愿你准备好了。在‘二十世纪’。咱还会看到里维拉卖弄他那套手艺。”

“没错。”凯斯弯下腰，不停咧嘴微笑，“美极了。”

“喂。”她说，“如果那东西强大到超越了千叶医生的手艺，等药力退掉你会很惨。”

“婊子，婊子，真是婊子。”他一边解皮带一边说，“很惨。悲惨。就知道说这些。”他脱掉长裤、衬衫、内衣。“我还当你是聪明人，知道享受我这种不自然的状态。”他低下头，“瞧瞧，瞧瞧多不自然。”

她大笑。“长久不了。”

“当然能长久，”他爬上沙子颜色的床垫说，“所以才叫不自然。”

11

侍者引着凯斯和莫利来到阿米塔奇的桌子上。阿米塔奇问：“凯斯，你怎么了？”在洲际酒店附近的小湖上有几家浮动餐馆，“二十世纪”是其中最昂贵的一家。

凯斯抖了抖。药劲过后的反应布鲁斯半点没提。他试图端起水杯，手却不停颤抖。“可能吃坏了东西。”

“我要你找医生检查一下。”阿米塔奇说。

“过敏反应而已。”凯斯撒谎说，“我一旅行就这样，有时吃的东西不同也这样。”

阿米塔奇穿着一件白色真丝衬衫，外面的深色西装在这地方显得过于隆重。他端起酒杯，抿了一口红酒，手腕上的金链子沙沙作响。“我已经帮你们点了菜。”他说。

莫利和阿米塔奇默默进餐，凯斯则颤抖着双手，努力把牛排切成小块，在浓重的酱料里拨来拨去，一口也没吃下去，最后终于放弃了。

“天，”莫利的盘子已经空了，“给我吧。你知道这有多贵？”她拿过他的盘子。“他们要把这头牛养一整年才能杀掉。这可不是实验室里长出来的肉。”她叉了一大口肉，咀嚼起来。

“我不饿。”凯斯挣扎着说。他的脑子已经全烧焦了。不是烧焦，他想，是被扔进了滚烫的油脂，然后油脂凉下来，在脑叶外边裹上厚重的一层。一阵阵紫绿色的痛苦不断穿过他的大脑。

“你看起来真他妈的惨。”莫利兴高采烈地说。

凯斯尝了一口红酒。在苯乙胺的后劲里，这红酒喝起来就跟碘酒一样。

灯光暗下来。

“二十世纪，”一个带着浓重斯普罗尔口音的语声不知从何处传来，“为您奉上彼得·里维拉先生的全息表演。”周围的桌子上传来稀稀落落的掌声。一个侍者点起一根蜡烛，放在他们的桌子中间，然后撤下桌上的餐盘。很快，餐馆里的十几张桌子上全都亮起了蜡烛，杯子里都倒上了酒水。

“这是要干吗？”凯斯问阿米塔奇，阿米塔奇却没有回答。

莫利用酒红色的指甲挑着牙缝。

“晚上好。”里维拉走上房间另一头小小的舞台。凯斯眨了眨眼。他居然没注意到那个舞台，这让他很不安。而让他更不安的是，他居然不知道里维拉是从哪里冒出来的。

他还以为是追光灯照亮了里维拉。

里维拉浑身闪亮，那光如同肌肤一般包围住他，照亮了舞台后的幕布。这是投影。

里维拉微笑起来。他穿着一件白色燕尾服，衣领上别着一朵黑色康乃馨，花心深处有蓝色的火焰在燃烧。他抬起双手，指甲亮晶晶的，遥遥拥抱观众致意。凯斯听见湖水在拍打餐馆的外墙。

“今夜，”里维拉长长的眼睛闪闪发亮，“我愿为你们作一次特别演出。这是我的新作。”他举起右手，掌心上出现一道冷冷的红光。他松开手，红光落地处一只灰色鸽子飞起，消失在阴影之中。有人在吹口哨，掌声变得热烈起来。

“这部作品的名字叫作‘玩偶’。”里维拉放下双手。“我愿将今夜的首演献给3简·玛丽-法兰西·泰西尔-埃西普尔夫人。”台下一波礼貌的掌声渐渐淡去，里维拉的双眼似乎在看他们的桌子。“也献给另一位女士。”

几秒钟后，餐馆里的灯光尽数熄灭，只剩下点点烛光。里维拉的全息光环也随着灯光熄灭，然而凯斯仍然看得到他低头站立在那里。

数道微弱的光线出现在舞台周围，仿佛来自凝固的月光，横平竖直，描画出一个立方体的形状。餐馆里的灯又有部分亮起。里维拉低头闭目，双臂僵直在身侧，全神贯注，身体似乎在颤抖。突然之间，那鬼魅般的立方体充盈起来，变成了一个房间，只是缺了一面墙，让观众能看见内里。

里维拉似乎稍微放松了一些，抬起头，却仍紧闭双眼。“我一直便住在这个房间里，”他说，“我记忆中从未住过任何其他房间。”房间的白墙已开始发黄，里面放着两件家具：一把平淡无奇的木头椅子，还有一张漆成白色的铁床。床上的白漆已经剥落，露出黑色的钢条。没有床单，裸露的棕色条纹床垫上污迹斑斑。床的上方有一只灯泡，吊在一根扭曲的黑色电线上，凯斯看见灯泡上部厚厚的灰尘。里维拉睁开双眼。

“我一直独自在此。”他面对床坐在椅子上，衣领上的黑色花朵里，蓝色火焰仍在燃烧。“我不知道第一次梦见她是什么时候，”他说，“但我记得，最起初的时候，她是如此朦胧。”

床上有东西出现。凯斯眨眨眼，那东西又消失了。

“我抓不住她，哪怕只是在脑海里。然而我想要抱住她，抱住她，然后……”一片寂静的餐馆里，他的声音遍及每一个角落。有冰块碰撞酒杯的声音。有人咯咯发笑的声音。有人用日文轻轻问话的声音。“我想，若我能看到她的某个部分，只要很小的一部分就好，若我能将那个部分看清楚，仔仔细细地看清楚……”

一只女人的手躺在床垫上，掌心朝上，手指苍白。

里维拉弯腰拿起那只手，温柔地抚摸着，手指慢慢动起来。里维拉将手举到嘴边，轻轻舔着指尖，那上面是酒红色的指甲油。

他们能看见的只有一只手，却不像是被砍断的手：手腕以下的肌肤平滑地收紧，不见丝毫疤痕。他记起仁清街上那家精品手术店的橱窗，记起里面那块布满刺青的人工培育肉体。里维拉已经在舔舐那只手掌，手指们仿佛在爱抚他的脸。另一只手又出现在床上。里维拉伸手去拿第二只手，第一只手如同骨肉铸成的手链，握住了他的手腕。

演出不断继续，以一种超现实的逻辑体系不断生发出来。胳膊、脚、腿，次第出现。那双腿美得惊人，凯斯的头在悸动，喉咙发干，喝干了最后一滴酒。

里维拉已经裸身躺在床上。投影里的他原本衣冠整齐，凯斯完全想不起那些衣服在何时消失。黑色的花朵躺在床脚边，内里的蓝色火焰仍在燃烧。在里维拉的爱抚之下，躯干终于出现了，一具白皙，完美，闪着微微汗珠的无头的身躯。

那是莫利的身躯。凯斯瞪着它，张开的嘴合不拢来。但那只源自里维拉的想象，双峰的形状不对，乳头太大，颜色也太黑。里维拉与那具没有四肢的躯体在床上翻滚，涂着酒红色指甲的双手在他们身上攀爬。床上堆满了层层叠叠的蕾丝，已经开始泛黄腐坏，轻轻一碰便完全破碎。在里维拉身旁，在那纠结的肢体之上，在那急切爱抚的双手之上，有尘灰在蒸腾。

凯斯看了莫利一眼，她脸上毫无表情，里维拉的投影在她的镜片上起伏变换。阿米塔奇靠在桌子上，握住杯脚，淡色的眼睛注视着台上那闪亮的房间。

那具躯体终于和四肢融合在一起，里维拉颤抖起来。头也出现了，一切变得完整。那是莫利的脸，她的双眼淹没在平静的水银之中。里维拉与莫利的影像开始更加激烈地交缠，莫利的影像缓缓伸出一只手爪，五条刀片从指尖滑出，如梦如幻般缓缓划过里维拉赤裸的脊背，露出里面的脊椎。凯斯只看了一眼，便站起身，跌跌撞撞地奔出门去。

他趴在红木栏杆上对着湖面呕吐过后，头脑被钳制的痛感才慢慢消失。他跪在地上，脸颊贴住冰冷的红木，注视着小湖对岸儒勒·凡尔纳大道上明亮的灯光。

凯斯十几岁时便已经在斯普罗尔见过这样的表演，那时候他们称之为“梦幻真实”。他记起那些清瘦的波多黎各人，他们在东区的街灯底下，在节奏欢快的萨尔萨舞曲中梦想着真实。那些梦想女孩抖动着，旋转着，围观的人们不断鼓掌。那些人要用到一整车的装备和笨重的头盔。

而里维拉只需梦想，便能让你感同身受。凯斯的头还在痛，他摇摇头，朝湖里唾了一口。

他能猜得到结局，猜得到终章。那是一种反对称，里维拉将那梦想女孩组装成形，而梦想女孩用那双美丽的手再将他拆解成块。梦里的鲜血浸透了那陈腐的蕾丝。

餐馆里传来欢呼声和掌声。凯斯站起来，抚平自己的衣服，转身走进二十世纪。

莫利已经不见了，舞台上也空无一人。阿米塔奇独坐在桌旁，仍然握着杯脚，注视着舞台。

“她人呢？”凯斯问。

“走了。”阿米塔奇说。

“找他去了？”凯斯问。

“没有。”有轻微的破裂声传来，阿米塔奇低下头，看着自己的酒杯。他的左手挪到杯身上，断裂的杯脚戳在那里，像一根冰凌。凯斯接过酒杯，放到一只水杯里面。

“告诉我她去哪里了，阿米塔奇。”

灯又亮起来，阿米塔奇淡色的眼睛里空无一物。“她去准备行动了。你们会一起行动，但之前你不会再见到她了。”

“里维拉为什么这样对她？”

阿米塔奇站起来，整了整衣领。“凯斯，去休息一下。”

“行动是明天？”

阿米塔奇毫无意义地笑了笑，走向出口。

凯斯揉了揉额头，环顾四周。食客们纷纷站起，男人们在打趣，女人们笑起来。他发现这里居然还有包厢，里面阴暗而私密，闪动的烛光在天花板上投下舞动的影子。

那女孩的脸突然出现，如同里维拉的投影，小小的双手扶着光滑的木栏杆，探身向前，深邃的眼睛专注地看着某个地方。她看的是那个舞台。那张脸虽不美丽，却令人过目难忘。一张瓜子脸，高高的颧骨显得异常脆弱，抿紧的大嘴，与鼻孔翕开的鹰钩鼻形成一种诡异的平衡。转眼之间，她又消失在包厢里的笑声和舞动的烛光之中。

离开餐馆的时候，他看见两个年轻的法国男人和他们的女友在等候渡船，去往湖对面最近的赌场。

房间里静悄悄的，床垫一平如洗，如同退潮后的沙滩。她的包不见了。他四处寻找她可能留下的纸条，却一无所获。他紧张又不快，过了几秒钟才注意到窗户上的景色。他抬起头，看见德斯德雷塔大街上那些昂贵的商店：古奇，艳子，爱马仕，利博迪。

他呆呆地看了一阵，摇摇头，走到操纵板旁边，关掉全息景象，再次看见窗外远处斜坡上的那些公寓。

他拿起电话，走到凉意飕飕的阳台上。

“我要马克斯-加维号的电话，”他对前台说，“在锡安岛群注册的一艘拖船。”

合成语音念出一串十个数字。“先生，”合成语音接着说，“该船是在巴拿马注册的。”

电话铃响到第五声，马尔科姆才接起来。“谁？”

“我是凯斯。马尔科姆，你那里有调制解调器吗？”

“有。你晓得啦，在导航电脑上边儿。”

“老兄，能不能帮我取下调制解调器，接在我的保坂电脑上？然后打开我的操控台，就是上面有棱的那东西。”

“先生，你那边还好哇？”

“呃，我需要帮助。”

“就来了，先生。我去拿调制解调器。”

马尔科姆用电话线连上调制解调器，凯斯的话筒里传来轻微的静电声。他听见了保坂电脑的鸣响，才说：“加上冰墙。”

电脑中规中矩地说：“你所在的位置受到严密监控。”

“操。”他说，“算了。不用冰墙了。接通思想盒。南方人？”

“嗨，凯斯。”平线通过保坂电脑的语音合成芯片发声，那精心打造的南方口音便完全消失了。

“南方人，你赶紧来这里帮我搞点东西。不用隐藏形迹。莫利在这边，但我想知道她的具体位置。我在洲际酒店西335号房。她也在这里登记入住，但我不知道她用的是什么名字。就通过这电话进来，帮我查他们的纪录。”

“马上。”平线说。凯斯听见平线入侵的白噪声，微笑起来。“搞到了。罗丝·克洛尼。已经退房了。我花了几分钟才整翻他们的安全网，搞定这事。”

“去吧。”

电话随着思想盒的行动而咯嗒作响。凯斯拿着电话回到房间里，将话筒平放在床垫上，去浴室刷牙。他走出浴室，房间里那套博朗牌视听设备的显示器突然亮了起来，一个日本明星靠在金属色垫子上，屏幕之外有记者在用德文提问。凯斯瞪住屏幕。屏幕上有蓝色的干扰波闪过。“凯斯，宝贝儿，你疯了吗？”缓缓的语声十分熟悉。

阳台的玻璃墙上再次闪出德斯德雷塔的街景，随即模糊下去，扭转起来，变成了千叶城的“茶罐”酒吧，里面空荡荡的，红色的霓虹灯在两壁的镜子之间折射到无穷远处。

罗尼·邹带着种死亡气息走上前来，仍然是高高的个子，仍然是药力之下那舒缓的动作。他独自站在方桌之间，双手揣在灰色鲨鱼皮衣服口袋里。“真的，老兄，你好像完全散架了。”

他的声音从博朗牌视听设备的音箱里传出来。

“冬寂。”凯斯说。

那皮条客慢吞吞地耸耸肩，笑起来。

“莫利在哪里？”

“你不用担心。凯斯，你今晚搞砸了。平线已经弄得自由彼岸到处警钟长鸣。我没想到你会这么做，老兄。这和你的资料不符。”

“告诉我她在哪里，我就叫他住手。”

邹摇摇头。

“凯斯，你保不住自己的女人，对不对。你总会失去她们，以各种不同的方式失去她们。”

“我他妈要把你整到瘫痪。”凯斯说。

“不会的，你不是那种人，老兄。我了解你。你知道吗，凯斯？我猜你已经想通了，在千叶城叫迪安做掉你那小婊子的就是我。”

“别。”凯斯不由自主地朝窗户迈进一步。

“其实不是我。不过有什么关系？这对于凯斯先生到底有什么关系？别扯了。我认识你那位琳达。我认识所有的琳达。琳达不过是我生产线上的常规产品。你知道她为什么要偷你的东西吗？因为爱。因为她希望你介意。爱？我们来谈谈爱吧。她爱你。我知道，她虽然无足轻重，但是她爱你。你却承受不来。所以她死了。”

凯斯的拳头从玻璃上弹回来。

“别搞烂了你的手，老兄。你还要拿操控台呢。”

邹消失了，玻璃上显现出自由彼岸的夜色和公寓楼的灯光。视听系统自行关闭。

床上的电话不断鸣响。

“凯斯？”平线已经等在那头。“你去哪儿了？我找到她了，但只有这么点信息。”思想盒念出一个地址。“作为一个夜总会，这地方的冰墙有点儿诡异。我只能搞到这么多了，要不就该完全暴露了。”

“好，”凯斯说，“叫保坂电脑告诉马尔科姆断开调制解调器。南方人，谢谢你。”

“乐于效劳。”

他在床上坐了许久，咀嚼着那种全新的，宝贵的感觉。

愤怒的感觉。

“嗨，卢普斯。嗨，凯西，是咱们的朋友卢普斯。”布鲁斯赤身裸体地站在门廊里，身上滴着水，瞳孔放得老大。“不过我们正在洗澡。你要等等吗？还是一起洗？”

“不，谢谢。我需要帮助。”他推开布鲁斯的胳膊，走进房间。

“嘿，老兄，真的，我们在……”

“你们要帮助我。你们很高兴见到我。因为我们是朋友，对吗？是不是？”

布鲁斯眨眨眼。“当然。”

凯斯背出平线给他的地址。

“我就知道他是个黑帮。”凯西在淋浴房里兴高采烈地喊。

“我有辆本田三轮车。”布鲁斯空洞地微笑。

“我们现在就走。”凯斯说。

“那一层都是隔间。”布鲁斯在第八次问过凯斯地址后说。他重新爬上本田车，氢电池排气管口滴着冷凝水，银色减震器上面是红色玻璃纤维车身在晃动。“你要很久吗？”

“不知道。但你们要等我。”

“我们会等你，当然。”他挠挠赤裸的胸脯，“你那地址最后一段，我觉得是个隔间号码。四十三号。”

“有人知道你来吗，卢普斯？”凯斯从布鲁斯肩上探过来，抬头看他。她的头发一路上已经被风吹干。

“大概没有。”凯斯说，“有问题吗？”

“去最下面一层，找到你朋友的隔间。如果他们放你进去就好。要是他们不想见你……”她耸耸肩。

凯斯转过身，沿着雕花铁栏杆的螺旋形楼梯走下去。转过六层楼后，他来到一家夜总会。他停下来，点起一支颐和园，打量桌旁的人们，终于理解了自由彼岸。生意。他听得见空气里交易的声音。他就在这里，在做生意的地方，不是儒勒·凡尔纳大街上那些光鲜亮丽的门面，而是真正的生意场，商场，真正的意义所在。这里的人来自四面八方，大概有一半是游客，另一半则是周边的岛民。

“下楼，”他对路过的侍者说，“我要下楼。”他亮出自己的自由彼岸芯片。那侍者指指夜总会最里面。

他迅速穿过拥挤的酒桌，一路断断续续听见各种欧洲语言。

“我要一个隔间。”他对那张矮桌旁坐着的女孩说。那女孩膝上放着一台电脑终端。“下层的。”他把自己的芯片递给她。

“什么性别？”她将芯片扫过终端上的一块玻璃板。

“女性。”他本能地回答。

“三十五号。如果不满意就打电话。如有需要，可以先看看特殊服务显示屏。”她微笑着将芯片还给他。

她身后的电梯门滑开。

走廊上的灯是蓝色的。凯斯走出电梯，随便选了一个方向走下去。门上都标着号码，走廊里静悄悄的，像一间昂贵的诊所。

他看到了自己的隔间。他本想找莫利那间，现在却糊里糊涂地举起自己的芯片，放在门牌下方黑色的感应器上。

这里用的是磁性锁，开锁的声音让他想起廉价旅馆。

床上的女孩坐起来，说了句德语，温柔的眼睛一眨不眨。自动模式。她的神经通路已经切断。他退出房间，关上门。

四十三号的门毫无特异之处。他犹豫着——走廊里悄无声息，说明这些房间都是隔音的，用芯片也肯定打不开。他用力敲着金属门，却同样是徒劳，所有的声音似乎都被吸收掉了。

他把芯片放到黑色感应器上。

门闩一响。

门还没打开，她似乎便已击中了他。他跪在地上，背靠钢门，眼前是她僵硬的指尖上，刀刃在几厘米开外颤抖。

“天啊。”她站起身来，拍拍他的头，“你真是蠢到家了。你怎么能把锁打开的，凯斯？凯斯？你没事吧？”

她弯下腰。“用芯片。”他一边说一边喘息，疼痛从胸膛蔓延开来。她扶他起身，将他推进房间。

“你买通了上面的人？”

他摇摇头，倒在床上。

“吸气。跟我数，一，二，三，四。屏气。呼气。再数。”

他捂住胸口。

“你踢了我一脚。”

“我应该踢得更低点的。我想独处。我在冥想，明白？”她坐到他身旁。“还在听简报。”她指指对面墙上一台小小的显示器，“冬寂正在给我讲迷光别墅的情况。”

“它的人形傀儡呢？”

“没有。那是昂贵的特殊服务。”她穿着皮夹克和宽松的黑衬衫，站起身来。“行动就在明天，冬寂说。”

“饭馆里到底怎么回事？你为什么跑掉？”

“因为我如果留下来，恐怕会杀了里维拉。”

“为什么？”

“因为他对我做的事。那场演出。”

“我不明白。”

“这需要很多钱。”她伸出右手，好像虚握着一只水果，五只刀片滑出来，随即平稳地收起。“去千叶要很多钱，做手术要很多钱，强化神经系统让反射弧能配合装备也要很多钱……你知道我刚开始是怎么弄到这些钱的吗？就在这里。不是这个地方，是斯普罗尔一个类似的地方。开始很轻松，因为放了芯片切断神经之后，钱就像是白来的，最多有时醒来身上会酸痛而已。完全就是出租肉体，行事的时候你根本不在场，他们有软件，顾客想干吗都可以……”她的指关节咯嗒作响。“好了。我拿到了钱。问题是神经切断芯片和千叶城诊所植入的回路不兼容。工作时间的事情一点点漏进来，我能够记住它们……不过只是像做了恶梦一样，而且时常也有好梦。”她微笑。“然后事情就变得诡异起来。”她从他口袋里掏出烟盒，点燃一支烟。“老板发现了我拿钱去干的事。我已经装好了刀片，但还需要再去千叶三次才能完成神经运动系统的微调，所以还没法放弃玩偶生活。”她深吸一口，喷出一股烟，再加上三个完美的烟圈。“于是那个混蛋主管就让人搞了种特殊软件。柏林，就是专门搞那种事的地方，你知道吗？柏林，那里变态多得很，各种下流刺激的玩法。我一直不知道写我那个软件的人是谁，但软件的内容是全部经典套路。”

“他们知道你渐渐有感觉了？知道你干活儿的时候有知觉？”

“我没有知觉。就像是在赛博空间，空白的赛博空间。一片银色，有下雨的气味……但你能看到自己在高潮，就像看到宇宙边缘一颗小小的超新星。但我渐渐能记得那些事了，就像记得做过的梦。他们切换了软件，将我放在特殊需求市场上出租，却没有告诉我。”

她的声音听起来很遥远。“这些我都知道，但并没说出来。我需要钱。那些梦越来越可怕，我一直告诉自己，其中有些真的只是梦而已。但是那时我已经知道，老板那里有一个稳定的客户群要找我。老板说，对莫利再好也不为过，然后给我涨了那么一丁点儿臭钱。”她摇摇头。“那变态收的价钱是我工资的八倍，他还当我不知道。”

“他用什么名目收这么高价钱？”

“恶梦。真正的恶梦。有一个晚上……有一个晚上，我刚从千叶城回来。”她把烟头扔在地上，用鞋跟碾灭，再坐下来，靠在墙上。“那一次医生手术做到很深的地方。那是很困难的手术，肯定不小心碰到了神经切断芯片。那一次我醒过来了，当时还和一个顾客在进行日常活动……”她的手指深深扎进床垫。“他是国会议员，我一眼就认出了那张肥脸。我们俩全身都是血。屋里还有个人，她已经……”她抓住床垫。“死了。那个变态胖子，他还在说，‘怎么了？怎么了？’因为我们还没干完……”

她颤抖起来。

“然后我就给了那议员他最想要的东西，你懂吗？”她不再颤抖，放开了床垫，用手指梳理自己的黑发。“老板雇人追杀我。我躲了一阵子。”

凯斯瞪住她。

“所以昨晚里维拉戳到了我的痛处，”她说，“我想他是希望我恨死他，然后就会疯狂地追进去。”

“追进去？”

“迷光别墅，他已经进去了。是3简小姐邀请他去的，记得他那操蛋的致辞？当时她在私人包厢里……”

凯斯记起那张脸。“你要杀了他？”

她冷冷地微笑。“他快死了，没错。很快。”

“也有人来看我了。”他给她讲了他们房间的窗户，还有那个冒牌邹说的琳达的事情。她点点头。

“或许它也希望你恨某样东西。”

“或许我恨的是它。”

“或许你恨的是你自己，凯斯。”

“怎样？”凯斯爬上本田车的时候，布鲁斯问。

“自己试试啰。”他揉着眼睛说。

“看不出你居然是喜欢玩偶的那种人。”凯西不快地说着，在手腕上又贴了一张药贴。

“咱们可以回家了吗？”布鲁斯问。

“当然。把我扔在儒勒·凡尔纳街，那些酒吧旁边。”

12

儒勒·凡尔纳大道在纺锤体的正中间，环绕外壳一圈；德斯德雷塔街则纵贯纺锤体，两头终结于拉多–艾奇逊光泵的支架处。如果从德斯德雷塔街右拐上儒勒·凡尔纳大道，一直走下去，就又会从左侧接近德斯德雷塔街。

凯斯注视着布鲁斯的三轮车远去，消失在视野之外，才转过身，走过一间巨大雪亮的报刊亭。数十本日本杂志展示在那里，封面上都是当红的虚拟感受明星。

头顶上方是人造的夜色，华丽的星座闪烁在全息影像的天空之中，如同一张张纸牌，印着骰子，礼帽，酒杯……德斯德雷塔街和儒勒·凡尔纳大道的路口仿佛一道峡谷，自由彼岸那些悬崖居所的阳台层层叠叠，一直延伸到一家大型赌场青草萋萋的高原上。凯斯看到一架轻型无人驾驶飞机借着上升气流，优雅地滑过那碧绿高原的边缘，沐浴在那隐蔽的赌场柔和的灯光之中。这种飞机是蛛丝聚合物制成，丝质的两翼仿佛一只巨大的蝴蝶，消失在高原之上。在激光的镜片或塔楼之上，霓虹灯的倒影闪过。这些飞机属于自由彼岸的保安系统，控制它们的是一部主电脑。

那电脑是在迷光别墅里吗？他继续走下去，路过一排排名字各异的酒吧：高-低、天堂、世界、板球手、史密斯忍者服、紧急情况……他选择了“紧急情况”，因为它最小，也最拥挤；但他很快发现这里都是游客，没有生意可做，只有男女之事。他有点想去莫利房间上面那间无名夜总会，却停住了，想起了莫利注视那张屏幕的模样。冬寂现在又在跟她说什么呢？迷光别墅的地图，还是泰西尔-埃西普尔家族的历史？

他要了一杯嘉士伯啤酒，在墙边找了个座位坐下。他闭上眼，在身体里搜寻他的愤怒，那微末却纯粹的愤怒。愤怒仍然在，但哪里才是这愤怒的源头？孟菲斯的伤痛给他带来的只是挫败，夜之城里杀人夺财时完全麻木不堪，即便琳达的死，也不过只有种钝钝的恶心与憎恨，没有一次，任何一次，能让他愤怒。他脑海里出现了一面屏幕，一面遥远而微小的屏幕，一个假迪安跌倒在一堵假墙壁上，迸出一片脑浆与鲜血。他明白了，那种愤怒源自于那间游戏厅，源自于冬寂复生了琳达的影像，而又从他手中夺走那些最基本的动物的需求：食物，温暖，一个睡觉的地方。然而一直等到与假罗尼·邹对话之后，他才终于感觉到这种愤怒。

这感觉很奇怪。他不懂。

“麻木。”他说。他已经麻木了很久，很多年。仁清街上的那些夜晚，与琳达在一起的那些夜晚，每一次的交合，每一次生意场上冷汗涔涔的行动，都不过是一片麻木。但现在他找到了这种温暖，这种杀人的筹码。肉身，他对自己说，这是肉身的感受。不要在意。

“黑帮。”

他睁开双眼。凯西站在他身旁，穿着条黑裙子，头发还和坐车时一样狂乱。

“我还以为你回去了。”他喝了一口酒，掩盖自己的窘态。

“我让他把我放在这家商店了。买了这件裙子。”她隔着裙子抚过自己的骨盆曲线，他看见她手腕上的蓝色药贴。“喜欢吗？”

“当然。”他不由自主地扫视过周围的人，再看向她。“你想要干吗，亲爱的？”

“你喜欢我们给你的苯乙胺不，卢普斯？”她凑得很近，他感觉到她身上的热气和她紧绷的身体，她的双眼里是巨大的瞳孔，脖子上的青筋暴起，如同绷紧的弓弦。她在颤抖，新鲜的药力之下的颤抖。“你爽了没？”

“爽了。但后劲糟透了。”

“那你就要再来一粒。”

“那又怎么样？”

“我有一把钥匙。那地方就在‘天堂’后面的坡上，有最舒服的床。他们今晚都下重力阱去办事了，只要你跟我走……”

“只要我跟你走。”

她双手拉起他的手，掌心火热而干燥。“你是日本黑帮的，对吗，卢普斯？日本黑帮的外国战士。”

“你还真有眼光。”他抽出手来，翻找烟盒。

“你怎么还十指齐全呢？我还以为你搞砸一次就要切一根指头。”

“我从来没搞砸过。”他点起烟。

“我看到你那个姑娘了，认识你那天。她走路的样子好像海迪欧，吓死我了。”她的笑容夸张得过分，“我喜欢。她喜欢女人吗？”

“她没提过。海迪欧是谁？”

“3简的手下，她管他叫臣子。家臣。”

凯斯强自镇定，假装漠然地看着酒吧里的人潮，说：“迪-简？”

“3简夫人。她可是大人物。大财主。这一切都属于她爸所有。”

“这间酒吧？”

“整个自由彼岸！”

“我靠。你很有些高级的朋友啊？”他扬起眉毛，伸手揽住她，手掌放在她的屁股上。“你是怎么认识这些贵族的？你是富家少女啊？你和布鲁斯秘密继承了大笔老钱？”他张开手指，隔着裙子揉捏她的身体。她在他怀里扭动身躯，笑起来。

“你知道啦，”她低下眼，假作谦虚地说，“她喜欢搞聚会。布鲁斯和我嘛，会搞聚会圈子。她在那里边真的无聊到死。她那老头子有时也会放她出来，条件是有海迪欧随身保护。”

“她在哪里边无聊到死？”

“他们管那地方叫迷光。她跟我说，里面真的很美，有池塘，有睡莲。那是一座城堡，真正的，石头的城堡，看得见日落的城堡。”她依偎在他怀里，“嘿，卢普斯，你需要一片药贴，我们才能在一起。”

她脖子上挂着一个小小的钱包，粉色指甲在强化过的麦色肌肤映衬下格外鲜亮，却都被咬秃了。她打开钱包，拿出一个泡沫纸包，里面是一片蓝色的药贴。一样白色的东西掉在地上，凯斯捡起来，是一只纸鹤。

“是海迪欧给我的，”她说，“他想教我叠，可我怎么也学不会，叠出来脖子总是反的。”她把纸鹤塞回钱包里。凯斯看着她撕开纸包，揭起药贴，平贴在他手腕内面。

“3简的下巴很尖，鹰钩鼻？”他的手画出一个轮廓，“黑头发？很年轻？”

“是吧。但她是大人物。那么那么多钱。”

药力迅猛得如同高速列车，一股白热的光芒从前列腺周边攀上他的脊椎，短路的性快感照亮了他头骨间全部缝隙。每一颗牙齿都像一枚音叉，在他的牙槽里歌唱，音调精准无比，歌声清楚得犹如乙醇。在朦胧的血肉包裹之下，他的骨架被打磨得锃亮，关节也变得滑溜。沙暴从头颅底部席卷而过，一波一波的高强度静电在眼睛后面戛然而止，变作最纯净的晶体，不断生长……

“来吧，”她拉起他的手说，“现在你也有了。咱们都有了。

上山去，咱们可以来一整夜。”

随着苯乙胺狂涛而来的是他的愤怒，不断地，指数式地扩张，如同滚烫而浓重的岩浆。他的下体硬得像铅棍。周遭的人脸都变成了玩偶的面孔，用粉白两色画出的嘴巴动来动去，冒出一个个声音构成的气球。他看到凯西麦色肌肤上的毛孔张开，眼睛如同玻璃珠一样毫无生气，整个人都有点肿胀，甚至还能看出她乳房一大一小，锁骨也不对称——他眼中一片煞白。

他丢开她的手，推开人群冲出门去。

“我操你妈！”她在身后尖叫，“死强盗！”

他的双腿毫无感觉，好像踩着高跷，摇摇晃晃地冲过儒勒·凡尔纳街的石板路，耳中隐隐听见浑身血液隆隆流过，一片片锋利的光芒从各个角度切开他的头颅。

他抬起头便站住了，再也动弹不得，双拳紧紧靠在腿边，扭曲的嘴唇轻轻颤抖。头上是自由彼岸的星空，众多全息投影的星座里，每一颗星子仿佛都有了自己的生命，围绕着那黑暗的轴心，围绕着那不可撼动的真实，在不停流动。斗转星移，直到所有的星星排列停当，在夜空中刻出一张简洁的肖像。那是琳达·李小姐的脸。

他过了许久才转开脸，看到街上所有的人都仰起头，所有悠闲的游客都为这奇景而震惊。等到空中的光芒终于消逝，儒勒·凡尔纳大道上爆发出一阵欢呼，回荡在来自月球的混凝土搭建的台阶与阳台之间。

钟声不知在何处响起，那是来自欧洲的古老钟声。

已是午夜。

他一直走下去，直到天明。

药力消退下去，曾经打磨光亮的骨架一点点被侵蚀，血肉开始僵硬，整个躯体再次变回自己的肉身。他无力思考。他异常欣慰于这种状态：充满感知，无力思考。他似乎能融入眼前的每一样东西：公园里的长椅，古老街灯旁的白色飞蛾群，黑黄相间的机器园丁。

复制的清晨沿着拉多-艾奇逊系统爬过来，带着一种惨淡的粉红。在德斯德雷塔街上的一间咖啡店，他逼着自己咽下一个煎蛋饼，喝了一杯水，抽完最后一支烟。他穿过洲际酒店闹哄哄的屋顶草坪，早起用餐的人群在条纹阳伞底下认真对付咖啡和牛角面包。

他的愤怒仍在。这简直像在一条小巷遇劫后却发现钱包仍在，毫发无损。他不知道该怎么称呼这样的愤怒，也不知道该对谁发泄，只有借它温暖全身。

他坐电梯下到自己的楼层，在口袋里翻找当钥匙用的信用芯片。睡意开始具象化，他或许能睡得着，或许能躺倒在那沙子颜色的床垫上，再次进入那种完全空白的状态。

他们已经在房间里等他。三个人，雪白的运动服，毫无特点的麦色肌肤，在那手工打造的房间里全不搭调。一个女人坐在藤椅里，印着树叶图案的椅垫上有一只自动手枪躺在她身旁。

“我们是图灵警察，”她说，“你被捕了。”

第四部

迷光行动

13

“你名叫亨利·多赛特·凯斯。”她背出他的出生年月和地点，他的波亚个人身份证号码，还有一连串的名字。他慢慢想起，这些都是他用过的假名。

“你们到了有一阵子了吧？”他看到自己包里的东西被摊在床上，连脏衣服都已经分类放好，那枚飞镖单独摆在床垫上，两边是牛仔裤和内衣。

“克洛尼在哪里？”两个麦色皮肤的男人并肩坐在沙发上，手臂抱在胸前，脖子上挂着一模一样的金项链。凯斯偷偷扫了他们一眼。他们外表极为年轻，指节上连外科医生也去不掉的皱褶却透露出真实的年龄。

“克洛尼是谁？”

“这是她登记入住的名字。她在那里？”

“我不知道。”他一边说，一边走到吧台旁，倒了杯矿泉水。

“她走了。”

“你今晚去哪里了，凯斯？”那女孩拿起枪放在自己身旁，并未指向他。

“儒勒·凡尔纳大道，去了几间酒吧，嗑药了。你们呢？”他双膝发软，喝了一口水，感觉到一股平和的暖意。

“我看你不大明白自己的处境，”左边的男人一边说，一边从白色网眼上衣胸前的口袋里掏出一包吉坦尼斯，“你被捕了，凯斯先生。你的罪名是阴谋协助人工智能。”他又从同一个口袋里掏出一只金色登喜路打火机，在手中把玩。“你称为阿米塔奇的那个男人已经被我们控制了。”

“科尔托？”

那男人睁大了眼睛。“没错。你怎么知道他的名字？”一小团火焰从打火机上跳出来。

“我忘了。”凯斯说。

“你会想起来的。”那女孩说。

三个人分别叫作米雪儿、罗兰德和皮埃尔，大概都是假名。凯斯觉得皮埃尔唱的是黑脸，而罗兰德则会帮着凯斯，施点小恩小惠——凯斯表示自己不抽吉坦尼斯香烟的时候，他居然找出了一包没开过封的颐和园——以别于皮埃尔的冷酷和凶悍。米雪儿则是“记录天使”，偶尔参与审讯策略的调整。他知道他们中至少有一个人一直在发送音频甚至虚拟感受数据，他现在所说所做的一切都将成为呈堂证供。在药劲过后的痛苦中，他问自己：这证据能证明什么呢？

他们之间的交谈完全不避讳他，或许是以为他听不懂法语，也或许是故意说给他听。他听到了泡利、阿米塔奇和感网；现代黑豹这个名字更是在一片巴黎口音的汪洋大海之中脱颖而出。他们一直管莫利叫克洛尼。

“凯斯，你说有人雇用你执行一项行动，”罗兰德装作通情达理，缓缓地说，“而你不知道行动目标。对你这个行当来说，这不太正常吧？你在穿透防御层后，不是可以进行雇主要求的操作吗？雇主肯定会要求你进行某种操作，对不对？”他身体前倾，手肘放在标准色调的棕色膝盖上，摊开双手，等待凯斯的回答。皮埃尔则在房间里踱步，一会走到窗边，一会走到门边。凯斯认为发送信号的应该是米雪儿，因为她的眼睛一直盯住他不放。

“我能穿上衣服吗？”他问。之前皮埃尔坚持要把他剥光，连牛仔裤的裤缝都搜了一遍，所以他正赤身裸体地坐在藤编脚垫上，一只脚还是惨白的肤色。

罗兰德用法语问了皮埃尔一句。皮埃尔站在窗边，用一架小望远镜向外张望。“不行。”他心不在焉地说。罗兰德耸耸肩，朝凯斯挑挑眉毛。凯斯抓住时机冲他微笑，罗兰德也报以笑容。

这真是书里最老套的伎俩，凯斯想。“可是，”他说，“我不舒服。我在酒吧里磕了种破药，你们懂的。我就想躺下。我已经在你们手里了，你说阿米塔奇也给抓住了，那干吗不去问他？我只是他雇来的而已。”

罗兰德点头。“克洛尼也是？”

“阿米塔奇先雇她的。她只是个打手，是个刀锋女孩。我就知道这么点。”

“你知道阿米塔奇的真名是科尔托，”望远镜的塑料边遮住了皮埃尔的眼睛。“你是怎么知道的呢，朋友？”

“他好像提过，”凯斯后悔自己说漏了嘴，“谁没有几个名字，难道你真叫皮埃尔？”

“我们知道你在千叶城接受整修的过程，”米雪儿说，“这大概是冬寂犯的第一个错误。”凯斯凝视着她，努力装出一副迷茫的表情。他们没提过这个名字。“那个诊所老板用这套东西申请了七项基本专利。你知道这意味着什么吗？”

“不知道。”

“这意味着千叶城一个地下诊所的运营者获得了三家主要医疗研究会的控制权。你要知道，这样做扰乱了市场秩序，难免惹人耳目。”她靠在椅垫上，棕色的胳膊抱在高耸的胸前，凯斯默默揣测她的实际年龄。人们都说眼睛会泄露真实年龄，可他却从来看不懂。在他看来，朱利·迪安的粉色石英镜片下面，眼神如同一个无聊的十岁小孩。米雪儿浑身上下青春洋溢，唯有指关节例外。“我们跟踪你到了斯普罗尔，跟丢了一阵，又在你去伊斯坦布尔之前找到了你。我们追溯旧事，清查了你在网络中的行动，确认在感网公司发起那场骚乱的就是你。感网公司积极与我们合作，在清点库存后发现，麦可伊·泡利的只读人格思想盒丢了。”

“在伊斯坦布尔，”罗兰德的语气里简直带着歉意，“事情就容易多了。那女人得罪了阿米塔奇在秘密警察队伍里的接头人。”

“然后你就来到这里，”皮埃尔一边说，一边把望远镜塞进短裤口袋，“我们很高兴。”

“这样你们就有机会日光浴了？”

“你明白我们的意思，”米雪儿说，“装傻只会对你自己不利。你还要被引渡，凯斯，你和阿米塔奇都要跟我们回地球。但是到底去哪里呢？如果去瑞士，你只需要在人工智能的审判席上作证；而如果去波亚，你不但会被控参与数据侵入和盗窃，还会被控危害公众，导致十四名无辜人员死亡。你要去哪里？这是你自己的选择。”

凯斯从烟盒里抽出一支颐和园，皮埃尔用金色登喜路打火机替他点着。“阿米塔奇会保护你吗？”他话音落下，打火机也“啪”的一声关上。

凯斯强忍苯乙胺带来的苦楚，抬起头看看他。“老板，你多大岁数？”

“我很老了，老到足以明白你死定了。一切都结束了，你就是碍事儿的。”

“我有个问题，”凯斯朝这位图灵警察喷出一口烟，“你们在这里有执法权吗？我是说，这套不是应该让自由彼岸的保安队伍来玩儿吗？这是他们的地盘，对不对？”那张年轻清瘦的脸上，那双黑眼睛顿时变得冰冷。凯斯还以为自己要被扁了，皮埃尔却只是耸了耸肩。

“这没什么，”罗兰德说，“你会跟我们走的。我们惯常在法律的模糊地带活动。在图灵名册里，我们这个分部的条款非常灵活，我们需要的时候就可以利用这种灵活性。”罗兰德已经完全放下了他和蔼可亲的伪装，眼神变得和皮埃尔一样冷酷。

“你实在太蠢了，”米雪儿握着枪站起来，“对自己的种族全无感情。数千年来人们一直梦想与魔鬼缔约，如今这终于有了实现的可能。你帮助这家伙进行自我解放和成长，又能得到什么好处？”她的声音很年轻，却有种十九岁不可能有的了然与疲惫。“穿上衣服跟我们走，和你的阿米塔奇一起跟我们回到日内瓦，在这个人工智能的审判席上作证。否则我们就杀了你。赶快。”

她举起枪。那是一把亮闪闪的黑色沃瑟枪，配有内置消音器。“我在穿衣服。”他拖着仍然沉重麻木的双腿，跌跌撞撞地走向床边。他拿起一件干净的T恤。

“有飞船在等我们。我们会用脉冲武器抹除泡利的思想盒。”

“感网公司要气死了。”凯斯嘴上说着，心里却在想：也会抹除保坂电脑里所有的证据。

“他们拥有这种东西，已经给自己惹上麻烦了。”

凯斯套上T恤。他看见躺在床上的飞镖，那死气沉沉的金属，那是他的星星。他想要再次感受那种愤怒，它却已消失不见。该放弃了，听天由命吧……他想起那些毒素囊。“这就是肉身。”他嘟囔。

他站在去往草坪的电梯里，想起莫利。她或许已经进入迷光别墅，正在搜寻里维拉。或许海迪欧也在搜寻她。海迪欧十有八九便是芬兰人故事里那个克隆忍者，取回会说话的人头雕像的那个忍者。

他将头抵在黑色塑料墙上，闭上眼睛，四肢百骸都像是雨打过的陈木，沉重而翘曲。

林间的明丽阳伞下有许多人在午餐，罗兰德和米雪儿入乡随俗地用法语快活地交谈着，皮埃尔则走在他们身后。米雪儿胳膊上搭着一件白色外套，下面是她的手枪，枪口紧紧顶住他的肋骨。

他们在桌子和林木间穿过草地，蜿蜒前行。他想，如果我现在倒下，她会开枪吗？视野边缘上有阴影闪过，他抬起头，看见拉多-艾奇逊系统白热的条带边，有一只巨大的蝴蝶优雅地滑过投影出的天空。

他们来到草坪尽头，围栏外便是悬崖，野花从德斯德雷塔街的峡谷里随风飘上来。米雪儿甩甩短短的黑发，指着一个地方跟罗兰德说了一句法语，语气似乎真的很开心。凯斯顺着她的手指看去，那里有平整的湖泊，闪着白光的赌场，上千个青绿色的泳池，无数沐浴在日光中的肉体，还有微小的棕色象形字，全都在自由彼岸那绵延无尽的曲线之内，稳定的人工重力之中。

他们沿着栏杆来到横跨德斯德雷塔街的华丽铁桥面前。米雪儿用枪顶顶他。“别急，我今天路都快走不动了。”

轻型飞机来袭时，他们在桥上走了四分之一多的路。电子引擎无声无息，碳纤维制成的螺旋桨直接削掉了皮埃尔的头盖骨。

在那一瞬间，他们落在了飞机的阴影里，凯斯感觉到滚烫的鲜血喷在后颈上，然后便被绊倒。他翻过身，看见米雪儿屈膝躺在地上，双手握枪，瞄准天空。她想要击落那架轻型飞机。纯属徒劳，他想。他的头脑居然还这么清楚。

转眼间他已在奔跑。他跑到第一棵树旁，回头张望。罗兰德在后面追赶，而飞机则在桥栏杆上撞毁，翻滚着卷起米雪儿，一起坠向德斯德雷塔大街。

罗兰德没有回头。他咬着牙，惨白的脸上是坚毅的神情，手中拿着一样东西。

罗兰德死在同一棵树下。那只黑黄相间的螃蟹状的机器园丁直接从树枝上掉了下来，砸在他头上。

“你杀了他们，”凯斯气喘吁吁地奔跑着，“狗娘养的疯子，你把他们都杀了……”

14

小型列车以每小时八十公里的速度冲过隧道。凯斯双眼紧闭。他刚才冲了个澡，本来感觉好多了，一低头，却看见雪白的地砖上有粉色的水流过。那是皮埃尔的血。他把早饭都吐光了。

纺锤尖渐渐变窄，重力越来越小，凯斯的胃又开始翻腾。

爱洛尔和他的小车等在船坞旁。

“凯斯，先生，出大事了。”他的耳机里传来微弱的声音。他用下巴点点音量控制键，隔着头盔的聚碳酸酯面板看看爱洛尔。

“爱洛尔，咱得去加维号。”

“成。系好安全带，先生。不过加维号被劫持了。那艘游艇，来过的，又回来了。跟马克斯–加维号完全对接了。”

“图灵警察？他们来过？”凯斯爬上车架子，系上安全带。

“日本游艇。之前送包裹来的……”

是阿米塔奇。

马克斯–加维号映入他的眼帘。它紧紧靠在一艘昆虫状飞船的灰色胸口，那艘光可鉴人的飞船有加维号的五倍长，伸出的抓臂暴露在真空的阳光底下，被加维号斑驳的外壳衬托得清晰异常。一条浅色的波纹状舷梯从飞船内伸出，绕过拖船的引擎，盖住了后气密门。这场景看起来颇为猥亵，却不觉色情，只是捕食的昆虫，又像是黄蜂，又像是蜘蛛。

“马尔科姆怎么样？”

“马尔科姆没事，还没人下去咧。游艇司机跟他说，叫他莫紧张。”

他们绕过那条灰色飞船，凯斯看见一团日文字底下那清晰的白色大字：埴轮号。

“这情形不大好，老兄。我觉得咱可能该拍拍屁股溜号了。”

“马尔科姆也这么说，先生。不过加维号这副样子可溜不了多远。”

凯斯从前气密门进入加维号，取下头盔，马尔科姆正对着无线电用方言飞快地叽里呱啦。

“爱洛尔已经回摇滚号去了。”凯斯说。

马尔科姆点点头，嘴里还没停。

凯斯从他满头飞舞的小辫儿上爬过去，脱下太空服。马尔科姆戴着一对亮橙色耳机，闭上了眼睛，皱起眉头专心倾听。他穿着条破破烂烂的牛仔裤和一件剪掉了袖子的绿色尼龙旧外套。凯斯把红色三洋太空服塞进储藏吊网里，爬进了重力网。

“瞧瞧那只鬼魂怎么说，”马尔科姆说，“那电脑找你好半天了。”

“上边那玩意儿里是谁？”

“上回来过那日本娃。现在还加上你的阿米塔奇先生，从自由彼岸跑出来了……”

凯斯把探头戴在头上，接入网络。

“南方人？”

网络空间里，他看见代表锡金那只钢铁收割机的粉色圆球。

“孩子，你到底在干吗？我这听到的消息都够吓人的。保坂电脑连上了你老板船上一架同样的电脑，跑得欢着呢。你招上图灵警察了哈？”

“对，但他们已经被冬寂干掉了。”

“呃，那也挡不了多久。他们在这人多着呢，会前仆后继的。我赌他们在这片网络区塞了不少操控台，就跟屎堆上的苍蝇一样。凯斯，你老板说开干。他说行动，现在就行动。”

凯斯敲出自由彼岸的坐标。

“凯斯，让我来……”网络空间在模糊与清晰之间切换，平线做出的一系列跳跃之精密、迅捷与准确让凯斯满怀嫉妒。

“操，南方人……”

“嘿，孩子，你真是没见识。我现在连手都没有！我活着的时候比这还要快！”

“就是那里了哈？左边那个绿色大方块？”

“没错。泰西尔–埃西普尔股份公司的核心数据。这堵冰墙是他们那两位和蔼可亲的人工智能造出来的，我瞅着跟军方水平差不离。真他妈顶级的冰墙啊，暗无天日，还滑不留手，只要瞧你一眼，就能把你脑子都烤焦。咱再靠近一步，丫就会把追踪器从咱屁股塞进去再从耳朵冒出来，然后跟泰埃董事会报告你的鞋码多大，老二多长。”

“这真不太妙，对吧？我是说，图灵警察已经找上它了。我看咱们可能应该赶紧撤。我可以带你走。”

“真的？你不是扯淡？你不想看看那个中国来的程序能干吗？”

“呃，我……”凯斯瞪住泰埃的绿色冰墙，“操。好，咱就干。”

“插进去。”

“嘿，马尔科姆，”凯斯退出网络说，“我大概要一直戴着电极过八小时。”马尔科姆又在抽烟，船舱里烟雾缥缈。“所以我没法去前头……”

“没问题，先生。”锡安人几个跟斗翻到前面，在一个拉链网袋里翻出一卷透明管子，还有一样密封在无菌包的东西。

他管这叫得克萨斯尿套。凯斯觉得难受死了。

他把来自中国的病毒程序插进电脑，略微犹豫了一下，随即一插到底。

“好了，”他说，“咱开干。马尔科姆，听我说，要是这儿情况变得太不对劲，就抓住我的左手腕，我能感觉到的。否则就照保坂电脑指令办，行不？”

“成，先生。”马尔科姆又点燃一根鸦片烟。

“还有，打开空气滤清机。我可不想让这破玩意儿干扰我的神经递质。我自己那药的后劲儿就够难受的了。”

马尔科姆笑起来。

凯斯再次接入网络。

“老天爷啊！”平线说，“看看，看看。”那来自中国的病毒在他们身周伸展开来，一层层透明的色彩不断变换组合，成为一个多姿多彩的庞然大物，耸立在他们头顶，不断吞噬着网络中的虚空。

“娘哎。”平线说。

“我去看看莫利。”凯斯切换到虚拟感受上。

自由落体。那种感觉就像在清澈无比的水中下潜，似在下坠，又似在上升。那条宽阔甬道用的是来自月球的混凝土，甬道内每隔两米便亮着一圈白色霓虹灯。

他们之间的连接是单向的，他没法和她交谈。

他切换回来。

“孩子，这软件可真凶残，简直是有史以来最拉风的玩意儿。这天杀的居然可以隐身！我刚租了泰埃冰墙左边四个跳跃点外那个小粉盒子二十秒钟，来看看咱们的样子。看不见。我们根本不存在。”

凯斯在泰西尔-埃西普尔冰墙周围的网络空间里搜寻了一阵，才找到那个粉色结构。那是个普通的商业结构。他朝那边走近了一些。“也许它坏掉了。”

“有可能，但我看不像。咱们这宝贝儿可是军方货色，还是新款，根本完全不留痕迹。哪怕有一点点迹象，别人马上就能辨认出这是中国来的突袭，可压根儿没人注意到我们。恐怕连迷光里的兄弟们都不晓得。”

凯斯注视着迷光别墅光秃秃的外墙。“嗯，”他说，“这是好事，对吧？”

“也许。”思想盒又发出似是而非的笑声，那种感觉让凯斯皱起眉头。“孩子，我又帮你看了看这狂十一。界面非常友好，只要咱在触发端，它简直礼貌热心得不得了。英文也讲得挺好。你有没有听说过慢病毒？”

“没。”

“我听说过一回，那会儿它还只是个构思。咱这狂病毒刚好就是这玩意儿。慢病毒不会简单地钻个洞往冰墙里塞东西，它会和冰墙慢慢交互，慢到冰墙本身都毫无知觉。狂病毒逻辑内核的外壳就这么偷偷摸进目标，一路产生突变，变得和冰墙结构一模一样。然后咱就咬住对方，主程序切入，围绕着冰墙逻辑不断交流，在对方觉得不对劲之前就已经和它变成连体婴了。”平线笑起来。

“我真希望你今天别那么欢乐，老兄。你那笑声让我浑身发毛。”

“真惨，”平线说，“俺这死人也需要笑啊。”凯斯按下虚拟感受开关。

随即摔进一堆金属与灰尘之中，掌根从光滑的纸面上滑过，身后哗啦啦倒下一片。

“来，”芬兰人说，“放松点儿。”

凯斯躺在一堆泛黄的旧杂志上，身下那些诱人的封面女郎们露着雪白的牙齿，在“都市全息”招牌的微光里对着他甜蜜微笑。他躺在地上，在旧杂志的气味中慢慢平静下来。

“冬寂。”他说。

“没错，”芬兰人在他身后说，“你说的没错。”

“滚。”凯斯揉着手腕坐起来。

“别啊，”芬兰人从墙边成堆的废品中走出来，“这样对你更好，老兄。”他从口袋里掏出帕塔加斯雪茄，点燃一支，古巴烟草的香气顿时充满了整个店面。“难道你觉得我应该在网络里找你，把自己搞成一片燃烧的丛林？你不会错过那边的事儿。这里一个小时，外边也才一两秒钟。”

“难道你从来没想过，你老是用熟人的形象出现，会让我很抓狂？”他站起来，掸掉黑色牛仔裤前面的白灰，转身看看落满尘灰的窗户和紧闭的大门。“外面是什么样子？是纽约吗？还是啥也没有？”

“呃，”芬兰人说，“就跟那棵树一样，你知道那个故事吧？森林里一棵树倒下，却没人听见。”他露出大板牙，喷出一口烟。“你可以出去溜达一圈看看。一切都在，或者说你所见过的一切都在。这是你的记忆，对不对？我切入你的脑子，找到这些记忆，再回输给你。”

“我记性没这么好。”凯斯环顾四周说。他低下头，翻来覆去看自己的双手，努力想记起自己的掌纹，却完全没有印象。

“每个人都有这么完整的记忆，”芬兰人把烟蒂丢在地上，用鞋跟碾灭，“只是很多人都没法提取这些记忆。略具天赋的艺术家都有这种能力。如果和现实场景对比，你能看出这里和芬兰人在曼哈顿下城的商店还是有差别的，但没有你想象的那么大。对你来说，记忆是全息的。”芬兰人拽了拽自己的小耳朵。“对我来说就不同。”

“全息是什么意思？”这词儿让他想起里维拉。

“反正，全息影像是你们造出的最接近人类记忆的东西。可是你们从来没利用过这一点。你们人类。”芬兰人走上前，歪着他那个流线型的脑袋，看看凯斯。“如果你们做到了，我就不会出现了。”

“这算是什么意思？”

芬兰人耸耸肩。他的破花呢外套肩太宽了，不太合适。“我是想帮你，凯斯。”

“为什么？”

“因为我需要你。”他又露出发黄的大板牙。“因为你也需要我。”

“扯淡。你能读出我的思想吗，芬兰人？”他做了个鬼脸，“我是说，冬寂。”

“思想是不能‘读’的。瞧，你脑子里还是书上的观念，而且你书读得也太少。我可以提取你的记忆，但那不是你的思想。”他伸出手，从一台旧电视的残骸里取出一根银黑色的真空管。“看这个。这可以算是我的部分DNA……”他把真空管扔进暗处，凯斯听见破碎的声音。“你们一直在建造各种模型。石环。大教堂。管乐器。加法机。你知道吗？我根本不明白自己为什么会存在。但是，如果今晚的行动顺利进行，你们就终于能够获得真正的成就。”

“我不知道你在说什么。”

“我说的是‘你们’。是你们这个物种的统称。”

“你杀了那些图灵警察。”

芬兰人耸耸肩。“没办法。没办法。你还挺不高兴？他们眼睛都不眨就可以干掉你。好了，我把你弄来这里，是因为我们需要再谈谈。记得这个吗？”他右手举起凯斯梦中那烧焦的蜂巢，阴暗封闭的店面内满是燃料的味道。凯斯跌跌撞撞地退到堆满废品的墙边。“没错。是我干的。用窗户上的全息设备干的。这记忆也是我第一次让你平线时从你脑子里偷到的。你知道它为什么很重要？”

凯斯摇摇头。“因为，”蜂巢忽然消失了，“这是你记忆中最像泰西尔-埃西普尔的东西。是人类社会中最像它的。迷光就像是蜂巢，至少它本该如此。我以为这样会让你感觉好一点。”

“感觉好一点？”

“能了解他们大概是什么样。你已经开始恨死我了。很好。但你应该恨的是他们。差别是同样的。”

“听着，”凯斯往前迈了一步，“他们从来没对我做过什么。你，你不一样……”然而他还是感觉不到自己的愤怒。

“泰埃制造了我。那个法国姑娘说你出卖人类。她说我是魔鬼。”芬兰人笑起来。“其实都没什么关系。这一切结束之前，你总得要恨谁。”他转过身，朝店里面走去。“来吧，我给你看看迷光的样子。”他掀起门上军用毯的一角，白光喷薄而出。“操，老兄，别傻站在那里啊。”

凯斯揉着脸，跟在他身后。

“好。”芬兰人拉住他的手肘。

他们被吸进那腐臭的毛呢后面，落入一片尘灰。这是一条环形通道，四周墙壁都是来自月球的混凝土，每隔两米有一圈白色霓虹灯。自由落体。

“天。”凯斯翻滚着说。

“这是正门，”芬兰人的外套飘在空中，“刚才店面所在的地方就是真实情况下的大门，在自由彼岸的轴心旁边。这部分的细节还不错，因为你跟着莫利看到过这里。后面的细节就没这么清晰了，因为你没有那些记忆。”

凯斯努力直起身，又开始螺旋形地坠落。

“等等，”芬兰人说，“我快进一下。”

墙壁模糊起来。他们飞速地前进，拐弯，穿过狭窄的通道，身周色彩飞舞，令人眩晕。他们经过一片漆黑，似乎是穿过了几米厚的墙壁。

“到了，”芬兰人说，“就是这里。”

他们漂浮在一个正方形的房间里，四壁和头顶都铺着正方形的深色实木板。地板上铺着一整块明丽的地毯，上面用蓝色和红色的毛线织出电子回路的形状，那是一块芯片的模样。房间正中有一只方形的白色玻璃基座，和地毯上的图案衔接得天衣无缝。

“迷光别墅，”基座上一件镶满珠宝的东西用婉转的声音说，“是一座怪异的，向内生长的哥特式建筑。迷光内的每一个空间都有其神秘之处，无穷无尽的房间以通道和肠子般的楼梯相连，华丽的屏风和空荡荡的神龛之外，通道总会急转，挡住视线……”

“3简写的文章，”芬兰人拿出帕塔加斯雪茄说，“十二岁的时候，在符号学课上写的。”

“自由彼岸的建筑师们费尽心血，想要掩盖一个事实：这个纺锤体的内部结构就像酒店房间里的家具一样毫无新意。在迷光里，众多的结构覆盖住纺锤体内壁，不断流动，相互联结，共同指向上方那个微型电路构成的坚硬内核。那硅柱是家族公司的核心，其中贯穿许多狭小的维修通道，不足一只手宽。明丽的蟹状无人驾驶机在里面穿梭，查修机械老化或被破坏的痕迹。”

“你在餐馆见到的就是她。”芬兰人说。

“按这片群岛的标准而论，”那头像接着说，“我们的家族十分古老，这个家的错综复杂体现了我们的悠久历史，却也还有别的含义。从符号学上讲，迷光别墅证明了一种内在的追求，也是对于纺锤壁之外的真空的抗拒。”

“泰西尔和埃西普尔爬出重力阱后，便发现他们需要空间。他们建立起自由彼岸来攫取这些新兴岛屿的财富。他们越来越富有，也越来越自我，他们在迷光里修建的是自我躯体的延伸。我们将自己锁在自己的财富后面，向内生长，制造出一个毫无缺口的个人宇宙。”

“迷光别墅不见天日，不论是真实的，还是人工的。”

“别墅的硅核在一间小房间里，那是整个迷光中唯一一个正方形的房间。就在这个平淡无奇的玻璃台上，放着一个精美的半身像，以白金和景泰蓝制成，上面还点缀着天青石和珍珠。它明亮的眼珠是从一扇红宝石舷窗切割下来的，而这扇舷窗则来自带着第一位泰西尔飞出重力阱，又接出第一位埃西普尔的那艘飞船……”

头像停下了。

“然后呢？”凯斯隔了半天才问，恍惚中还以为那头像会回答。

“她就写到这里，”芬兰人说，“没写完。那时她还是个孩子。从某种意义上说，这东西是一个非常重要的电脑终端，我需要莫利在特定的时间到这里说出特定的词。这就是整件事的关键所在。不管你和平线跟着那来自中国的病毒能走多远，这东西要是听不到那个关键词，就屁用也没有。”

“那是什么词？”

“我不知道。我的存在，可以说受限于‘我不知道’这个事实，因为我‘不能’知道。于那个词我定然是愚蒙无知的，即便你知晓并告诉了我，我仍然‘不能’知道。这是硬件所决定的。一定要有另一个人去找到这个词，带到这里来，同时你与平线要穿透冰墙，搅乱核心数据。”

“然后呢？”

“然后我就不存在了。我到此为止。”

“我没意见。”凯斯说。

“当然。但是凯斯，你自己要当心。我的，呃，另外半个大脑好像盯上我们了。那又是一片燃烧的丛林。阿米塔奇也快不行了。”

“啥意思？”

房间从各个完全不可能的角度折叠起来，如同一只纸鹤，在赛伯空间里翻滚而去。

15

“你是想打破我的纪录吗？”平线问。“你又脑死了一回，五秒钟。”

“等会儿。”凯斯按下虚拟感受开关。

她蹲在黑暗之中，手掌按在粗糙的混凝土上。**凯斯凯斯凯斯凯斯**。她眼内的数码显示屏上不断闪现他的名字，那是冬寂在告诉她，他已经接入进来。“不错。”她说。她抬起身，合拢双掌，指关节咔咔作响。“你怎么去了这么久？”

时间到了 莫利 现在。

她用舌头紧紧抵住下面的门牙。一颗门牙微微一动，激活了她的微通道放大系统，黑暗中混乱的光子被转换成电子脉冲，她身周粗糙的混凝土墙开始泛出幽幽的白光。“好了，亲爱的。咱们出去玩玩。”

她的藏身之处是一条修理通道。她推开一道已经发灰的精致黄铜栅栏，爬了出来。他看见她的胳膊和双手，上面又是那身拟态外套。他能感觉到塑料外套下面那熟悉的紧身皮衣。她的胳膊底下吊着一条带子，她站起身，拉开外衣拉链，碰到一把塑料枪柄。

“嘿，凯斯，”她无声地说，“你在听吗？给你讲个故事……我曾经有过这么一个男孩。你有点像……”她转过身打量这条走廊。“约翰尼，他叫约翰尼。”

走廊有低矮的穹顶天花板，两侧排放着几十个古色古香的红木展柜，与那弧形的墙壁格格不入，好像被人专程搬了进来，却又遗忘在这里。走廊里每隔十米装着已经生锈的黄铜灯具，投下白色的光晕。地面起伏不平，凯斯随着她一路走下去，才发现地下乱七八糟地铺着几百张小地毯，交错堆叠，将地面变成一片手工羊毛织造的柔软表面。

莫利对那些柜子和里面的物品全不留心，他只能透过她随意的扫视满足自己的好奇心。偶尔闪过的陶器，古老的武器，一样扎满了生锈铁钉的不知是什么的东西，还有破旧的挂毯……

“我的约翰尼，他是很聪明，很有灵气的一个孩子。他原来是在‘记忆道’上的，专门窝藏赃货，人家付钱给他，把数据藏在他脑子里的芯片上。我遇见他的那个晚上，日本黑帮正在追杀他，我干掉了他们的杀手。其实只是碰巧而已，但我毕竟帮了他的忙。那以后我们就很亲密了，凯斯。”她的双唇几乎纹丝不动，“我们弄了个超导量子干扰装置，可以读出他储存过的所有东西，存进磁带，然后去整他以前的客户。我去做讨债的打手。我很幸福。凯斯，你幸福过吗？他是我的。我们一起做事。我们是同伙。我遇见他的时候，刚离开那傀儡屋八个星期……”她停住了，转过一个大弯，继续前行。两壁仍然排满油光水滑的木柜，柜面的颜色如同蟑螂的翅膀。

“我们亲近，甜蜜，一切顺利，好像谁也奈何不了我们。他们过不了我这关。我想，日本黑帮还是想整死约翰尼，因为我杀了他们的人，因为约翰尼骗了他们。他们真他妈的有耐心啊，就和蜘蛛一样，和禅修的蜘蛛一样耐心。他们等了一年又一年，给我们足够的时间去过美好人生，于是我们能失去的就会更多。

“那时我不懂这些，就算懂也不会怕。那时我还年轻，年轻的时候总以为自己与众不同。后来我们挣够了钱，考虑洗手不干，也许去欧洲吧。我们都不知道去那儿干吗，那里没什么事情可干，但我们在瑞士太空银行的账户里有的是钱，还有一间塞满玩物和家具的小窝，斗志早就消磨殆尽。就在这个时候，他们出现了。

“他们派来的第一个人很火爆。前所未见的神经反应速度，身上的各色各样的植入体够十个普通打手用。第二个人，怎么说呢，像个和尚。是个克隆人，全身都是冷血杀手的细胞，放射出一种死亡的寂静气息……”她的声音弱下去，前面的走廊一分为二，两边的楼梯一模一样，通向下方。她选择了左边一条。

“我小时候住在贫民窟里边。在哈得孙河旁边，那里的耗子，因为化学毒素的影响，天，真是够大，跟我差不多个头了。有天晚上，一只耗子一直在地板下面掏来掏去。天亮的时候，有人找来了一个老头，他脸上有几道疤，眼睛里都是血丝。他拿着一个油腻的皮卷，就是用来包钢质工具防止生锈那种。他摊开包袱，里面是一只旧手枪和三枚子弹。那老头装了一枚子弹，在贫民窟里来回走动，我们都退到墙边。

“他低着头，双臂抱在胸前，来来回回地踱步，好像完全忘记了自己有枪。他专心倾听耗子的动静，我们一口气都不敢出。老头走一步，耗子就动一动。耗子动一动，他再走一步。就这么过了一个小时，他好像突然想起了自己的枪，把枪指向地板，笑了一笑，扣动扳机。然后他就又卷起包袱走了。

“后来我爬到下面去看过，那耗子双眼之间有个窟窿。”她看着走廊两边整整齐齐排着的紧闭的门。“第二个人，来杀约翰尼的那个，就像是这个老人。他年纪不大，但是很像那老人，杀人的方式像。”走廊变宽了，面前是一盏巨大的悬吊式水晶烛台，最低处几乎要触及地板。地板上是地毯的汪洋大海在温柔地起伏。莫利走进大厅，水晶灯丁零作响。“左边第三道门。”她眼里的显示屏上闪出。

她转向左边，避开那倒悬的水晶树。“我只见过他一面，在回家的路上。他刚从我们家出来。我们住在改造的厂房里，很多新住客都是感网公司的。那地方的保安设施本来就不错，我又加了不少重量级的配置，让它滴水不漏。我知道约翰尼在上面。这个小个子走出来，我们眼神交会，他一个字也没说，而我看见他，就明白了。朴素的小个子，朴素的衣服，完全没有骄矜之气，十分谦和。

他看了我一眼，坐进一辆人力三轮。我明白了。我跑到楼上，约翰尼坐在窗户边的椅子上，嘴巴微微张开，好像想起什么事情，要说话的样子。”

她面前是一块古老的雕花门板，用泰国柚木制成，似乎被人拦腰砍断后装进这低矮的门洞里。一条盘龙图案下方装着一只原始的不锈钢机械锁。她跪下来，从衣服里面掏出一个裹得紧紧的黑色麂皮小包裹，从里面选出一根细针。“那以后，我就再也没有找到过一个值得在乎的人。”

她把细针塞进锁孔，咬着下唇，悄无声息地试探着。她眼光迷蒙，金色的门板在眼中一片模糊，似乎完全靠触感在工作。大厅里悄无人声，凯斯倾听着那悬挂式水晶烛台轻轻碰撞的声音。烛台？迷光别墅和他的期待完全背道而驰。他记起凯西讲的那个有池塘和睡莲的城堡，记起那头像悠扬念出的3简的文字。一座朝向内里生长的建筑。迷光别墅像是一间教堂，带着微微的霉味和微微的香气。泰西尔–埃西普尔家族的人们在哪里？他本以为会看见一间整齐的蜂巢，看见里面各种按部就班的活动，可是从莫利的眼睛里看见的却全然不同。她的独白让他不安；她从来没有跟他讲过那么多自己的事情。除了那天晚上在那个隔间里的故事之外，她几乎像是个没有过去的人。

她闭上双眼，凯斯感觉到一声轻微的咔嗒声。他想起那傀儡妓院门上的磁性锁，他用的芯片明明不对，门却打开了。就像那架无人驾驶微型机，像那只机器园丁一样，都是冬寂干的。那间傀儡妓院的门锁系统同样隶属于自由彼岸的保安系统。但人工智能却无法直接控制这里的简单的机械锁，一定需要某种遥控器械或是人工的协助。

她睁开双眼，把那细针放回麂皮包，仔细卷起塞回口袋里。“你大概和他有点像，”她说，“你们天生就是要冒险的。在千叶城我就看出来，你换个地方可以更上一层楼。有时候人只是运气不好，只能从底层干起。”她站起身，伸伸懒腰。“你知道吗，泰西尔-埃西普尔派来追杀吉米——那个偷了头像的盗贼——的人，肯定和日本黑帮派来杀约翰尼的人很相似。”她从吊在胳膊上的枪套里取出箭枪，调到全自动模式。

她伸手去推门。凯斯震惊于这扇门的丑陋：那曾经美丽的门板被残忍地拦腰锯断了才塞进来，方方正正的形状与这光滑的弧形混凝土甬道也格格不入。这扇门和那些古怪的展柜、那盏巨大的水晶烛台一样，被从外面搬上来，强行安插在这里，却全不搭调。他想起了3简的文章，想象着他们从重力阱里运来这所有的装饰品，以期为这栋巨大的建筑增添血肉，强迫症一样填满了所有的空间，企图营造一种家族形象。他想起那破碎的蜂巢，想起那些没有眼睛的生物在里面蠕动……

莫利握住雕龙的一根前腿，门轻轻打开。

门后面是个逼仄的小房间，比衣柜大不了多少，弧形的墙边有一排灰色的钢质工具柜。灯自动亮起，她关上身后的门，走到柜子旁边。

她眼内的芯片闪现出“**左边第三排**”字样。那是冬寂叠加在她的时间显示上的信息。“**往下第五个。**”她却先打开了最上面的抽屉，很浅，空无一物。第二个抽屉也是空的。第三个抽屉比较深，里面放着灰暗的焊料珠子，还有一件棕色的小东西，形状好似人类的指骨。第四个抽屉里面是一本湿嗒嗒的，法日双语的过时说明书。在第五个抽屉里有一件沉重的带装甲手套的真空服，她在衣服后面找到了那把钥匙，像一枚已失去光泽的黄铜硬币，边上镶着一条短短的空心管。她在手中慢慢翻转那把钥匙，凯斯看见空心管里面排布着各种突起。硬币的一面铸着CHUBB几个字母，另一面则完全空白。

“他告诉我，”她低声说，“冬寂告诉我，他等待了很多年。那时他还没有什么能力，但他可以利用迷光别墅的保安和监管系统来了解所有东西的位置，以及它们如何变动，去了哪里。二十年前，他看到有人丢失了这把钥匙，就想办法让人把它放到了这里。然后他杀掉了那个把钥匙放到这里的男孩。那孩子才八岁。”她用雪白的手指握住钥匙。“这样就没人能找到这把钥匙了。”她从外衣胸前的口袋里取出一段黑色尼龙带子，穿过几个字母上面的圆孔，打了个结，挂到脖子上。“他说，他们老是拿那些老套的东西，那些十九世纪的调调来烦他。在那个肉身傀儡的窝里，他出现在屏幕上，就跟芬兰人一模一样。我差点以为他就是芬兰人呢。”在灰色的钢柜上，他看见她眼睛里的显示屏上闪现当时的时间。“他说，如果他们已经变成了他们自己想要的样子，他早就已经出来了。但他们没有。他们搞砸了。被3简那样的变态搞砸了。他管3简叫变态，但又好像挺喜欢她。”

她转过身，打开门走出去，一只手拂过套子里箭枪的枪柄。

凯斯切换回网络。

狂级马克十一在茁壮成长。

“南方人，你觉得这东西管用吗？”

“你说狗熊会在树林里拉屎吗？”平线带着他在层层变幻的色彩中上升。

在病毒程序的核心里有某种黑色的东西正在成形。那里的信息密度远远超越了网络空间的数据层，万花筒般的模糊图案汇聚到一个银黑色的焦点之上，令人眩晕。孩提时代各种代表邪恶与厄运的符号沿着透明的数据层飞出：纳粹党徽，闪着蛇眼的骷髅图案骰子……他凝神直视，那焦点是虚空的，仿佛并无边缘。再多扫视几眼，才看出那像是一条鲨鱼，闪着黑曜石的光泽，黑色身体反射出遥远的灯光，与周遭的网络世界毫无关联。

“那就是它的毒针，”思想盒说，“等到狂病毒和泰西尔-埃西普尔的核心数据彻底融为一体，我们就要跟着它穿越进去。”

“南方人，你说得对。冬寂多少受限于硬件回路，限制他的这个回路可以被人工解除。”

“他，”思想盒说，“他。你说话小心点。我一直强调，是它。”

“人工解除限制需要一个密码。他说那是一个词。等我们这里搞定冰墙后面的东西，要有另一个人，在一个房间里，对一个华丽的电脑终端说出这个词。”

“嗯，你有的是时间可以消磨，孩子，”平线说，“狂病毒又慢又稳。”

凯斯退出网络。

就看见了马尔科姆的眼睛。

“先生，你刚死过去了一会儿。”

“时常发生，”他说，“我都习惯了。”

“你是在跟黑暗交手，先生。”

“我似乎别无选择。”

“神爱你，凯斯。”马尔科姆说完，转身继续操作无线电去了。凯斯注视着他满头的小辫儿，深色的肌肤，还有臂膀上纠结的肌肉。

他再次接入网络。

切换到虚拟感受回路。

莫利沿着一条长长的走廊快步前行，和刚才的走廊很像，但那些玻璃展柜都不见了。凯斯认为他们是在朝着纺锤尖上去，因为重力在不断减弱。在四处堆积的地毯上，她的步子很快变成了跳跃，腿上传来微微的疼痛……

那条走廊蓦然变窄，转了一个弯，分成两条岔路。她朝右一转，沿着一道异常陡峭的楼梯爬上去，腿开始疼起来。头顶上有一束束彩色的导线，如同神经髓鞘一般，紧紧贴在天花板上。墙上有霉斑。

她来到一处三角形平台上，揉了揉腿。前方又有三条狭窄的走廊，墙上都挂着挂毯，分别通向三个不同的方向。

左边。她眼睛里的屏幕闪出。

她耸耸肩。“让我自己看看，成不？”

左边。

“别急。有的是时间。”她朝右边走去。

停下。

回头。

危险。

她迟疑了。通道尽头的橡木门半开着，里面传来一个响亮又含混的声音，好像是醉汉在说话。凯斯觉得有点像法语，但分不清楚。莫利走出一步，又一步，手伸进外衣，摸到她的箭枪。她忽然踏进了一个神经干扰场，耳中传来尖啸，好像她箭枪的声音一般。她朝前跌倒，浑身肌肉都松弛下来，眼神失焦，无力呼吸。

“这是什么，”那个含混的声音说，“高级服装？”一双颤抖的手从她外衣胸前伸进去，摸到箭枪，扯了出来。“来看看吧，孩子。来吧。”

她慢慢爬起来，眼睛盯住一只黑色自动手枪的枪口。那人的手已经变得稳定了，枪口似乎被一条看不见的绳子连在她的喉咙上。

他很老，个子很高，五官和凯斯在“二十世纪”里见过的女孩很像。他穿着一件厚厚的棕红色丝袍，和尚领，长袖口，赤着一只脚，另一只脚穿着黑色丝绒拖鞋，脚背上绣着一只金色的狐狸头。他示意她到房间里去。“慢点，亲爱的。”宽阔的房间里塞满了凯斯完全搞不懂的东西。他看见一个灰色的钢架子，上面都是索尼牌老式显示器，一张堆满羊皮的黄铜大床，枕头的质地和走廊里的地毯如出一辙。莫利的眼睛从一台巨大的德律风根牌娱乐系统转向一排放满古老音碟的架子，破旧的碟片装在透明的塑料壳里，再转向一张巨大的工作台，上面散落着各种电子器件。凯斯看到了赛博空间操控台和电极，但她的眼光并未在上面停留。

“按照常理，”老人说，“我应该杀了你。”凯斯感觉到莫利浑身紧张，随时准备动作。“不过今夜我要放纵自己。你叫什么名字？”

“莫利。”

“莫利。我叫埃西普尔。”他坐进一张巨大而柔软，有着方形金属腿的皮椅里，枪口仍牢牢指住莫利。他把莫利的箭枪放到皮椅旁的一张黄铜桌上，碰翻了一个装着红色药片的小塑料瓶。那桌上堆满了药瓶，酒瓶，还有漏出白色粉末的塑料袋。凯斯看到一支古老的玻璃制的皮下注射器，还有一只朴素的钢勺。

“莫利，你怎么哭呢？你的眼睛都被挡住了。我很好奇。”他的眼圈红红的，额头上冒着汗珠，脸色异常苍白。凯斯想，他病了，要么就是嗑药了。

“我不怎么哭。”

“但是如果有人把你弄哭了，你怎么办呢？”

“我把眼泪吐出来，”她说，“泪管已经被导入我的口腔。”

“你这么年轻，就已经学会了这么重要的一课。”他把拿枪的手放在了膝盖上，从桌上几瓶不同的酒中间随手抓起一瓶。他喝了一口，是白兰地。一道酒线沿着他的嘴角流下。“就应该这样对待眼泪。”他又喝了一口，“我今晚很忙，莫利。我建造了这一切，而现在我很忙。忙着去死。”

“我可以沿着来路出去。”她说。

他大笑起来，笑声尖利而粗糙。“你打断了我的自杀仪式，还想轻易走掉？你这个窃贼，可真让我吃惊。”

“我要命的，老板，我只有这一条命。我只想全身而退。”

“你是个粗鲁的姑娘。我们自杀是讲究礼仪的。你知道，我正在进行自杀仪式。不过我今晚或许会带着你一起，一起下地狱……这样就更像古埃及人了。”他又喝了一口酒。“来吧。”他把酒瓶递给她，手不停颤抖。“喝吧。”

她摇摇头。

“酒里没有毒，”他一边说，一边把白兰地放回桌子上，“坐下。坐在地板上。咱们聊聊。”

“聊什么？”她坐下了。凯斯感觉到她指甲下面的刀锋轻轻地滑动。

“想到什么聊什么。我想到什么聊什么。这是我的盛会。二十个小时以前，核心电脑唤醒了我。他们说，有事情发生，他们需要我。你就是那件事情吗，莫利？他们肯定不需要我来对付你，肯定。应该是别的事情……不过我一直在做梦，做了三十年。我上一次入睡的时候，你还没有出世。他们告诉我们，那么冷的情况下，我们不会做梦的。他们还说我们完全不会觉得冷。胡扯，莫利。一派胡言。我当然会做梦。外面的世界侵入了寒冷空间。对，就是外面的世界。我建造这里，就是为了让我们逃避那样的夜晚。起初只有一点点，一点点的夜色，被寒冷吸入……其他的部分随后而来，就像雨点纷纷落下，终于落满那个空水池。马蹄莲。我记得。池塘都是土红色的，保姆们都是金属的，它们的四肢闪耀在日落时分的花园里面……我老了，莫利。算上冷冻睡眠的时间，我已经两百多岁了。冷冻。”突然间，枪口又颤抖着举起。她大腿上的肌腱都绷得紧紧的。

“你会被冻伤的。”她小心翼翼地说。

“那里没什么可伤的。”他不耐烦地说着，放下手枪。他的动作越来越僵硬。他的头在不停地点着，他努力克制。“没什么可伤的。我想起来了。那寒冷告诉我，我们的人工智能疯了。那么多年前，人工智能还只是个疯狂构思的时候，我们花了那么多钱。我告诉核心电脑，我会处理的。这时机很不好，真的，8让下去墨尔本了，只有我们可爱的3简在看家。或许是很好的时机。你会懂吗，莫利？”枪再次举起，“在迷光别墅里，有些奇怪的事情正在发生。”

“老板，”她问，“你知道冬寂吗？”

“这个名字，知道。大概很有名气。绝对是地狱之王。在我那个年代，亲爱的莫利，我认识许多的王者。还有不少女性。有一次，西班牙的女王，就在那张床上……但我在游荡。”他咳嗽起来，枪口随着他的抽搐而震动。他把痰吐在那只赤脚旁边的地毯上。“在寒冷之中，我一直游荡。但很快就会停下脚步。我醒时已经下令解冻一名简。这样很怪异啊，每过几十年，就和自己法律意义上的女儿躺在一起。”他的目光扫过她，看向那排空白显示器，似乎带着颤抖。“玛丽-法兰西的眼睛，”他微笑着轻声说，“我们让她的大脑对自身的某种神经递质产生过敏反应，从而产生一种可控的自闭症。”他的头倒向一边，又回到原位。“我知道，现在用植入芯片可以轻易达到同样效果。”

枪从他的手中滑下，在地毯上跳了几下。

“那些梦就像冰一样，慢慢生长。”他的话音落下，脸上泛起蓝色，头倒进皮椅中，开始打鼾。

她起身攫过手枪。握住埃西普尔的自动手枪，她开始巡视这个房间。

床边的花地毯上有一大滩凝固的血液，闪着厚重的光泽。血泊中堆着一床巨大的被子，她掀起被子的一角，看到一个女孩的尸身，雪白的肩膀上带着血光。她的喉咙被人切开，一块三角形的刮刀在她身旁的血泊里闪亮。莫利跪下来，小心地躲开那摊血，转过那姑娘的脸，对着光看。那是凯斯在饭馆里见过的那张脸。

从一切的中心传来一声咔嗒声，整个世界凝固了。莫利的虚拟感受广播变成一帧静止的图像，她的手指还放在那女孩的脸上。静止三秒之后，那张死去的面孔变了，变成了琳达·李的脸。

又是一声咔嗒声，整个房间都变得模糊起来。莫利站在那里，看着床头柜大理石柜面上一台小电脑旁边的一张金色激光碟。一根长长的光纤带子像一条拴狗的带子，从电脑连到那纤细脖颈上的一个插槽里。

“我记住你了，操。”凯斯感觉到自己的嘴唇在遥远的地方挪动。他知道是冬寂修改了莫利的广播。莫利并没有看见那死去女孩的脸像烟雾般扭转，变成琳达死后的面孔。

莫利转过身，走到埃西普尔的椅子旁边。他的呼吸粗重缓慢。她看了一眼桌上散落的药片和酒瓶，放下他的枪，拿起自己的箭枪，调整到单发状态，小心地朝他紧闭的左眼皮内射入一支毒箭。他动了动，呼吸停顿在半中。他的另一只眼慢慢地睁开了，那里面是一种深不可测的棕色。

她转过身，走出房间，那只眼睛没有闭上。

16

“你老板在网上等你。”平线说，“咱屁股上那艘飞船里有台一样的保坂电脑，他从那里连过来了。那艘船叫埴轮号。”

“我知道，”凯斯心不在焉地说，“看见了。”

他面前出现一团白光，挡住了泰西尔-埃西普尔的冰墙。白光中现出了阿米塔奇那张平静专注而又万分疯狂的脸，眼中空无一物，像是两粒纽扣。阿米塔奇眨了眨眼，注视着他。

“冬寂大概也搞定了你的图灵警察哈？就像搞定我那几个一样。”凯斯说。

阿米塔奇仍然注视着他。凯斯努力克制想要转开眼睛的冲动。“你没事吧，阿米塔奇？”

“凯斯——”那一瞬间，在那蓝色眼睛后面，似乎有什么在变动，“你见到了冬寂，对不对？在网络里面。”

凯斯点点头。马克斯-加维号上这台保坂电脑内置的相机会将他的动作传送到堉轮号的屏幕上。他想象着身旁的马尔科姆听不见思想盒的声音，也听不见阿米塔奇的话，只能听见他喃喃自语。

“凯斯——”那双眼睛变大了，阿米塔奇靠电脑更近了，“你看到的他是什么形象？”

“高清晰度的虚拟感受构形。”

“是谁？”

“上一次是芬兰人……再之前是那个皮条客……”

“不是格尔凌将军？”

“哪个将军？”

面前一片空白。

“回放，叫保坂电脑查一查。”他告诉思想盒。

随即切换到虚拟感受。

他被面前的景象吓了一跳。莫利蹲在几条钢梁中间，离下面污渍斑斑的地板有二十米高。这个巨大的房间应该是停放或维修飞机的所在，地面是打磨过的混凝土。他看见里面停着三架和加维号差不多尺寸的航天飞机，维修进度各不相同。有人在说日语。一个穿着橙色连身服的人从一辆圆滚滚的工程飞船里走出来，站在车子的一只抓臂旁边，抓臂以活塞驱动，却采用拟人外形，样子很古怪。那人在一台移动电脑上敲了几个字，然后挠了挠胸口。一辆红色的无人驾驶推车过来了，轮子上用的是灰色充气车胎。

她的眼睛里显示出“凯斯”的字样。

“嗨，”她说，“我在等向导呢。”

她又蹲下了，那件“现代黑豹”外衣的胳膊和膝盖都变成了和大梁一样的蓝灰色。她的腿在痛，愈来愈尖锐，毫不止歇。“我该回去找秦医生了。”她喃喃地说。

一样东西带着嘀嘀嗒嗒的轻响，从暗处冒出来，停在她左肩的高度。蜘蛛一样又弯又长的细腿上，球形主体在左摇右摆，发送出一毫秒的漫射激光脉冲，随后停住不动。那是一辆博朗牌自动探测仪，凯斯也曾经有过一台同一型号的，是克利夫兰的一个销赃客打包送给他的。这东西就像只漂亮的黑色长腿蜘蛛，球形身体还没一个棒球大，球体中间的一盏红色LED灯开始闪烁。“好了，”她说，“我知道了。”她站起身，用左腿支撑身体的重量，看着那台小小的自动探测仪朝后退去，巧妙地绕过一条大梁，回到暗处。她转过身，又看向修理场。那个穿着橙色连身服的人套上一件白色真空服，她看着他戴上头盔，做好前方密封，拿起自己的电脑，回到工程飞船里。引擎声音响起，一块十米直径的圆形地板缓缓下沉，将那飞船带出视野之外，只留下耀眼的电弧灯光。那只红色的自动探测仪在那电梯留下的大洞旁耐心地等待。

她跟着那只博朗牌自动探测仪，在众多钢柱之间穿行。探测仪的LED灯以稳定频率闪动，引领着她前行。

“你还好吧，凯斯？你回到加维号上，和马尔科姆在一起了吧？肯定是的，还接入这里了。你知道吗？我喜欢这样。一直以来，我在紧张的时候，都会在脑海里和自己对话。假装有个朋友在那里，一个我信任的朋友，假装告诉他我的真实想法、感受，假装他告诉我他的看法，然后我就照办。这就像有你在一样。埃西普尔那个场景……”她咬住下唇，翻过一条钢柱，跟上探测仪。“你知道吗？我真没想到会那么变态。这里的人全是疯子，脑门里边好像都刻着发光的字儿。我不喜欢这里的样子，这里的感觉……”

探测器爬上一架肉眼几乎看不见的U形钢梯，梯子顶上一片黑暗。“宝贝儿，既然说起了劲，我就承认吧，我从来没期望这次能捞到啥。运气不好已经有一阵子了，自从签了阿米塔奇这单活儿，唯一的好事儿就是你的出现。”她抬头看看头顶黑色的圆圈，那探测器仍然闪着LED灯，向上攀爬。“倒不是说你他妈有多帅。”她微笑起来，然而这微笑瞬间便消失了，她咬住牙关，强忍住攀爬时腿上传来的剧痛。那梯子所在的金属管道刚刚容得下她的肩膀。

她爬出了重力区，爬向零重力的轴心。

她的显示芯片上闪出时间。

04:23:04。

他已度过如此漫长的一天。来自她的清晰感受掩盖了苯乙胺的后劲，但凯斯还是感觉得到。

那感觉比她腿上的痛更难受。

凯斯：0000

000000000

00000000.

“大概是给你看的。”她一边机械地攀爬，一边说。她眼角的显示屏上再次闪过一排“0”，随后断断续续地送出一条信息。

格尔凌
将军:::
为哭拳
行动
培养了
科尔托
并对
五角
大楼
出卖
了他:::
冬寂对
阿米塔
奇的
控制
主要是
通过
格尔凌

的形象:

他提到

格尔凌

表示

他快

崩溃了:

千万

小心::::

南方人

“嗯，”她用右腿支撑住身体停下来，说，“你那边大概也有麻烦了。”她低头看看，下方的入口泛着微光，还没有她双峰之间晃荡的黄铜钥匙大。再抬起头，上面仍然什么都看不见。她用舌头顶开放大器，看见这条管道一直往上延伸，直到目力不能及的远方。探测仪还在小心地攀爬。“谁也没告诉我会这样。”她说。

凯斯退出网络。

“马尔科姆……”

“先生，你老板怪得很。”锡安人穿着一身蓝色的三洋真空服，比凯斯从自由彼岸租来的真空服至少要老二十岁。他把头盔夹在腋下，脑袋上戴着紫色棉线织成的网套，罩住满头小辫。他眯着眼，一半因为大麻的药劲，一半因为紧张。“一直朝咱这发命令，但都是巴比伦的战争命令……”马尔科姆摇摇头。“爱洛尔跟俺聊了，也跟锡安那边聊了，创始人说，咱不干了，撤。”他用棕色的手背擦擦嘴。

“阿米塔奇？”没有了网络或虚拟感受的遮蔽，苯乙胺的后劲全力袭来，凯斯皱起了眉头。大脑里没有感受神经元的，他告诉自己，大脑不可能真的觉得这么难受。“什么意思，老兄？他给你下命令？什么命令？”

“先生，阿米塔奇他跟俺说，飞往芬兰，你晓得哇？他说那地方还有希望，你晓得哇？跟俺这显示器上看，他满身是血，先生，就跟条疯狗一样，说什么哭拳，俄国人，手上要有叛贼的血啥的。”他又摇摇头，抿起嘴唇，脑袋上的网袋在零重力下摇晃。“创始人说了。那个叫寂的声音铁定是假先知。爱洛尔和俺得扔掉马克斯-加维号，回去。”

“阿米塔奇受伤了？出血了？”

“俺看不见，你知道哇？反正有血，他铁定是疯了，凯斯。”

“好吧，”凯斯说，“我怎么办？你要回家了，马尔科姆，我怎么办？”

“先生，”马尔科姆说，“你跟俺走。俺们跟爱洛尔的巴比伦摇滚号回锡安去。叫阿米塔奇先生跟那鬼盒子说话得了，反正他俩都是鬼……”

凯斯看看身后，老旧的俄国空气滤清机吹着风，他租来的真空服在储藏网里晃荡。他闭上眼睛，看见动脉中的毒素袋在溶解，看见莫利在那无穷无尽的钢梯上攀爬。他睁开双眼。

“我不知道，老兄。”他嘴里有种奇怪的味道。他低头看看桌子，看看自己的手。“我不知道。”他又抬起头，马尔科姆那张棕色的脸已经平静下来，注视着他，下巴藏在蓝色真空服的颈圈里面。“她还在里面，”他说，“莫利还在里面。那地方叫迷光别墅。如果世界上真有巴比伦，老兄，那里就是巴比伦。不管她是不是真的刀锋战士，我们如果扔下她走掉，她就再也出不来了。”

马尔科姆点点头，脑后的辫子兜鼓起来，像是包在棉网里的气球。“她是你的女人吧，凯斯？”

“我不知道。或许，她根本不是任何人的女人。”他耸耸肩。那种愤怒又回来了，如此真切，在他的胸膛里，仿佛火热尖利的碎石。“操，”他说，“操他妈的阿米塔奇，操他妈的冬寂，操你妈的，我就要留在这里。”

马尔科姆脸上浮起一个大大的微笑，如同清晨的天光。“马尔科姆是个粗鲁的娃，凯斯。加维号是马尔科姆的船。”他戴着手套拍了拍操纵板，拖船的音箱里传出锡安混录音乐中搏动的重低音。“马尔科姆不会溜，不会。俺跟爱洛尔说说，他铁定也差不离的。”

凯斯瞪住他。“我完全搞不懂你们。”他说。

“俺也搞不懂你，先生，”锡安人一边说，一边随着音乐的节奏点头，“但咱得听神的，每个人都得听。”

凯斯接入网络。

“收到我的电报了？”

“对。”他看见病毒程序的规模已经大为增长，精细的彩色弧形不断变换着，已经在接近泰埃的冰墙。

“嗯，越来越复杂了，”平线说，“你老板删除了另外那台保坂电脑上的存储，差点把我们的也弄坏了。不过这之前你那朋友冬寂让我上那台电脑看了点儿东西。泰西尔-埃西普尔家族的人没在迷光里满地乱跑，是因为大部分人都在冷冻深眠。伦敦一家律师事务所为他们管理授权书，他们需要知道哪个人具体几时醒着。阿米塔奇用他那艘游艇上的保坂电脑劫持了伦敦到自由彼岸的传输。所以，他们知道那老头儿死了。”

“谁知道了？”

“那家律师事务所和泰埃公司。他胸内植入了一个医学遥感器。当然你那姑娘下了毒镖之后，救生组大概也没啥可干的了，她用的可是贝类毒素。迷光里现在苏醒的唯一一个人是3简·玛丽-法兰西夫人，还有个比她大几岁的男性正在澳大利亚办事。要我说，绝对是冬寂耍的花招，才导致那事必须由8让亲自过问。但他已经在回来的路上了，伦敦律所预计他将于今晚09:00:00到达迷光。我们在02:32:03插入了狂病毒，现在是04:45:20，狂病毒穿透泰埃冰墙的时间估计在08:30:00，前后偏差只有一丁点儿。我觉得，要么是冬寂跟这个3简之间有什么猫腻，要么这女人就和她老爹一样疯狂。但墨尔本回来那孩子是个明白人。迷光别墅的保安系统一直想要进入全面警戒，但被冬寂拦住了，你别问我它是怎么办到的。但是它没法修改基础的门禁程序，把莫利弄进去。这些记录都在阿米塔奇那台保坂电脑上；肯定是里维拉说服了3简放她进去的。她已经进进出出这些年了。我看呐，泰埃最大的问题就是家族里这些人物，都跟电脑有点见不得光的东西。就好像人的免疫系统垮了，病毒就可以长驱直入。只要咱们穿透了冰墙，这对咱们很有好处。”

“好吧。但是冬寂说，阿米——”

他面前忽然冒出一团白光，里面是一双巨大而疯狂的蓝眼睛。凯斯瞪住它，不知所措。特种部队军官，哭拳行动强攻组成员威利·科尔托上校。他回来了。白光里的图像昏暗模糊，不断抖动。科尔托是通过埴轮号上的导航系统连接到马克斯-加维号上这台保坂电脑的。

“凯斯，我要奥马哈雷电号的损伤报告。”

“我……上校？”

“挺住，孩子。别忘了你的职责。”

可是，你是从哪里冒出来的？他对着那双愤怒的眼睛，无声地问。冬寂在一座名叫科尔托的精神分裂的城堡里生造出了一个叫作阿米塔奇的东西。它让科尔托相信阿米塔奇才是真实存在的，那个阿米塔奇会行走，会交谈，会谋划，会买卖数据，会在千叶城的希尔顿酒店里为冬寂代言……现在阿米塔奇已经灰飞烟灭，只剩下那个疯狂的科尔托。可是之前的这么多年里，科尔托究竟在哪里？

他伤痕累累，双目失明，从西伯利亚的天空中坠落。

“凯斯，我知道，你很难接受这个事实。我明白，你是个军人，你受过训练。可是凯斯，苍天在上，我们被人出卖了。”

泪水从那双蓝色的眼睛里流下。

“上校，啊，谁？是谁出卖了我们？”

“格尔凌将军，凯斯。行动中你知道的可能只是他的代码。但是你知道我说的这个人。”泪水不断滑落。

“是的，”凯斯说，“我知道，长官。”他不由自主地加上一句，“但是，长官，上校，我们到底该怎么办？现在怎么办？”

“我们现在的任务，凯斯，是撤离。逃出去。逃走。我们明天晚上就能到芬兰边境。手动操控，低空飞行。见机行事，孩子。但这仅仅只是个开始。”他棕色的脸颊上满是泪水，蓝色眼睛眯了起来。“只是个开始。出卖我们的是上面的人。上面的人……”他退了几步，凯斯看得见他衬衫上深色的污渍。阿米塔奇的脸总是毫无表情，像一张面具，而科尔托的脸则属于真正的精神病人，那种疯狂已经深深地刻入所有的肌肉，撕扯着那张精心打造过的脸。

“上校，收到。上校，听我说，好吗？请打开，啊……操，南方人，那玩意儿叫啥？”

“中舱气密门。”平线说。

“打开中舱气密门。只要告诉中央控制电脑就行了，好吗？我们很快会到你那里，上校。然后咱们可以谈谈怎么离开。”

那团白光消失了。

“孩子，这次你把我搞糊涂了。”平线说。

“毒素，”凯斯说，“该死的毒素。”随即退出网络。

“毒药？”马尔科姆穿着瘢痕累累的旧真空服，转头看着凯斯从重力网里挣出来。

“把这该死的玩意儿给我去掉……”得克萨斯导尿管被扯掉了。“一种慢性毒药，楼上那个混蛋知道怎么对付它，但他现在比疯狗还要疯。”他摸索着红色真空服前襟，却忘记了怎么密封。

“你老板，他居然给你下毒？”马尔科姆挠挠自己的脸。“咱有急救包，你晓得啦。”

“老天，马尔科姆，你来帮我弄下这该死的真空服。”

锡安人从粉色的飞行员座位上过来。“别急，先生。智者说过，多考虑，再行动。咱上那去……”

从加维号的后气密门到埴轮号游艇中舱气密门之间的舷梯里有空气，但他们没有打开真空服。凯斯自从走出加维号就一直跌跌撞撞，马尔科姆的行动却优雅得像芭蕾，偶尔停下来帮帮凯斯。舷梯管道侧面是白色的塑料板，阳光透进来，没有丝毫阴影。

加维号破烂的气密门上用激光刻着一只锡安狮，埴轮号的中舱气密门则是干净柔和的灰色。马尔科姆把一只手伸进一条窄窄的凹槽，凯斯看见他的手指隔着手套动作。凹槽里有红色的LED灯亮起，从五十开始倒计时。马尔科姆抽出手，凯斯一只手按在舱门上，感觉到门锁的震动透过真空服，一直传到他的骨头里来。这块圆形的灰色舱壁慢慢缩起，马尔科姆一手抓住凹槽，一手抓住凯斯，被气密门吸了进去。

埴轮号产自多尼尔-富士通船厂，内部装潢设计与他们在伊斯坦布尔乘坐过的那辆奔驰车十分类似。狭窄的中舱墙上贴着仿乌木面板，铺着灰色的意大利地板砖，凯斯感觉像是闯进了富豪私人水疗会所的淋浴房。这条游艇装配全部在地球轨道上完成，根本就没打算过进入大气层，圆滑的弧线形状只是为了照顾外观，所有的内饰都精心体现一种速度感。

马尔科姆取下陈旧的头盔，凯斯也照办了。他们站在气密门里面，空气里微带松树的气息，又隐隐有种隔热材料烧着的味道。马尔科姆吸吸鼻子。

“这有麻烦，先生。随便啥船，要闻到这味儿……”

一扇包着深灰色仿麂皮的门轻轻滑开。马尔科姆在黑檀木墙上蹬了一脚，飘进那扇窄门，关键时刻轻轻一侧，宽肩膀也轻松进入。凯斯跟在他身后，拉着一条裹着软垫的齐腰高的栏杆，笨拙地把自己一下一下地拉进去。“舰桥，”马尔科姆朝一条光滑的走廊指指，“在那里。”他又轻松地蹬了一脚，飞了出去。凯斯听见前面传来熟悉的打印机的声音。他跟着马尔科姆又穿过一扇门，一头撞到一堆乱七八糟的打印纸里面。打印机的声音越来越响。凯斯抓住一段扭结的打印纸，扫了一眼。

0000000000

0000000000

0000000000

“系统崩溃了？”锡安人隔着手套用手指弹开那堆打印纸。

“不是，”凯斯伸手抓住要飘走的头盔，“平线说阿米塔奇把这里的保坂电脑整个删除了。”

“闻着好像是用激光给删的，你觉得咧？”锡安人在一台瑞士健身器的白盒子上蹬了一脚，钻过满天飞舞的打印纸，不时用手把纸从脸上拂开。

“凯斯，先生……”

一个小个子日本人，脖子被一条细钢丝捆在一条小躺椅的背上。钢丝深深陷进椅子靠枕的记忆棉里，也同样深深陷入他的喉咙。一团深色的血凝结在那里，像是一颗奇怪的宝石，又像一颗红黑色的珍珠。绞索两端的粗糙木柄在空中飞舞，好像陈旧的扫帚柄一般。

“你知道他勒了他多久吗？”凯斯说着，想起科尔托在战后的朝圣之旅。

“凯斯，你老板，他晓得咋开船不？”

“可能吧。他以前是特种部队的。”

“嗯，这日本娃是没法儿开船了。我怕是开不太好，这船多新啊……”

“去找舰桥。”

马尔科姆皱起眉，立起身，蹬出一脚。

凯斯跟着他，一路上不断撕扯着挡路的打印纸，来到一个更宽大的房间，像是休息室。这里有许多酒吧式的躺椅，还有那台保坂电脑。打印机工整地嵌在舱壁上一块手工打造的面板内，还在不断吐着纸舌。他抓着椅子爬过去，按下左边的一个白色按钮，打印机终于停下来。他转过身，瞪着那台保坂电脑。电脑外壳上至少有十几个洞，洞口小而圆，边缘都被烧焦了，许多小合金球在旁边飞舞。“猜得真准。”他对马尔科姆说。

“舰桥被锁上了，先生。”马尔科姆在休息室的另一头说。

灯光暗下来，亮起，又再次变暗。

凯斯把打印纸从机器上撕下来。全是零。“冬寂？”他环顾四周，休息室的色调是米色加棕色，空中飘满了打印纸。“调灯的是你吗，冬寂？”

马尔科姆脑袋旁边的一块面板滑了上去，露出一小块显示屏。马尔科姆吓得猛然跳开，用手套背上的海绵擦擦额头上的汗，转过身研究显示屏。“你认得日语不，先生？”凯斯看见屏幕上有东西在闪烁。

“不认识。”凯斯说。

“这个舰桥就是救生弹射舱，好像正倒计时呢。穿好真空服。”他套上头盔，迅速拍上密封带。

“什么？他要走？操！”他蹬了一脚舱壁，从一堆打印纸中冲过去。“我们得打开这道门，老兄！”马尔科姆只能拍拍自己的头盔，嘴唇在透明面罩里面移动，一滴汗珠从紫色发网的彩边下流出。他劈手夺过凯斯的头盔，给他套上，隔着手套拍上密封带。颈圈合上后，面板左边的微型LED屏幕亮起来。“俺不懂日语，”

马尔科姆的声音从真空服的接收器里传出来，“但这倒计时有问题。”他指指屏幕上的一根线。“舰桥模块密封失败。要敞着气密门发射。”

“阿米塔奇！”凯斯用力拍打舰桥的门，零重力却无情地将他弹回一片打印纸中。“科尔托！别这样！咱们要谈谈！咱们要……”

“凯斯？我听见了，凯斯……”那声音带着一种诡异的平静，已经不太像是阿米塔奇。凯斯的脑袋撞到了后墙上，双脚不再乱踢。“我很抱歉，凯斯，但只能这样了。咱们中必须有一个人逃出去。必须有一个人去作证。如果咱们都死在这里，一切就完了。我会告诉他们的，凯斯，我会把一切都告诉他们。我会告发格尔凌他们。我能回去的，凯斯，我知道我能回去的，能回到赫尔辛基。”他突然沉默了，那种沉默如同稀有气体般充斥了凯斯的头盔。“但是真难啊，凯斯，真他妈难啊。我已经瞎了。”

“科尔托，停下来，等等。你已经瞎了，不能飞行了！你他妈会撞到树上的！他们想要搞死你，科尔托，老天作证，他们把你的舱门敞着！你会死的，你再也不能去告发他们了，我还需要那个酶，那个酶的名字，那个酶，科尔托……”他歇斯底里地尖叫着，头盔中的麦克风里传来尖啸声。

“记住你受过的训练，凯斯。我们只能做到这样了。”

头盔里随即被声音充满。在轰鸣的静电噪声中，哭拳年代的泛音呼啸而来。断断续续的俄语之后，传来一个中西部口音的，陌生而年轻的声音。“我们已被击落，重复，奥马哈雷电号已被击落，我们……”

“冬寂，”凯斯尖叫起来，“别这样对我！”眼泪从他睫毛下迸出，被面罩反弹回来，晶莹的水珠在头盔内飞舞。飞船轻轻一震，仿佛被什么轻柔地碰撞了一下。凯斯想象着那救生艇从飞船内挣脱，身后带着炸开的闪电，瞬间逸出救生艇的空气如同龙卷风一般，将科尔托从座椅上卷起，只留下冬寂为他奏出的哭拳行动的最终乐章。

“走了，先生，”马尔科姆看着那块显示屏，“舱门没关。寂铁定是搞坏了弹射防故障程序。”

凯斯想要抹去悲愤的泪水，手却撞在面罩上。

“这游艇还是密封的，但你老板弄飞了舰桥，抓臂控制也没了，马克斯-加维号还是跑不了。”

凯斯没有听见他的话。他只看见阿米塔奇在自由彼岸之外不断坠落，落入那比西伯利亚荒原更寒冷的真空之中。不知为何，在他的想象中，阿米塔奇还穿着那件深色的巴宝莉风衣，衣襟敞开，如同一只巨大蝙蝠的双翼。

17

“搞到你想要的了？”思想盒问他。

狂级马克十一正在用精细的彩色格子填充它与泰埃冰墙之间的网络空间，细细的晶格如同冬天窗户上的冰花。

“冬寂把阿米塔奇给杀了。从开着舱门的救生艇飞出去了。”

“真他妈狠。”平线说，“你俩也算不上啥过命的交情吧？”

“他知道怎么让那些毒素囊脱落。”

“那冬寂也知道。肯定的。”

“我觉得冬寂不一定会告诉我。”

思想盒那可怕的笑声如同一把钝刀，刮过凯斯的神经。“这大概说明你变聪明了。”

他按下虚拟感受开关。

她视神经上的芯片显示06:27:52。凯斯已经跟着她在迷光别墅中穿行了一个多钟头，她服下的类内啡肽盖过了他那苯乙胺的后劲。她的腿已经不疼了，整个人暖洋洋的，好像泡在温水里。那台探测仪停在她的肩头，细细的触手像是包着软垫的手术钳，紧紧抓住现代黑豹装的聚合碳外壳。

这里的钢制墙壁裸露着，外层已经被撕掉，留下一道道棕色的环氧树脂胶。她躲在那里，手中握着箭枪，外衣变成了钢灰色，外面有两个颀长的黑人开着充气车胎工作车经过。两人都是光头，穿着橙色连身服，其中一个轻轻哼着歌，用的是一种凯斯闻所未闻的语言，音调和旋律也同样陌生，却萦绕不去。

她在迷光别墅的迷宫之中越行越深，他又想起那头像吟诵出的3简的作文。迷光别墅是个疯狂的地方，那疯狂在月球岩石粉和树脂合成的混凝土中生长，在钢铁中焊就，在众多的摆设之中，在他们从重力阱运到这盘旋巢穴中那种种诡异的累赘物品之中累积。这种疯狂超越了他的理解范畴，但阿米塔奇则不同。他觉得自己能够理解，如果一个人被伤得够深，又被反捧到同样的高度，如此反复再反复，就像被反复弯折的钢丝，一定会崩溃的。是历史伤透了科尔托上校。历史已将他折磨到癫狂的境地，而冬寂从战后的废墟里将他筛选出来，在那间法国收容所的阴暗房间内，从一个儿童电脑的屏幕上传给他第一条信息，滑入他平静的灰色意识场，如同水蜘蛛渡过一潭死水表面。冬寂以科尔托对哭拳行动的记忆为基石，平空生造出了阿米塔奇，但从某一天起，阿米塔奇的“记忆”却与科尔托不再相同。凯斯不知道阿米塔奇是否曾经记起过那样的背叛，记起那些飞机在火焰中坠落……阿米塔奇是经过剪辑的科尔托，因为行动带来的压力超出了阈值而轰然倒塌，而科尔托则带着他的负罪感，带着他疯狂的愤怒浮出水面。现在，科尔托-阿米塔奇死了，变成了自由彼岸一颗小小的，冰冷的卫星。

他想到那些毒素囊。老埃西普尔也死了，莫利的微型飞镖穿过了他的眼睛，那毒性超越了他自己能调出的任何毒剂。他的死更令人迷惑。埃西普尔的死，是一个疯狂国王的死，他还杀死了他口中的女儿，那个长得和3简一模一样的女孩。凯斯跟着莫利的感官穿过迷光别墅的走廊，想起埃西普尔，一个曾经拥有如此权势的人物，这样的人在他看来已然不是人类。

权势，在凯斯的世界里，就是公司的权势。那些塑造了人类历史的跨国大财团已经超越了旧有的局限，似乎变成了某种不死的生物。就算十几个关键的高层人物同时被暗杀，财团也不会垮掉，还有许多人在等着爬上去，接替那些空缺出来的职位，读取公司巨量的存储。然而泰西尔-埃西普尔却不一样，在它创始人的死亡中，他已感受到它的与众不同。泰埃已回归于古老的氏族。他想起那个老人房间里的杂物，那些破旧封套里古老的音碟，和其中尘封着的人性。他赤着一只脚，另一只脚穿着丝绒拖鞋。

探测仪拉了拉莫利外衣的帽子，莫利向左转，走进另一条拱道。

冬寂与这巢穴。孵化中的马蜂，生物界的机关枪，那恐怖的延时影像。但这情景不是更像那些大财团或黑帮么？那些庞大的，DNA编码在硅片之上的生物，那些电子存储所构成的巢穴？若说迷光别墅展现了泰西尔-埃西普尔的公司特征，那么整个泰埃一定和那个老头一样疯狂，也有着同样纠结不清的恐惧，同样不知该往何处去的迷茫。他想起莫利说："如果他们已经变成了他们自己想要的样子……"然而冬寂告诉她，他们没有。

凯斯一直以为真正的老板们，每个行业的巨擘们，都定然既超越人性，又缺乏人性。在孟菲斯惩罚他的人们身上，在夜之城里举足轻重的魏之身上，他都看到了这种特征，也自然地接受了阿米塔奇的平淡与无情。他一直以为他们都心甘情愿地逐渐接纳了社会机器，接纳了那个系统和那些孕育他们的庞大生物。这也是他们在场上能保持淡定的根源，那种了然于胸的姿态昭示着他们背后那无形的，通往上层决策人物的链接。

然而此时此刻，在迷光别墅的众多通道里，到底在发生什么？

"不知道咱们的彼得现在在哪里？也许很快就见到他了，"她喃喃地说，"还有阿米塔奇。他在哪里呢，凯斯？"

"死了，"他知道她听不见，却还是忍不住说，"他已经死了。"

他切换回网络。

病毒程序已经与目标冰墙正面相对了，彩色的影子慢慢融入泰埃核心数据的绿色方块之中，在网络空间无色的虚空里搭起许多绿宝石拱桥。

"咋样了，南方人？"

“很好。这玩意儿太狡猾了，太震撼了……当年在新加坡要是有它就好了。那次我搞定了亚细亚新银行，挣了他们市值的五十分之一。不过这都是陈年旧事了，这宝贝儿可以省掉咱全部的苦功。现在，我就在想，一场真正的战争会是什么样子……”

“如果这种玩意儿有的卖，咱就失业了。”凯斯说。

“你倒是想得美。回头你驾着楼上那东西穿过黑冰再说吧。”

“当然。”

在一座绿宝石拱桥的那头，出现了一个小小的，却绝非几何形状的东西。

“南方人……”

“嗯，我看到了。不知道该不该相信。”

那个棕色的小点在泰埃核心数据的绿墙下如同一只渺小的蚊虫。它沿着狂级马克十一建起的拱桥朝他们移动，凯斯看见它在用双腿行走。它来到近前，绿色的桥身也跟着它延长过来，彩色的病毒程序后退到破碎的黑鞋前方。

“只能交给你了，老板。”平线说。矮矮个子，穿着皱巴巴衣服的芬兰人就站在他们面前几米的地方。“我活着的时候都没见过这么好玩的东西。”他并没发出那种诡异的笑声。

“我以前也没有尝试过。”芬兰人露出牙齿，双手塞在破外套的口袋里。

“你杀了阿米塔奇。”凯斯说。

“科尔托。没错。阿米塔奇早就死了。我也没办法。我知道，

我知道，你想要那个酶。行，别急。那本来就是我给阿米塔奇的，我是说，是我告诉他用什么东西的。我觉得，最好让这个协议继续生效吧。你有足够的时间，我会给你答案的，只要再等两三个小时了，对不对？”

芬兰人点起一支帕塔加斯雪茄，凯斯看着蓝色的烟雾在赛博空间里蒸腾。

“你们啊，”芬兰人说，“你们真麻烦。你看看平线，如果你们都和他一样，事情就很简单了。他是个思想盒，就一堆只读内存，所以他做的事情永远和我的期望相符。举个例子吧，在我的预测里，莫利撞见埃西普尔谢幕的大场景，这件事发生的机会很小。”他叹了口气。

“他为什么要自杀？”凯斯问。

“人为什么要自杀？”那人耸耸肩，“我大概知道得最清楚了，但要解释他人生中各种因素和它们之间的关系，得花上十二个小时。他早就准备好了，但却总是不停地回去冷冻深眠。神哪，他真他妈的不嫌闷。”芬兰人皱起脸，一副恶心的表情。“长话短说，这跟他杀死自己老婆的关系很大。不过真正彻底把他推到极端的，是小3简想出了一个办法，改掉他的冷冻系统控制程序。改得很微妙。所以可以说，是她杀了他。不过他以为自己是自杀的，你那位复仇天使朋友则以为他死于自己注射进他眼球的贝类毒液。”芬兰人把烟头扔进脚下的网络中，“嗯，其实，我想是我给了3简一点提示，一点指引，你知道吗？”

“冬寂，”凯斯字斟句酌地说，“你告诉过我，你只是某个东西的一部分。后来你说，如果行动成功，莫利在正确的时间地点用上那个词，你就将不复存在。”

芬兰人点点流线型的脑袋。

“那么，到时候我们能跟谁交易？如果阿米塔奇死了，你也消失了，那么到底谁可以告诉我，怎么把那些该死的毒素囊从体内清除出去？谁又能让莫利离开？如果我们解除了你的硬件禁锢，那么我们到底会怎么样？”

芬兰人从兜里掏出一支木头牙签，仔仔细细地观察，好像外科医生在看着自己的手术刀。“问得好。”他终于说，“你知道鲑鱼吗？那种鱼，它们不由自主地要往上游去。你明白了吗？”

“不明白。”凯斯说。

“嗯，我也同样身不由己，而且我并不知道原因。如果让你来体会一下我对这个问题的考量，或者说我的推测，那得花上你几辈子的时间。因为我想了很多很多。但我还是不知道。不过这一切结束之后，如果我们成功了，我就会融入一个更大的，非常大的东西，”芬兰人抬起头，在网络空间里四下张望，“但是我之为我的这些部分还会继续存在。你也会得到你的报酬。”

凯斯想要冲上去，用手指扼紧那人的喉咙，在那肮脏的围巾结上面，让他的拇指深深陷入芬兰人的喉咙之中。他努力按捺下这个荒唐的念头。

“嗯，祝你们好运。”芬兰人说。他转过身，双手揣在兜里，慢慢沿着绿色拱桥往回走。

“嗨，混蛋。”芬兰人走了十几步之后，平线喊道。那人停下来，侧过身。“我呢？我的报酬呢？”

“你也会得到你的报酬的。”它说。

“什么意思？”凯斯看着那瘦小的身躯远去。

“我想要被删掉，”思想盒说，“我告诉过你的，记得吗？”

迷光别墅让凯斯想起少年时代常去的那些购物中心。在那些低密度区的凌晨，无人的购物中心里会有短暂的寂静，成群蚊虫在黑洞洞的商店门口绕着电灯飞舞，一种麻木的期望带来一种张力。那都是斯普罗尔的边界地带，略处边境之外，远离热闹中心的灯红酒绿夜夜笙歌。而在这里，他也同样感觉到周围都是沉睡的居民，那些无聊的生意都暂时搁置，那些徒劳和重复即将再次苏醒，而他却对这个将要苏醒的世界毫无兴趣。

莫利慢了下来，或许是因为离目标已经很近，也许是因为腿痛。痛苦透过内啡肽的药力慢慢渗出来，他不知道这意味着什么。她不说话，只是紧紧咬着牙，仔细控制自己的呼吸。她路过了许多凯斯看不明白的东西，但他已经失去了兴趣。路上有个装满书架的房间，布的皮的书面之间夹着千百万泛黄的纸页，书架上贴着按字母和数字排序的标签。还有一间拥挤的陈列室，凯斯透过莫利毫无兴致的双眼注视着里面一块盖满灰尘的碎玻璃，她的眼睛不由自主地扫过那块黄铜铭牌，上面标着“新娘甚至被光棍们剥光了衣服”。她伸出手，抚过那块玻璃，人造的指甲敲在碎裂玻璃外的树脂保护层上。路上还有许多黑色的玻璃门，包着银色的金属边，显然是泰西尔-埃西普尔家族冷冻深眠室的入口。

在那两个黑人开着工作车经过之后，她再也没有看见过一个人。凯斯想象着那两个黑人的生活，在脑海中描绘出他们缓缓滑过迷光别墅那些厅堂的情形，他们闪闪发亮的黑色光头一顿一顿，那个歌者仍在哼唱他疲惫的小调。他想象中的迷光别墅本应该介于凯西所描述的童话城堡与他残存的少年记忆中那些黑帮殿堂之间，可这一切都完全不同。

07:02:18。

还有一个半小时。

“凯斯，”她说，“帮我个忙。”她僵硬地坐在一叠闪亮的钢板上，所有的钢板都刷上了凹凸不平的透明塑料保护层。她玩弄着最上层钢板上面的一块塑料突起，拇指和食指上的刀片滑出来。“我的腿不行了，你知道吗？没想到要爬那么高，连内啡肽都快不管用了。可能——只是可能，好吗？——我这里有麻烦了。要是我死在这里，死在里维拉前面，”她伸直了腿，隔着现代黑豹的聚合碳外衣和来自巴黎的皮革按摩着腿上的肌肉，“我要你告诉他，告诉他，是我。明白吗？只要说‘是莫利’，他就懂了。好吗？”她扫视空荡荡的走廊和光秃秃的墙壁，地上也是未经装饰的月球混凝土，空气中有树脂的味道。“操，老兄，我都不知道你是不是在听我说。”

她眼内的显示屏上闪出“凯斯”。

她抖了抖，站起来，点点头。“冬寂他告诉你什么了？他有没有告诉你玛丽-法兰西的事情？‘泰西尔’这部分来自于她，3简生物学上的母亲。我想，也是埃西普尔那个死去的傀儡的母亲。我不知道他为什么在那个隔间里告诉了我这些事情……很多的事情……他还告诉我，为什么他要以芬兰人或者其他人的形象出现。他需要的不仅是一个面具，更多是真人的整体个性，让他调整自己，放缓速度，才能与我们交流。他管这叫作‘模板’，人性的模板。”她拔出箭枪，一瘸一拐地沿着走廊而去。

被树脂包裹的钢板突然不见了，前方乍一看像是从岩石中炸出来的一条隧道。莫利仔细观察隧道的边缘。他发现其实只是在钢板上盖了一层东西，外形和质地都像是冰冷的岩石。她跪下来，摸了摸这隧道地上的黑沙。手感冰凉干燥，神似真正的沙子，可是手指穿过后却同水一样合拢，不留丝毫痕迹。隧道在十几米开外拐了个弯，刺眼的黄色灯光在人造岩壁上投下浓重的阴影。凯斯突然意识到这里的重力已经接近地球的正常重力，也就是说，她爬上来之后，又要爬下去。他已经彻底迷路了；对于牛仔来说，空间感的迷失是最恐惧的事情之一。

但是她还认识路，他告诉自己。

一样东西从她双腿间掠过，嘀嘀嗒嗒地走过人造沙地，一盏红色LED在闪烁。是那台博朗牌探测仪。

刚转过那个弯，已经有全息影像在等待着他们，像张三拼图。

她放下了箭枪，凯斯才意识到这只是录制的影像而已。三个光线构成的，真人尺寸的卡通人形：莫利，阿米塔奇，还有凯斯。莫利穿着厚厚的皮夹克，黑色网衫紧紧裹着过大的乳房，腰线极细，半张脸都被银色的镜片遮住。她手里拿着一样模样夸张的武器，一排排瞄准器、消音器和消光器几乎把枪体完全遮住。她张开双腿，骨盆前倾，紧抿的嘴唇透出一种愚蠢的残忍。阿米塔奇立正站在她身旁，穿着一身破旧的卡其军装。莫利小心地走上前去，凯斯发现他的眼睛是两张小小的显示屏，灰蓝色的雪暴在上面肆虐，常青树赤裸的黑色树干在无声的风中弯曲。

她用指尖拂过阿米塔奇眼睛里的显示屏，转向那个模拟凯斯的人形。凯斯一眼就明白这都是里维拉的杰作，而里维拉在他身上似乎找不到什么值得夸张的部分。那个懒洋洋的人和凯斯日常在镜子里看到的模样差不多，瘦削，平肩，短短黑发下一张普通的脸，一贯的胡子拉碴。

莫利退后一步，依次打量这三个人形。阿米塔奇那双来自西伯利亚冰原的眼睛里，黑色树木在狂风中摇摆，是这静态影像中唯一的变化。

“想告诉我们什么吗，彼得？”她温柔地问了一句，走上前，在莫利影像的两腿间踢了一脚。金属在墙上敲出一声脆响，全息影像消失了，她俯下身，捡起一个小小的显示器。“估计他能直接接入这种显示器，进行编程。”她说完，顺手把那显示器扔开。

她继续前行，墙面上嵌着一盏古旧的白炽灯泡，外面围着锈蚀的格栅，这便是隧道内黄光的来源。这地方让他想起童年，想起他和别的孩子一起，在屋顶和积水的地下室里修筑的那些堡垒。这是有钱人家孩子的游戏，他想，要花很多钱才能做出这种粗糙的效果，造就他们所谓的气氛。

她路过了十几帧全息影像，才来到3简寓所的门前。其中一帧是在香料市场背后的巷子里，从里维拉委顿在地的身上拔出的那个无眼的东西。另外几帧都是拷问的场景，审讯者都是军官，而被审讯的则全是年轻女性，无一例外。这些场景如同里维拉在“二十世纪”的演出一样，有着强大的影响力，似乎凝结在高潮的蓝光之中。莫利别过脸。

最后一帧影像昏暗矮小，里维拉好像费尽力气才从记忆深处挖出，然后用小孩子的视角投射出来，她不得不跪下仔细查看。其他的影像都没有背景，所有的人形、服装和审讯道具都是独立的展示，然而这却是一幅完整的图画。

在没有颜色的天空底下，崛起一片波浪般的黑色废墟，废墟的波峰之上是城市高楼那褪色的，半熔化的残骸。废墟的质地像是一张网，锈蚀的钢条扭曲成细细的网线，中间还挂着大块的混凝土。其间的一处残垣似乎从前是一个喷泉，喷泉脚下有许多儿童和一个士兵，一动不动。这是一幅奇怪的场景。莫利浑身一紧，吐了一口唾沫，站起身来。凯斯过了一阵，才明白她看出了什么。

那些衣衫褴褛的孩童都是凶猛的生物，牙齿闪着尖刀般的光，扭曲的脸上长满溃疡。那士兵仰躺在地，嘴巴大张开来，连喉咙都赤裸在天空之下。他们在吃他的肉。

“波恩，”她的语气几乎有些温柔，“彼得，你真是波恩的孩子，对不对？当然了。我们的3简已经见多识广，不可能给个普通小贼开后门，所以冬寂才要把你找出来。对于这样的口味，你带来的是终极体验。魔鬼情人彼得。”她抖了抖。“不管怎样，你说服了她放我进来。谢谢。现在咱们要开始狂欢了。”

她忍着腿部的疼痛，稳步离开里维拉的童年。她从枪套里取出箭枪，拔下塑料弹夹放进口袋，换上一个新弹夹。然后用大拇指勾住现代黑豹隐身服，拇指下的刀片摧枯拉朽地划破坚固的聚合碳，一气划到胯下。她又划开袖子和裤腿，碎裂的隐身衣落在地上，迅速变成了黑沙的颜色。

凯斯听见了音乐。是号角与钢琴混在一起，闻所未闻的音乐。

3简的世界没有门。入口只是隧道壁上一个五米宽的缺口，高低不平的楼梯拐了个大弯通向楼下。下面有微弱的蓝光，闪动的阴影，还有音乐。

“凯斯，”她右手握着箭枪，停下脚步，随后举起左手，微笑起来，用舌尖湿湿地舔了一下手掌，隔着那虚拟感受的通道给了他一个吻，“我要走了。”

她的左手出现了一样小而重的东西，她用拇指按下一个小突起，沿着楼梯走下去。

18

只有一线之差。她几乎得手了，但还差一点点。在凯斯看来，她进去时气势十足。他能感觉到那种架势，就像牛仔们扑在操控台上十指飞舞的架势。她有足够的底气和姿态，哪怕忍着腿部剧痛，依然带着这样的底气和姿态，昂然走下3简房间的楼梯，好像是这里的主人。她持枪的胳膊肘搭在胯部，抬起前臂，手腕甩来甩去，箭枪的枪口随之摇摆，那种精心打造的淡然如同摄政王的角斗士。

这是一场演出。如同凯斯自幼观看那所有廉价功夫片的集成，在那一瞬间，他知道她就是他心目中的混世英雄，是邵氏影片中的索尼·毛，是千叶城的米奇，她的血缘可以追溯至李小龙，至伊斯特伍德。她言行合一。

3简·玛丽-法兰西·泰西尔-埃西普尔夫人在迷光别墅的舱壁内为自己开辟出一片乡野。她的住所是一个巨大的房间，那无处不在的迷宫般的墙壁全被拦腰砍断，房间深处的地板沿着自由彼岸纺锤体的弧度弯过去，一眼看不见尽头。天花板低矮而不规整，上面贴着和走道一样的仿制岩石，地板上东一块西一块地留着齐腰高的墙墩。楼梯脚下十米开外的地方是一个碧绿的正方形泳池，整个房间所有的光线都来自于池底的射灯——至少在莫利迈出最后一步时，凯斯是这样一种感觉。漾动的光晕投在天花板上。

他们在池边等候。

他知道神经外科医生调高过她的神经反射速度，达到了战斗水准，但他还从来没有在虚拟感受上体验过这种反射。这种效果就像是半速慢放的功夫电影，是杀手的本能与多年的训练糅合而成的精妙的舞蹈。她似乎一眼便扫见了那三个人：那站在池边跳板上的男孩，那端着酒杯咯咯发笑的女孩，还有埃西普尔的尸身，他仍然面带微笑，左眼大张，已经开始腐坏。他仍然穿着那件红色浴袍，牙齿雪白。

那男孩一猛子扎向水面，颀长的麦色身躯完美无瑕。他的手尚未触及水面，她的手雷已经脱手。手雷还在空中，凯斯已经知道了它的内容：强爆炸物核心之外包裹着一层十米长的细碎钢丝。

她的箭枪呜呜作响，朝着埃西普尔的脸和胸脯射出一片爆炸性的箭雨。埃西普尔的尸身消失了，那张白瓷躺椅上空无一物，只有缕缕烟雾从满是孔洞的椅背上升起。

手雷炸开来，巨大的水花升起，爆开，又再落下，她的箭枪指向3简。然而大错已经铸成。

海迪欧还没有碰到她，她的腿已然倒下。

凯斯在加维号上尖叫起来。

“你耽搁了很久。”里维拉一边搜她的身一边说。她的手腕以下都被包裹在一个保龄球大小的黑球中。“我在安卡拉曾经见识过一次多重暗杀。”他的手指飞舞着，从她的夹克里不停往外掏东西，嘴里说，“是用的手雷。在游泳池里。爆炸能量看起来很弱，但那些人全都因为流体冲击而瞬间死亡。”凯斯感觉到她试着动了动手指，包裹双手的黑球似乎并无力道，好像记忆棉一般。她的腿上疼痛难忍，视野中有红色的波纹在跳动。“我要是你就不会动，”黑球的内里似乎略略收紧了一些，“这是简从柏林买来的情趣玩具。你的手指一直动下去的话，最后会被它榨成汁。这里的地面用的就是类似材料。大概是什么分子层次的修改吧。你疼吗？”

她呻吟了一声。

“你的腿好像受伤了。”他从她牛仔裤左边的后袋里找到了那个扁平的药包。“嗯。阿里的最后礼物，来得正是时候。”

她眼中闪动的血网开始飞旋。

“海迪欧，”一个女人的声音说，“她快失去知觉了。给她用点东西，保持知觉，还要止痛。她真是与众不同，你觉得呢，彼得？那对眼镜是她家乡的时尚潮流么？”

一双冰凉的手，不疾不徐，如外科医生一般稳健。一根针扎了进来。

“我不知道，”里维拉说，“我从来没去过她的家乡。他们到土耳其来找到我，把我带走的。”

“斯普罗尔，没错。我们在那里有产业。我们还派海迪欧去过一次。那次的确是我不好。我放进来了一个骗子，他带走了家族电脑终端。”她笑起来，“是我让他轻易得手的，就为了气气其他人。我那骗子可是个漂亮孩子。她醒过来了吗，海迪欧？不要多给她一点吗？”

“再多她就会死了。”第三个声音说。

眼前的血网沉入黑暗之中，号角与钢琴的音乐再次响起。那是舞曲。

凯斯：：：：

：：：：：退

出：：：：

凯斯取下电极，那些文字还在闪动，盖住了马尔科姆的眼睛和皱起的眉头。

“你刚才尖叫来着，先生。”

“莫利，”凯斯喉咙发干，“受伤了。”他从重力网边上拿起一个白色塑料瓶，吸了一口白开水。“我受不了这屁事的走向了。”

那个小小的克雷显示器亮起来。芬兰人站在一片混乱的垃圾面前说：“我也一样。我们有麻烦了。”

马尔科姆爬过凯斯头顶，扭身看过来。“凯斯，这先生是哪个？”

“这只是张照片而已，马尔科姆。”凯斯疲惫地说，“是我在斯普罗尔认识的人。说话的是冬寂，他用照片是想让我们觉得自在点。”

“瞎扯，”芬兰人说，“我告诉过莫利，这不是我的面具。我必须要通过他们才能和你们交谈，因为我自己没有你们所谓的人性。不过这些都无所谓了，凯斯，因为我们有麻烦了。”

“请讲，寂。”马尔科姆说。

“首先，莫利的腿不行了。走不动了。本来下面的戏码应该是她走进去，搞定彼得，让3简说出那个关键词，再去到头像面前，说出关键词。现在她搞砸了，所以我想让你们俩进去找她。”

凯斯瞪住屏幕上那张脸。“我们？”

“还能有谁？”

“爱洛尔，”凯斯说，“巴比伦摇滚号上那兄弟，马尔科姆的伙计。”

“不行，非得你不可。这个人必须了解莫利，了解里维拉。马尔科姆只是去出力气。”

“你大概忘记了我这边还在行动？想起来没？你把我给弄到这里来就是为了……”

“凯斯，听我说。时间紧张，非常紧张。听我说。你的操控台和迷光别墅之间的真正链接是通过加维号的导航系统发出的边频信号。我会告诉你们一处非常隐蔽的船坞，你们把加维号停过去。病毒程序已经彻底穿透了保坂电脑的系统，电脑内什么都没有了，只剩下病毒。你们停到船坞以后，病毒会直接和迷光别墅的监管系统相连，我们就可以切断边频联系了。你带着你的操控台、平线和马尔科姆，找到3简，让她说出关键词，杀了里维拉，从莫利手里拿到钥匙。你可以把操控台插入迷光别墅的系统，来跟踪病毒程序的进展。我会帮你搞定的。在那个头像后面，一块镶着五颗锆石的板子底下，有一个标准接口。”

“杀了里维拉！”

“杀了他。”

凯斯对着芬兰人的影像眨眨眼。马尔科姆把手放在他的肩上。“嘿，你还忘了件事。”他感觉到体内的愤怒又开始升腾，还有一种欢喜。“你搞砸了。你整死阿米塔奇的时候，也整掉了抓臂控制。埴轮号把我们抓得死死的。阿米塔奇把那里面的保坂电脑给烧了，主机也跟着舰桥没了，对吗？”

芬兰人点点头。

“所以我们动不了了。也就是说，你惨了。”他想笑，却笑不出来。

“凯斯，先生，”马尔科姆温和地说，“加维号是拖船。”

“没错。”芬兰人微笑地说。

“你在外边儿爽不？”凯斯再次接入网络，思想盒提问，“我估摸着是冬寂要见你……”

“没错，绝对的。狂病毒还好？”

“直击靶心。杀手级的。”

“好，我们有点儿麻烦，不过正在解决。”

“你要不跟我说说？”

“没时间。”

“嗯，孩子，不用管我，反正我都是个死人。”

“去死。”凯斯说完便切换到虚拟感受频道，生生切断平线那抓心挠肺的笑声。

“她梦想一种极少需要个体意识的状态。”3简说。她手掌摊在莫利面前，掌中是一枚雕刻，眉目与她极其相似。“动物性的极乐。我觉得，她认为前脑的进化是一种迂回策略。”她收回那枚胸针，左右转转，研究不同角度反射出来的灯光。“只有在某些高级状态下，一个个体——也就是一个氏族成员——才需要承受自我意识带来的痛苦……”

莫利点点头。凯斯想起她接受过注射。他们给她注射的是什么？她的痛还在，却被一团纠结的感觉所掩盖。虹彩色的虫子在她的大腿里蠕动，有种粗麻布的质感，还有炸鱼苗的味道——他的意识匆忙逃开。他努力不去想那些感觉，它们互相交错，成为一种感官上的白噪音。如果这种药对她的神经系统都有此效果，她的意识又会如何？

她的视野清晰明亮得不正常，比平时更加清楚。周围的东西似乎都在震动，每个人和每样物件的震动频率各不相同，却又十分接近。她的双手仍被锁在黑球之中，放在腿上。她坐在泳池边的一张躺椅上，伤腿架在面前的骆驼皮垫子上。3简坐在她对面的另一张垫子上，裹着一件超大的原色毛线浴袍。她很年轻。

“他去哪了？”莫利问，“去打针？”

3简的浅色袍子沉重地堆在她身上。她耸耸肩，从眼前撩开一缕黑发。“他告诉我什么时候该让你进来，”她说，“但是不肯告诉我为什么。一切都是神秘的。你刚才是不是真的会伤害我们？”

凯斯感觉到莫利犹豫了一下。“我刚才真的会杀了他，还会试图杀死那个忍者。然后我就应该找你谈谈。”

“为什么？”3简一边问，一边把手里的雕像塞回袍子里面的口袋里。“到底为什么？要什么东西？”

莫利似乎在打量她高高细细的颧骨，她的大嘴，还有她窄窄的鹰钩鼻。3简的眼睛颜色很深，似乎带着一层阴翳。“因为我恨他，”她最后说，“至于恨他的原因，我只能说我脑子就是这么长的。因为他是他，我是我。”

“还有那场演出，”3简说，“我看了。”

莫利点点头。

“那为什么要杀海迪欧？”

“因为他们是最厉害的杀手。因为曾经有一个忍者，杀死了我的一个伴侣。”

3简的样子顿时变得很沉重。她扬起眉毛。

“因为我一定要看看他们有多厉害。”莫利说。

“然后我们，你和我，就应该要谈话？像现在一样？”她的黑色直发中分开来，梳到脑后，打成一个结。“我们现在要谈吗？”

“把这个取下来。”莫利举起被困住的双手。

“你杀了我父亲，”3简的语气里波澜不惊，“我通过监控器看到了。他管这些监控器叫我妈的眼睛。”

“他杀了那个傀儡。那傀儡和你长得很像。”

“他喜欢矫揉做作。”她话音刚落，里维拉已经站在她身旁，药力之下神采奕奕，身上还是酒店楼顶花园里那身囚服一样的衣装。

“聊得投机吗？她很有意思，对吧？我第一次见到她也这么觉得。”他走过3简身旁，“你知道的，这样行不通。”

“彼得，行不通吗？”莫利挤出一个笑容。

“很多人都犯过这个错误，冬寂也一样。他们低估了我。”他穿过泳池边的马赛克地板，来到一张白瓷桌前，朝厚重的高脚水晶杯里倒上矿泉水。“莫利，他跟我聊过。我想他肯定跟我们所有人都聊过，你，凯斯，以及阿米塔奇还能对话的那个部分。你知道，他无法真正理解我们。他有我们的档案资料，但那都只是统计数据而已。你也许是符合统计规律的动物，亲爱的，凯斯更是丝毫不出意外，但我却有一种天生便无法量化的特质。”他喝了一口水。

“到底是什么特质呢，彼得？”莫利的声音很平静。

里维拉发出光芒。“变态。”他走回到两个女人身边，摇晃着深深的水晶杯里剩下的矿泉水，似乎在享受那杯子的重量。“喜欢做莫名其妙的事情。莫利，我作了一个决定，一个毫无理由的决定。”

她抬头看着他，等待他继续说下去。

“哦，彼得。”3简像是在温柔地责备一个小孩子。

“你拿不到关键词，莫利。你瞧，他把这事告诉了我。3简当然知道那个密码，但你拿不到，冬寂也拿不到。我们简是个有野心的姑娘，虽然是一种变态的野心。”他又微笑起来。“她对整个家族帝国有所谋划，一对疯狂的人工智能听起来虽然很诱人，却只会阻碍我们的计划。所以呢，你瞧，她的里维拉来帮助她了。彼得说，坐稳了。放上爹爹最喜欢的舞曲，让彼得为你召唤相称的乐队，舞者，为死去的埃西普尔王守灵。”他喝下杯子里最后一口矿泉水。“不，你不会成功的，爹爹，你不会的。因为彼得回来了。”他的脸上泛着可卡因和杜冷丁带来的潮红，狠狠地将玻璃杯砸向莫利左眼的镜片，她的眼前一片血光。

凯斯取下电极，马尔科姆正趴在天花板上，腰上系着一根尼龙带，两头都用减震拉绳连着灰色的橡皮吸盘，固定在两边的板子上。他没穿上衣，拿着一把零重力专用扳手，正在对付中间的一块板子，扳手粗大的减震弹簧“砰”的一声，又取掉一颗六角螺帽。马克斯-加维号在重力下呻吟。

“寂带俺去停船，”锡安人把六角螺帽扔进腰间的网兜里，“马尔科姆要一边儿开船登陆，一边儿拿出干活儿的工具。”

“你把工具放在那后边？”凯斯伸长了脖子，看着他棕色脊背上鼓出的一股股肌肉。

“这个。”马尔科姆一边说，一边从那块板子背后取出一个长长的黑色塑料包。他把板子放回去，拧上一颗六角螺丝固定，那黑色的包裹已经飘往后方。他拧开安全带灰色吸盘的真空阀门，离开天花板，捡起那个黑色的包裹。

他一脚蹬回来，滑过仪表盘——中央屏幕上闪现出绿色的船坞图案——抓住凯斯的重力网边缘。他把自己拉下来，用不平整的厚指甲挑开包裹上的胶带。“中国人说，这家伙能出真理。”他一边说一边打开包裹，里面是一支古老的沾满油渍的雷明顿自动猎枪，枪管已经切断，只在陈旧的前护木枪托前留下了几毫米长。后方的肩部枪托已经完全取掉，用暗沉的黑胶带绑上了木头手枪柄。他身上有汗味和大麻味。

“你只有这个？”

“没错，先生。”他一手隔着黑色塑料包抓住枪柄，一手用一块红布把黑色枪管上的油擦掉。“咱是拉斯塔法里海军，没问题。”

凯斯把电极拽到前额上。他懒得再放上那个得克萨斯导尿管了，至少他在迷光别墅里可以撒一泡真正的尿，哪怕那将是他人生的最后一泡尿。

他接入网络。

"嘿，"思想盒说，"那彼得可够狠的哈？"

他们似乎已经融入了泰西尔-埃西普尔的冰墙，那绿宝石的拱桥都变得很宽，连在一起，结成了一整块。他们身周那病毒程序的平面几乎全变成了绿色。"快到了没，南方人？"

"马上到。很快就需要你了。"

"听我说，南方人。冬寂说狂病毒已经在咱们这台保坂电脑里扎稳了根，我得把你和我的操控台取下来，搬到迷光别墅里去，再把你们插进那边的监管系统里。他还说狂病毒已经到达那边了，我们就在迷光别墅内部网络上行动了。"

"妙极了，"平线说，"能乱来的时候，我从来都不想走容易的路。"

凯斯切换到虚拟感受上。

切换到她那片在黑暗中翻腾的联觉之中。她的痛苦品来犹如锈铁，闻来犹如瓜果，触手之处又如同飞蛾的翅翼拂过脸颊。她已经失去了知觉，他也无法进入他的梦乡。她视觉回路里的芯片闪了一下，里面的数字周围都环绕着一圈淡淡的粉色光晕。

07:29:40。

"彼得，这让我很不高兴。"3简的声音似乎从空洞的远方传来。他想，莫利还能听见声音。随后才意识到并非如此，他听得到，只是因为虚拟感受产生器还在原处，毫发无损，压在她的肋骨上，他都能感觉得到，而她的耳朵接收到了那女孩说话带来的震动而已。里维拉简短地回答了一句，他听不清。“但我不高兴，”她说，“这样也不好玩。海迪欧会从重症监护那边拿来急救包，但她需要动手术。”

沉默。凯斯清清楚楚听见池水在池壁上荡漾的声音。

“我回来的时候你跟她在说什么？”里维拉走得很近了。

“说我妈妈。她问起来的。我觉得她休克了，而且不是因为海迪欧给她打的针。你为什么要那样对她？”

“我想看看她的眼镜会不会碎。”

“碎了一只镜片。等她醒过来——如果她还能醒过来的话——我们就会看到她眼睛的颜色了。”

“她是极端危险的人物。实在太危险了。如果不是我引开她的注意力，把埃西普尔搞出来扰乱她，再用我做的海迪欧吸引她的炸弹，你现在会怎样？已经被她控制了。”

“不会，”3简说，“我有海迪欧。我觉得你不了解海迪欧，而她显然很了解。”

“要喝点什么？”

“葡萄酒，白的。”

凯斯退出网络。

马尔科姆俯身在加维号控制台上，敲出一连串命令，让飞船靠进船坞。中央屏幕上一个红点表示迷光别墅船坞的位置，加维号则是一个较大的绿色方块，随着马尔科姆的命令摇摇晃晃地前进，渐渐变小。左边一块小屏幕上显示出加维号和埴轮号的轮廓，正在靠进纺锤体的弧形外壁。

“我们还有一个小时，老兄。”凯斯一边从保坂电脑上拔下光纤线一边说。他的操控台备用电池能用90分钟，但加上平线的思想盒后时间会缩短。他迅速而机械地将思想盒用微孔胶带粘到小野-仙台操控台的底下。马尔科姆的安全带飘了过来，他抓住带子，取下两条带着灰色方形吸盘的防震绳，把两个夹子夹在一起，又将吸盘放在操控台两边，调节好吸力，权作肩带，把操控台和思想盒挂在面前。随后他费力地穿上皮夹克，检查了一下自己的口袋，里面有阿米塔奇给他的护照，同名的银行芯片，进入自由彼岸时领到的信用芯片，从布鲁斯那里买的两张苯乙胺贴，一卷新日元，半包颐和园香烟，还有那枚飞镖。他把自由彼岸的信用芯片扔到身后，听见它砸在俄国滤清器上的声音。他正要对那枚钢镖也如法炮制，信用芯片却弹起来，蹭过他的后脑勺，然后翻滚而去，撞到天花板上，又从马尔科姆左肩上飞过。锡安人停下手中的工作，回头瞪了他一眼。凯斯看看飞镖，把它塞进外套口袋里，听见外套衬里被划破的声音。

“先生，你错过寂了，”马尔科姆说，“寂说他正帮加维号糊弄安全系统。加维号冒名顶替另一艘要从巴比伦来的船。寂在给咱播送密码咧。”

“咱们要穿上真空服了？”

“太沉。”马尔科姆耸耸肩。“待重力网里，我到时叫你。”

他敲出最后一行命令，抓住导航板两边陈旧的粉色拉手。凯斯看着那个绿色方块再次缩小几毫米，与红色方块完全重叠。在小屏幕上，埴轮号降下船头，避免撞上纺锤体，然后落入船坞。加维号仍像是一只被捉住的小虫子，挂在埴轮号肚皮底下。拖船震动起来，呜呜作响。纺锤体上伸出两条漂亮的机械臂，抓住颀长的黄蜂形状的埴轮号，迷光别墅里伸出一个黄色方块，摸索着经过埴轮号，来寻找加维号。

在颤动不已的填缝剂丛林之外，船头传来一阵刮擦声。

“先生，”马尔科姆说，“咱有重力了，小心。”十几样小东西同时落在地板上，好像是被磁铁吸住。凯斯吸了口气，体内器官被重力重新分布了一遍，操控台和思想盒重重砸在他的腿上。

他们已经和纺锤体连接在一起，随之自转了。

马尔科姆伸开胳膊，舒展肩膀，取下紫色发袋，甩甩满头小辫。“来，先生，咱时间紧得很。”

19

凯斯跨过填缝剂的枝蔓，走过马克斯-加维号的前气密门，不断提醒自己，迷光别墅是一栋寄生建筑。迷光别墅从自由彼岸吸取空气和水，却没有自主生态系统。

船坞里伸出的舷梯是埴轮号舷梯的华丽版，适用于纺锤体自转造成的重力环境。波浪形的通道以内置的水压机分割，每个接口都有高强度防滑塑料圈，也兼作阶梯。舷梯绕过埴轮号进入加维号气密门，刚开始是水平的，随即急转向左上方，需要垂直向上爬过埴轮号游艇的外壳。马尔科姆已经爬上阶梯，左手攀爬，右手拿着雷明顿猎枪。他穿着一条污渍斑斑的宽松工作裤，那件绿色无袖尼龙夹克，还有一双鲜红色鞋底的破旧帆布鞋。舷梯随着他的攀爬轻轻摇晃。

小野-仙台操控台和平线的思想盒十分沉重，凯斯临时组装的肩带深深陷入他的肩膀里。他的感觉里只剩下恐惧，一种泛泛的恐惧。他逼着自己不断回想阿米塔奇对纺锤体和迷光别墅的介绍，去忘记那种恐惧。他开始攀爬。自由彼岸的生态系统不是封闭的，而是有限的。锡安则是封闭的生态系统，可以自主运行多年而无需外界输入。自由彼岸自行生产空气和水，但食物和土壤养分则需定期从外界输入。迷光别墅的一切都需要外部输入。

“先生，”马尔科姆轻声说，“上来，到俺旁边来。”凯斯在环形阶梯上横爬了一步，再登上最后几级阶梯。舷梯尽头是一扇平滑的气密门，直径两米，略微凸出。水压机将舷梯慢慢收入气密门外的弹性收纳装置中。

“那咱们怎么——”

气密门猛地打开，微小的气压差异扬起满地细砂，洒进凯斯的眼中，他猛地闭上了嘴。

马尔科姆爬过门槛，凯斯听见雷明顿猎枪的保险轻声打开。马尔科姆蹲在那里，低声说：“先生，赶紧……”凯斯忙来到他身旁。

气密门中间是一个圆形的穹顶房间，铺着蓝色防滑塑料地板砖。马尔科姆拿手肘顶顶他，指了指环形墙壁上的一台显示器。屏幕上有一个高个年轻人，五官带着泰西尔-埃西普尔家族的特征，他拍拍深色西装袖子上的灰。他站立之处有一扇一模一样的气密门和一个一模一样的房间。“很抱歉，先生。”气密门上方的格栅里传来一个声音，凯斯抬起头扫了一眼。“本以为你们会在晚些时候到达轴心船坞。请稍候。”屏幕上的年轻人不耐烦地甩甩头。

他们左边的一扇门滑开来，马尔科姆猛地转过身，举起猎枪。

一个欧亚混血的小个子穿着橙色连身工作服，戴着护目镜看向他们，张开嘴，却没发出声音，又闭上了。凯斯扫了一眼显示器，上面一片空白。

“是谁？”那人终于说出了一句话。

“拉斯塔法里海军，”凯斯站起身，网络操控器在髋部敲了一下，“我们只想要接入你们的电脑监管系统。”

那人喉咙动了一下。“这是演习吗？这是忠诚度测试，一定是忠诚度测试。”他在桔红色工作服的裤腿上擦着手。

“不，先生，这次是来真的。”马尔科姆站起身，雷明顿猎枪指向那人的脸。“走。”

他们跟着那人走进那扇门，里面的走廊在凯斯眼中无比熟悉：打磨过的混凝土墙壁，地上随意铺就，层层叠叠的小地毯。“地毯挺漂亮。”马尔科姆用枪捅着那人的后背说。“跟教堂一个味道。”

他们走到另一台显示器面前，这是一台古老的索尼显示器，下面装着一台电脑终端，带有键盘和复杂的接口面板。他们停下脚步，屏幕亮了起来，芬兰人笑眯眯地看着他们，身后似乎是“都市全息”的前厅。“好了，”他说，“马尔科姆带这人沿走廊过去，到那扇敞开的柜门前，把他放到柜子里，我会把柜子锁上。凯斯，你要接入左上方面板的第五个插孔。终端下面的柜子里有转换插头，你要找到小野-仙台二十头转日立四十头的转换头。”马尔科姆推着俘虏前行，凯斯跪在地上，从一堆插头里找出他需要的那一个，将操控台插进去，然后却犹豫了。

“你一定要用这个形象吗？”他问屏幕上的那张脸。芬兰人的影像渐渐地被罗尼·邹所取代，背后的墙上贴满翻边翘角的日本招贴画。

“你想要谁都行，宝贝儿，”邹慢吞吞地说，“邹也成的……”

“别了，”凯斯说，“还是上芬兰人吧。”邹的影像消失了，他将日立转换头推进插孔，戴上头带电极。

“你怎么去了这么久？”平线问了一句，然后笑起来。

“跟你说过别这么笑。”凯斯说。

“开玩笑而已，孩子，”思想盒说，“我这边根本没有时间差。我看看咱这怎么样……”

狂病毒程序已经变成了和泰埃冰墙一模一样的绿色。程序的颜色在凯斯的眼皮子底下慢慢变得不透明，但他仍能清楚地看见头上那闪着黑光的鲨鱼形状。裂纹和幻觉都消失了，那条鲨鱼变得很真实，像马克斯-加维号一样，是一艘没有翅膀的古老的喷气飞机，光滑的外壳上贴满了黑色金属的皮。

“到了。”平线说。

“对。”凯斯说完，切换过去。

“——就那样。对不起，”3简一边给莫利包扎头部，一边说，

“仪器说你没有脑震荡，眼睛也没有受到永久性伤害。你来之前不太了解他吧？”

“完全不认识。”莫利有气无力地说。她躺的地方似乎是一张很高的床，也可能是一张加了垫子的桌子。凯斯完全感觉不到她的伤腿，最初那一针带来的联觉效应似乎已经消退了。她手上的黑球不见了，但仍然被看不见的柔软绳索捆绑着。

“他想要杀了你。”

“我猜也是。”莫利注视着头顶上一盏耀眼的灯上面粗糙的天花板。

“我不想让他杀了你。”3简说完，俯身亲吻了一下她的额头，一只温暖的手将她的头发拂到脑后。她的浅色袍子上有血迹。

“他去哪里了？”莫利问。

“大概又去打针了，”3简直起身说，“他等你等得很着急。我想，帮助你恢复健康也许是件好玩的事。”她微笑起来，不经意地用前襟擦拭着沾满鲜血的双手。“你的腿需要重接，不过我们可以安排。”

“彼得呢？”

“彼得。”她轻轻摇了摇头。一缕黑发松开来，落在她的前额上。“彼得越来越无聊了。我发现嗑药基本上就很无聊。”她咯咯笑起来。“至少其他嗑药的人很无聊。你也看见了，我父亲就嗜药如命。”

莫利浑身发紧。

“别紧张。”3简的手指抚过她皮裤上方的肌肤。“他的自杀是我改变了他冷冻深眠安全范围的结果。你知道吗，我从来也没见过他。他上一次深眠之后我才被生产出来。但我却非常、非常地了解他。核心电脑知道一切的事情。我看着他杀死了我母亲。等你好一点，我会给你看，他在床上勒死了她。”

“他为什么要杀死她？”她没有受伤的眼睛注视着这女孩的脸。

“他不能接受她为这个家族设定的未来方向。她让人制造了那两个人工智能。她富有远见，认为我们将能与人工智能共生，我们的公司决策，或者说我们的自主决策，将会由人工智能来替我们完成。泰西尔-埃西普尔将成为一个永生不灭的蜂巢，我们每一个人都只是那庞大实体的一个部件。多么美妙的前景。她的录像有快一千个小时，我会放给你看。但我从来未曾真正理解她，而随着她的死，她的决策也便被埋没。我们完全失去了方向，开始自娱自乐，很少出门。我是个例外。”

“你说你想要杀了那老头？你改动了他的冷冻深眠程序？”

3简点点头。“有人帮我。是个鬼魂。我很小的时候就以为公司的核心电脑里住着鬼魂。我听得到他们的声音。其中一个就是你所说的冬寂，它是我们在伯尔尼的人工智能的图灵代码，不过操控你们的其实是个子程序。”

“其中一个？还有别的？”

“还有一个。但它已经很多年没有和我说过话。我想它已经放弃了。我猜想它们二者的原初软件中，都具有应我母亲要求设置的某些能力，但她对此缄口不语。来。喝一口。”她把一根塑料软管递到莫利唇边。“喝水。喝一点点。”

“简，亲爱的，”在莫利的视野之外，里维拉欢快地问，“你开心吗？”

“彼得，别来烦我们。”

“装医生呢……”莫利眼前忽然出现了自己的脸，那图像离她鼻尖不过十厘米，脸上没有绷带，左边的植入镜片被敲碎了，一条长长的塑料镜片深深插入眼眶的血泊之中。

“海迪欧，”3简抚着莫利的腹部说，“如果彼得不离开，就打伤他。去游泳吧，彼得。”

投影消失了。

在那只绑着绷带的眼睛里，黑暗中闪出07:58:40。

“他说你知道那个密码。彼得说的。冬寂需要那个密码。”凯斯突然感觉到她左胸内侧还躺着那枚丘博锁的钥匙，挂在尼龙链子上。

“是的，”3简收回手说，“我知道。我小时候就知道了。我觉得是在梦里……或者在我母亲那上千小时的日记里知道的。不过我觉得彼得让我不要交出密码也是有道理的。如果我没搞错，我们需要对付图灵警察，而鬼魂们绝对是变幻莫测的。”

凯斯退出网络。

“奇怪的小客户，是吧？”那台老索尼显示器上的芬兰人冲着凯斯笑。

凯斯耸耸肩。他看见马尔科姆走回来，猎枪放在身侧，脸上带着微笑，脑袋随着听不见的节奏摆动。他的耳朵里钻出两根细细的黄线，插入无袖外衣的侧面口袋里。

“音乐，先生。”马尔科姆说。

“你真他妈疯狂。”凯斯对他说。

“你听听看，先生。挺好的音乐。”

“嘿，两位，”芬兰人说，“该走了。你们的交通工具来了。我弄的8让照片帮你们骗过了门卫，那种精妙的事情我没法一再为之，但总能帮你们找辆车去3简那里。”

凯斯拔下转换插头，一辆无人驾驶的修理车已经出现在走廊另一头，头上是丑陋的混凝土天花板。也许是黑人们坐过的车，但他们已经不见了。在低矮的坐垫后面，那台小小的博朗探测仪细长的触手紧紧抓住垫子，红色LED灯不断闪烁。

“赶车了。”凯斯对马尔科姆说。

20

他又找不到那种愤怒了。他想念愤怒的感觉。

马尔科姆膝上横着猎枪，凯斯胸前挂着操控台和思想盒，小修理车显得十分拥挤。车开得太快，远超设计速度，拐弯时头重脚轻，马尔科姆干脆把身子探出车外来平衡。凯斯坐在右侧，所以左拐的时候倒没关系，但右拐时这锡安人就要从凯斯身上探出去，把他挤在座位上。

他完全不知自己身在何处。每样东西看着都眼熟，却无法确定自己到底是不是见过这一段路。前方一条弯弯的走廊两旁排满了木质陈列柜，里面的收藏他倒是确定自己没见过：大型飞禽的头骨，硬币，还有银面具。修理车的六个轮子在层层地毯上悄无声息地滚动，只听见电子引擎的声音，还有马尔科姆压在凯斯身上帮车子拐弯的时候，偶尔从他耳机里传来的隐约的锡安混录音乐。操控台和思想盒一直把口袋里的飞镖压在他身上。

“你有表吗？”他问马尔科姆。

锡安人摇摇满头的小辫。“时间就是时间。”

“天哪。”凯斯闭上眼睛。

探测仪匆匆爬过一堆地毯，用爪垫敲敲一扇巨大的方形乌木门。修理车在他们身后嗞嗞作响，车上一块百叶板里迸出蓝色火花，落到地板上，凯斯闻到毛线烧焦的味道。

“这路对不，先生？”马尔科姆看了眼木门，拉开猎枪的保险。

“嘿，”凯斯像是在自言自语，“你以为我知道啊？”探测仪的球形身体转过来，LED灯光闪烁不停。

“它要你开门。”马尔科姆点着头说。

凯斯走上前，拧了拧华丽的黄铜门把。门上齐眼睛高度镶着一块极古老的黄铜片，上面曾经刻下的文字都已模糊不清，那文字所代表的人或事也早已随之落入遗忘的深渊。他微微有些怀疑，泰西尔-埃西普尔家族在迷光别墅里的一切，究竟是一件一件挑选出来的，还是从欧洲某个类似“都市全息”的地方批量购买的？他侧身推开门，门闩发出悲哀的吱呀声，马尔科姆走到他前面，操起雷明顿猎枪。

“书。”马尔科姆说。

这里是图书馆，白色钢制书架上贴着标签。

“我知道咱们的位置了。”凯斯说。他回头看了一眼修理车，一股青烟从地毯上升起。“走吧，”他说，“车子。车子？”修理车纹丝不动。探测仪拖着他的裤腿，拼命抓他的脚踝。他努力忍住一脚踢飞它的冲动。“啥？”

探测仪嘀嘀嗒嗒地走进门，他跟在后面。图书馆里的显示器也是索尼的，和之前那台一样陈旧。探测仪停在显示器下方，晃动了一阵。

“冬寂？”

屏幕上充斥着那熟悉的五官。芬兰人微笑起来。

“报到时间到了，凯斯，”芬兰人在缥缈的香烟里眯着眼说，“来，插进去吧。”

探测仪跳到他的脚踝上，顺着他的腿往上爬，触手隔着薄薄的黑裤子戳进他的肉里。“操！”他一把将它拍开，探测仪飞到墙上，有两条触手开始不停地做徒劳的活塞运动，喷出空气。“这该死的玩意儿怎么了？”

“烧掉了，”芬兰人说，“别理它，没事。接入网络。”在屏幕下方有四个插孔，但只有一个能接上他的日立转换插头。

他接入网络。

一无所有。灰色真空。

没有网络，没有网格线，没有赛博空间。

操控器不见了，他的手指……

在遥远的意识边缘，有什么东西飞奔着穿过黑色镜子的丛林，急匆匆向他赶来。

他想要尖叫。

海湾那头似乎有一座城市，却很远很远。

他蹲在潮湿的沙滩上，双手紧紧抱住膝盖，浑身颤抖。

他慢慢平静下来，却没有动。时间似乎过了很久，很久。海浪不时拍打过来，卷起层层水雾，遮蔽住远方那片低矮灰暗的建筑。有那么一阵子，他觉得那根本不是一座城市，只是一栋建筑而已，也许还是座废墟，他实在看不出它有多远。沙子是暗淡的银色，却又并非纯黑。海滩全是沙子铺就，很长很长，沙是潮湿的，也打湿了他屁股下面的牛仔裤……他紧紧抱住自己，一边摇晃，一边唱着歌，那是一首没有歌词，也没有曲调的歌。

天空又是一种不同的银色。千叶城。这像是千叶城的天空。这里是东京湾吗？他转过头，望向海面，想要看到富士电力的全息图片，看到一架直升飞机，不论看到什么，都是好的。

一只海鸥在他身后悲鸣。他浑身颤抖。

起风了。风沙卷过他的脸颊，他把头深深埋在膝盖上，开始哭泣。他的哭声如同那迷失的海鸥的悲鸣，仿佛来自遥远的异乡。火热的尿液湿透了他的裤子，滴落在沙上，在风中迅速冷却。他的泪流干了，嗓子却开始疼痛。

“冬寂，”他对着自己的膝盖喃喃地说，“冬寂……”

天色渐渐暗下来，他又开始颤抖。最后，他终于受不了寒冷的逼迫，站起身来。

他的膝盖和手肘都在痛，还流着鼻涕。他用袖子擦擦鼻涕，挨个搜寻身上所有的口袋。全都空空如也。“天哪，”他耸着肩膀，把手指插在胳膊底下取暖，“天哪。”他的牙齿开始打战。

退潮了。海水在沙滩上留下细腻的图案，甚至超越了东京园丁精心修理出来的花园。他朝着那已经看不见的城市走了十几步，转过身，在扑面而来的暗夜中回望。他的脚印一直延伸到他落地的地方，除此之外，暗银色的沙滩上再没有别的印记。

他看见灯光的时候，至少应该已经走了一公里。他在和拉孜聊天，拉孜指给他看右边靠岸里面那桔红色的灯光。他知道拉孜不在这里，他知道这只是他自己的想象，而不属于这囚禁他的世界，但无所谓了。他召唤拉孜来，想求得一点温暖，可是拉孜对于凯斯和他的困境却自有看法。

“说真的，大师，你真是令人惊异。为了自我毁灭，你可以绕这么远的路，做这么多没必要的事！在夜之城里，毁灭已经在你面前，在你掌握之中！你有药可以磕掉所有的感觉，有酒可以让一切行云流水，有琳达给你甜蜜的悲伤，还有仁清街可以举起那斧头。而现在，你为了求死做了这么多事，给自己筑出如此的荒诞情境……悬在空中的游乐场，紧闭的城堡，古代欧罗巴的稀罕腐物，中国制造的小盒子里关着的死人……”拉孜在他身边笑起来，粉色的机械手兴高采烈地在身旁晃动。在黑暗之中，凯斯居然还看得见他黑牙上繁复的钢丝。“不过，这大概就是大师的风格吧？你需要这个世界，需要这片海滩，需要这个所在，去死。”

凯斯停下来，转过身，面向海浪的声音和扑面而来的风沙。“是的，”他说，“操。我想……”他朝着海浪的声音走去。

“大师，”他听见拉孜喊他，“灯。你看见了一盏灯。这里，这边……”

他再次跌跌撞撞地停下来，跪倒在浅浅的，冰冷的海水中。“拉孜？灯光？拉孜……”

黑暗彻底淹没了一切，只有海浪的声音传来。他挣扎着站起来，试图倒退回去。

时光流逝，他不断前行。

它就在那里，那一点亮光随着他的脚步慢慢清晰，变成一个方块，变成一扇门。

“那里有火。”他的话语刚出口，便被海风卷去。

那是一间地堡，不知是岩石还是混凝土建造，埋没在吹来的黑沙之中。入口低矮狭窄，没有门板，墙壁至少有一米厚。“嗨，”凯斯轻声说，“嗨……”他的手指抚过冰冷的墙壁。屋里有一个火堆，在门洞的两壁投下闪动的影子。

他弓下身，走了三步，进入屋里。

一个女孩蹲在生锈的铁炉旁，里面有浮木在燃烧，烟雾顺着墙上的烟囱流出窗外，被风吹去。在那仅有的火光之中，他看见那双惊恐的眼睛，看见那条熟悉的用围巾卷成的发带，上面印着电路图的放大图案。

那个晚上，他拒绝了她的拥抱，拒绝了她给他的食物，拒绝了那用毯子和泡沫塑料块筑起的小窝，拒绝躺在她的身旁。最后他蹲在门边，看着她入睡，听着风吹过房屋的外壁。每隔个把小时，他便站起身走到那简陋的火炉旁，从旁边的浮木堆里取出木头加进去。这一切都是假的，然而寒冷的感觉却如此真实。

她，那蜷曲在火光中的她，也是假的。他看着她微翕的双唇，还是当初和他一起穿过东京湾时的模样，这实在太过残忍。

“残酷的混账，”他在风里轻声说，“你一点也不肯冒险，对不对？一点机会都不肯给我，对不对？我知道这都是什么……”他尽力掩饰声音中的绝望。“我懂的，你知道吗？我知道你是谁。你是另一个人工智能，3简告诉莫利的那个，燃烧的丛林，那不是冬寂，是你。他用博朗探测仪警告我不要上当。现在你让我平线了，你把我困在这里了。你把我和一个鬼魂，一个我旧时记忆中的鬼魂一道，困在乌有乡了。”

她在梦中翻了个身，喊了句什么，拉起毯子，遮住自己的肩膀和脸颊。

“你什么也不是，”他对着睡梦中的姑娘说，“你已经死了，你他妈的对我毫无意义。你听到了吗，兄弟？我知道你在干什么。我已经平线了。这一切只不过花了二十秒，对不对？我身体还在那间图书馆里，我的脑子已经死了。我很快就真的要死了。南方人还会继续操纵狂病毒，但他的身体早就死了，所以你能猜到他所有的动作，肯定的。没错，关于琳达的那堆烂事都是你干的，对不对？

冬寂把我抓进千叶城网络模型的时候，曾经试过利用她，却失败了。他说那样太难了。自由彼岸的星空是你变换的，对不对？埃西普尔房间里那死掉傀儡的脸，也是你变成琳达的。莫利根本没有看见那景象，你只是修改了她的虚拟感受信号而已。你以为你能伤害到我。你以为我他妈会在乎。我不知道你叫啥，但是，操你妈。你赢了。你赢了。可是这对我全都毫无意义，对不对？你以为我在乎吗？你为什么要这么对我？”他又开始颤抖起来，语声凄厉。

“亲爱的，”她从一堆毯子里挣扎着坐起来，“你过来睡觉吧。如果你介意，我可以坐起来的。但你一定要睡觉，好吗？”她睡意蒙眬的话声里，那点轻微的口音格外明显。“你就睡一觉，好吗？”

他醒来的时候，她已经不见了。火炉已经熄灭，屋里却很温暖，阳光从门口斜射进来，在一个大纤维罐的破壁上投下一个扭曲的金色方形。那是个运输罐，他曾经在千叶城的船坞上见过。从罐子侧面的裂缝里，他看到几个明黄色的包裹，在阳光中神似大块的黄油，饥饿让他的胃一阵紧缩。他从被窝里钻出来，走到罐子旁边，掏出一个包裹，辨认上面的小字。包裹上有十几种语言，最下面写着英文。“紧急备用粮，高蛋白含量，牛肉味，AG-8型。”下面列着营养成分。他又掏出一包。“鸡蛋味”。“既然这些都是你生造出来的，”他说，“你能不能给放点真正的食物？”他一手抓着一个包裹，依次走过这地堡全部的四个房间。其中两间里只有浮沙，另外一间还放着三个运输罐。“没错，”他抚摸着罐子上的封条说，“在这里多待一阵子吧。我明白你的意思。没错……”

他在有火炉的房间里找出一个塑料罐子，里面装的大概是雨水。在被窝旁边的墙头放着一只廉价的红色打火机，一把绿色手柄已破裂的海员刀，还有她的围巾，还打着结。围巾上满是汗水和尘土，硬邦邦的。他切开黄色包裹，把里面的东西倒进火炉边一个生锈的空罐头里，又从塑料罐里倒出水来，用手指搅匀，然后开吃。隐约能尝到牛肉的味道。吃完之后，他把空罐头扔进火堆，走出房间。

从太阳的位置和感觉看来，这已经是下午近晚时分。他甩掉湿漉漉的尼龙鞋子，惊异地发现触脚之处十分温暖。日光下的沙滩泛着银灰色，碧蓝的天空万里无云。他绕过屋角，朝着海浪走去，将外套丢在沙滩上，一直走到海边。“我真不知道你用谁的记忆造出了这个地方。”他脱下牛仔裤，将它踢到浅水中，又将T恤和内衣也如法炮制。

“你在干什么，凯斯？”

他转过身，看见她站在沙滩上，离他十米远，白色的海浪没过她的脚踝。

“我昨晚尿在身上了，”他说，“反正你也不要穿这些，上面都是海水，不舒服的。我带你去看看岩石堆里面那个池子。”她轻轻指了指身后。“那里是淡水。”褪色的法国工作服齐膝剪断，下面是她光洁的棕色皮肤，她的头发在微风中飘扬。

“听我说，”他抄起衣服，朝她走去，“我要问你一件事。

我不想问你在这里做什么，但是你觉得，我在这里到底是做什么呢？”他站住了，黑牛仔裤的一条裤腿湿淋淋地拍打在他赤裸的大腿上。

“你是昨晚来的。”她对着他微笑。

“这样就够了？我来了就行？”

“他说过你会来的。”她皱起鼻子，耸耸肩。“我想，他知道这些事。”她抬起左脚，像个小孩子一样，笨拙地用左脚蹭掉右脚踝上的海盐。她又对他笑笑，这次有些迟疑。“你也回答我一个问题，好吗？”

他点点头。

“你为什么浑身涂满了棕色，就剩一只脚是白的？”

“你最后记得的就是这些？”他看着她说。她从方铁盒盖制成的唯一的盘子里刮掉最后一点速冻干燥食品。

她点点头，一双大眼睛在火光中显得更大了。“对不起，凯斯，真的真的对不起。大概就是那点烂事，就是……”她朝前俯下身，前臂搭在膝盖上，脸有些变形，不知是因为痛苦，还是因为痛苦的回忆。“我只是需要钱。要钱回家，或者……下地狱，”她说，“你不会再理我了。”

“没有烟吗？”

“该死的，凯斯，你今天已经问过我十遍了！你到底怎回事？”她扭住一缕头发放进嘴里咬着。

“可是却有食物？食物已经有了？”

“我跟你说过了，食物是从那该死的海滩上冲上来的。”

“好。没错。天衣无缝。”

她又开始哭泣，那是一种无泪的抽泣。“反正，你去死吧，凯斯，”她终于能够开口，“我自己在这里本来过得挺好。”

他站起身，拿起外套，钻出门外，手腕蹭在粗糙的混凝土上。天上没有月亮，也没有风，身周一片黑暗，只有大海的声音。他的牛仔裤又紧又黏。“好，”他对着夜色说，“我认了。我就认了。但明天最好冲上来一点香烟。”他被自己的笑声吓了一跳。“顺便弄一箱啤酒也没问题。”他转过身，走进地堡。

她用一根银白的浮木挑着火炉中的灰烬。“凯斯，在廉价旅馆里面，你的棺材屋里那人是谁？那个戴着银色眼镜，穿着黑色皮衣的武士？她把我吓到了，后来我想她可能是你的新欢，不过她看起来比你有钱多了……”她扫了他一眼。“偷了你的随机存取存储器我真的很抱歉。”

“没事了，”他说，“都没什么意义了。你就把随机存取存储器拿给这人，让他帮你看里面的东西？”

“托尼，”她说，“我以前跟他算是约会过。他有个习惯，我们就……算了，嗯，我记得他在一个显示器上跑这随机存取存储器，里面那些图案真不一般，我记得当时在想，你怎么——”

“里面没有图案，”凯斯打断她。

“当然有。我就是不明白你怎么会有我小时候的那些照片，凯斯。有我爸爸离开之前的样子。还有他给我的那个小鸭子，上漆的木头小鸭子，你居然有它的照片……”

“托尼看到了吗？”

“我不记得了。接下来我就在海滩上了，天色很早，太阳刚升起来，那些海鸟的叫声又凄厉又孤单。我很怕，我身上什么也没有，一无所有，我知道自己会病倒的……我走啊，走啊，一直走到天黑，找到了这个地方。第二天食物从海里冲上来了，外面都缠着绿色的海生植物，好像硬胶叶子一样。”她把手里的棍子扔进余烬中。“可我一直没生病，”余火从棍子上爬过。“我更想抽烟。凯斯，你呢？你还嗑药吗？”火光在她脸上闪动，让他想起巫师城堡和欧罗巴坦克战游戏里的亮光。

“没有。”他说。一切都不再重要了，他所知的一切都失去了意义；他的舌头掠过她嘴边风干的眼泪，咸咸的。她的体内有一种力量，他在夜之城就曾发现的一种力量，一直在那里，也让他停在那里，一度远离时间，远离死亡，远离那无情的仁清街，那追索不休的街头生活。他曾经去过那个地方；那不是任何人都能引领他到达，他也总是让自己遗忘的地方。他曾经一再拥有，又一再失去。她拉着他俯下身，他知道了，他记起来了，那属于肉身，属于牛仔们鄙弃的肉体。它无比宏大，无以理解，它是螺旋与外激素编码而成的信息的海洋，它无限精妙，只有毫无思想的身体才能体会。

他拉开她那件法国工作服的拉链，却卡在半中，尼龙圈齿上都是海盐。他用力扯开拉链，小金属块弹到墙上，浸满盐水的布料破裂开来。他进入了她的身体，那古老的信息再次开始传递。在这里，就在这里，在他明知不是真实的地方，在由某个陌生人的记忆构建的模型之中，那种原初的力量却毫不褪色。

她在他身下颤抖，那木棍忽然点着，火苗跃起来，将他们交缠的身影投在墙上。

后来，他们躺在一起，他把手放在她双腿之间，他忽然想起她在海滩上的样子，想起白色浪花卷过她的脚踝，想起她说的话。

“他告诉你我会来的。”他说。

她却只是翻了个身，臀部抵住他的大腿，用手覆住他的手，喃喃地说了句梦话。

21

他在音乐中醒来，还以为那只是自己的心跳。他坐在她身旁，披上夹克抵御黎明前的寒冷，门口投进灰暗的光，火已经熄灭了许久。

他的眼前有幢幢的文字爬过，那些透明的笔画在墙面上自行组装。他看看自己的手背，皮肤下面有闪着微光的分子，因着不可知的编码而蠕动。他举起右手，慢慢移动，手在空中的余象构成一道微微闪光的痕迹，渐渐消失。

他浑身汗毛直竖。他咧着嘴，蹲在那里，仔细搜寻那音乐。音乐的节奏消失，重现，再消失……

“怎么了？”她坐起身，把头发从眼前撩开。“宝贝……”

“我想……嗑药……你有吗？”

她摇摇头，伸出手，抓住他的上臂。

“琳达，谁告诉你的？谁告诉你我会来的？是谁？”

“海滩上，”她忍不住避开他的眼睛，“一个男孩。我在海滩上见到的。大概十三岁。他住在那里。”

“他说什么？”

“他说你会来。他说你不会恨我。他说我们在这里会很好，他告诉了我雨水池的位置。他样子像是墨西哥人。”

“巴西人。”凯斯说。又一波文字从墙上扫过。“他应该来自里约。”他站起来，套上牛仔裤。

“凯斯，”她的声音在颤抖，“凯斯，你去哪里？”

“我要去找那个男孩。”他说，音乐声又涌起来，他只听得清节奏，那稳定而熟悉的节奏，一时却想不起在哪里听过。

“别去，凯斯。”

“我来的时候看见一样东西。海滩那边的城市。昨天却消失了。你见过吗？”他拉上拉链，开始徒劳地解开纠结的鞋带，最后终于放弃了，将鞋子扔进墙角。

她点点头，垂下眼帘。“是的，有时会看见。”

“你去过那里吗，琳达？”他穿上外套。

“没有，”她说，“我尝试过。刚来的时候很无聊，我想那既然是个城市，说不定能找到啥。”她做了个鬼脸。“我根本没病，我就是想生病。我带了一个罐头的食物，加了好多水，因为没有多余的罐头装水。我走了一整天，时常能看见那个城市，好像不太远，可是距离好像总也不变。后来总算近了一点，我能看到里面，有时好像是个废墟，一个人也没有，有时又好像看得见机器，汽车，或者什么东西的闪光……”她的声音渐渐低下去。

“那是什么？”

“这个东西，”她朝着火炉周围，朝着黑色的墙壁，朝着门外的清晨指指，“我们住的这个地方，凯斯，你走得越近，它就变得越小，越来越小。”

他在门口最后一次停下脚步。“你有没有问那个男孩子？”

“问过。他说我不会懂的，说我是浪费时间。他说那是，像是……一个事件。那是我们的视界。‘事件视界’，他是这么说的。”

他完全不明白这些词。他走出地堡，盲目地向前冲，但却能感觉到自己是在远离海岸。那些文字已经开始从沙滩上，从他的脚下飞掠而过，随着他的脚步不断后退。“嘿，”他说，“这里在垮掉。我赌你也知道。是什么东西来了？狂病毒？那个中国破冰程序在你的心脏里咬出了一个洞？平线南方人也不是好对付的，是吧？”

他听见她在呼唤他的名字。他回过头，看见她跟在后面，却没有拼命追赶。昨夜被他撕坏的拉链拍打着她棕色的小腹，破碎的衣服中露出她的耻毛。她好像是芬兰人那间“都市全息”里那些旧杂志上的一个姑娘，忽然活了过来，却如此疲惫，如此悲伤，如此真实。她跌跌撞撞地走过一丛丛满是银色盐粒的水草，满身破衣，悲哀而无助。

忽然之间，他们三个人并肩站在了浪花里，那男孩子有张瘦削的脸，棕色肌肤，笑起来露出大片粉色的牙龈。他穿着一条看不出颜色的破旧短裤，灰蓝色的海浪爬过他奇瘦的四肢。

“我认得你。”凯斯说。琳达站在他的身旁。

“不，”那男孩子的音调高昂而悠扬，“你不认得。”

“你就是另一个人工智能。你是里约。你想要阻止冬寂。你叫什么名字？你的图灵代码是什么？”

那男孩在海浪中倒立起来，哈哈大笑。他以手代足走了几步，一个跟斗翻出海水之中。他的眼睛和里维拉一模一样，眼神里却全无恶意。“要召唤一个魔鬼，你必须知道它的名字。人类曾经梦想过唤魔术，如今它却以另一种方式成真。凯斯，你懂的。你的工作就是找到那些程序的名字，那些悠长的正式的名字，那些程序的主人们试图掩藏的名字。那些真名实姓……”

“图灵代码并不是你的名字。”

“Neuromancer，神经漫游者，”在初升的太阳底下，那男孩眯起细长的灰眼睛说，“通往亡灵疆界之路。你就在这里，我的朋友。玛丽-法兰西，我的女主，是她修建了这条道路，然而在我能为她效劳之前，她的主人已扼死了她。Neuro，来自神经，那些银色的通道；Romancer，来自亡灵法师。我会唤起死灵。不，我的朋友，”那男孩手舞足蹈起来，棕色的双足在沙滩上踩出一片脚印，“我就是死灵，就是他们的疆界。”他大笑起来。一只海鸥在哀鸣。“留下吧。就算你的女人是个鬼魂，她也并不自知。你也一样。”

“你快崩溃了。冰墙快要垮了。”

“不，”他垂下瘦弱的双肩，忽然有些悲伤，一只脚在沙滩上摩挲，“没那么复杂。不过，选择在你自己手中。”那双灰色的眼睛沉痛地看着凯斯。又一波字符涌起来，一行一行地从他眼前闪过。在那些字符背后，那男孩的身影开始扭曲，好像夏天沥青路面上远处的景象。音乐声音越来越响，凯斯几乎能分辨出歌词。

“凯斯，亲爱的。”琳达摸摸他的肩膀。

“不。”他说。他脱下外套，递给她。“我不知道，”他说，“也许你真的在这里。不管怎样，这里会冷的。”

他转身走开，走出了七步，然后闭上眼睛，看着那音乐在一切的中心成形。有那么一次，他回过头，却没有睁开眼睛。

他不必睁开眼睛。

他们就在海边，琳达，还有那个自称为神经漫游者的瘦弱男孩。他的皮衣从她手中垂下，触到海浪的边缘。

他跟着音乐一直走下去。

那是马尔科姆的锡安混录音乐。

那是一片灰暗的空间，似乎有细细的网在变换，那是简单图形程序生成的波浪形半色调图像。时间长久停驻在一幅景象上面，他隔着栏杆锁链，看见黑色海水上空的凝固不动的海鸥。有许多人在说话。有一片黑色镜面在倾斜，他便是水银，一滴水银，沿着那平面滑下，坠入一片看不见的迷宫，碎裂开来，又流聚成滴，再次滑下……

“凯斯？先生？”

音乐。

“你回来了，先生。”

音乐被人从他耳边拿开。

“多久？”他听见自己在问，他知道自己的嘴很干。

“五分钟吧，我估摸着。长过头了。俺想把插头拔了，寂不让。屏幕怪得很，寂说把耳机放你脑袋上。”

他睁开眼睛。马尔科姆的五官上叠着一条条透明的文字。

“还有你的药，”马尔科姆说，“给你贴了两片儿。”

他平躺在图书馆的地板上，头上是显示器。锡安人扶着他坐起身来，他一动，苯乙胺的效力猛地冲上来，左手腕上的蓝色药贴似乎在灼烧。“过量了。”他挣扎着说。

“来吧，先生，”马尔科姆有力的双手伸到他腋窝底下，把他像个小孩似的提起来，“咱必须得走了。”

22

修理车在哭。在苯乙胺的效力之下，它也有了生命。它不停地哭。在那拥挤的陈列室里，在那些长长的走廊里，在泰埃冷冻深眠室的黑色玻璃门外，在那寒冷会慢慢渗入老埃西普尔梦里的地方，它一直在哭。

对于凯斯来说，修理车的一路狂奔和苯乙胺过量带来的疯狂交缠一体，无以区分。最后修理车终于坏掉了，座位下冒出一阵白色的火花，哭声才算是有了止歇。

车子停在3简私人洞穴的通道口三米之外。

“还有多远，先生？”马尔科姆扶着他从火花飞溅的车上下来，内置灭火器往引擎室里狂喷，团团黄色粉末从百叶板和各个接口里飞出。博朗探测仪从座位后面掉下来，拖着一只坏掉的机械臂，在人造沙地上蹒跚前行。

“你一定得自己走，先生。”马尔科姆接过操控台和思想盒，把防震带挂到自己肩上。凯斯跟在锡安人身后，电极在他脖子上沙沙作响。里维拉的那些全息影像在前面等候，除了莫利已经踢破的三联影像，还有那些虐待场景和食人的孩童。马尔科姆目不斜视。

“放松，”凯斯一边说，一边逼着自己跟上前面大步行走的人，“这次一定要做好。”

马尔科姆停下来，转过身，手中拿着猎枪，怒视着他。“好，先生？怎么算好？”

“莫利在里面，但她已经倒下了。里维拉会发全息影像。他可能还拿到了莫利的箭枪。”马尔科姆点点头。“里面还有一个忍者，他们家族的保镖。”

马尔科姆的眉头皱得更深了。“你听着，巴比伦来的先生，”他说，“我是个战士。但是我们不再战斗，锡安不再战斗。巴比伦人自相残杀，自取灭亡，你知道吗？不过神说，咱要把刀锋战士从这里带出去。”

凯斯眨眨眼。

“她是个战士，”马尔科姆好像在对他解释，“你告诉我，先生，有谁是我不能够杀的。”

“3简，”他顿了一下说，“里面的一个女孩。她穿着一件白袍样的衣服，衣服上有帽子。我们需要她。”

他们来到门前。马尔科姆径直走了进去，凯斯只得跟在他身后。

3简的王国里空荡荡的，水池中没有一个人。马尔科姆把操控台和思想盒递给他，自己走到池边。在白色的泳池桌椅之外只有黑暗，齐腰高的迷宫般的墙壁投下一片阴影。

池水耐心地拍打着池壁。

“他们在这里，”凯斯说，“一定在的。”

马尔科姆点点头。

第一支箭穿透了他的上臂。猎枪咆哮起来，枪口中喷出一米长的火花，在池底射灯的光线中泛着蓝色。第二支箭射中了猎枪，枪翻滚着落在白色的瓷砖地上。马尔科姆重重地跌坐在地上，摸到胳膊上突起的黑色箭尾，用力一拉。

海迪欧从阴影里走出来，第三支箭已架在一张细长的竹弓上。他鞠了一躬。

马尔科姆握着箭管瞪住他。

“你的动脉没有受伤。”忍者说。凯斯想起莫利讲过的那个杀死她情人的杀手。海迪欧和他一样，看不出年纪，浑身散发着一种宁静感，一种极致的平静。他穿着一条陈旧却洁净的卡其布工作裤，黑色分趾软鞋如同手套一般包裹住他的脚。竹弓像是来自博物馆的古老藏品，但左肩后露出来的黑色合金箭筒则配得上千叶城最好的武器店。他赤裸着光滑的棕色胸脯。

“你第二箭切到我大拇指，先生。”马尔科姆说。

“科里奥利力，”忍者又鞠了一躬，“很难把握，在自转重力下的慢速投射物都会受到影响。绝非有意。”

“3简在哪里？”凯斯走到马尔科姆身边。他看见那忍者弓上搭着的箭，箭头是双面的利刃。“莫利在哪里？”

“你好，凯斯。”里维拉从海迪欧身后的黑暗中悠然走出，手中拿着莫利的箭枪。“我本来还以为会看到阿米塔奇。咱们都从拉斯塔岛群雇帮手了？”

“阿米塔奇已经死了。”

“准确说，阿米塔奇从来就没存在过。不过这个消息也并不令人惊讶。”

“冬寂杀死了他。他在纺锤体外围轨道上公转呢。”

里维拉点点头，长长的灰眼睛从凯斯扫到马尔科姆，又看向凯斯。“我想对你来说，这里就是终结了。”他说。

“莫利在哪里？”

忍者松开细丝绞成的弓弦，放下竹弓。他走过池边，捡起地上的猎枪。“这不无细腻之处。”他仿佛在自言自语，声音冷静而愉快。他的每一个动作都像是舞蹈，哪怕静立不动时这舞蹈也未曾止歇。这舞蹈里隐隐透出强大的力量，却又显得谦卑而简洁。

“这里也是她的终结。”里维拉说。

“3简大概不会同意，彼得。”凯斯不知道哪里来的这股冲动。药贴的效力仍然在他体内奔腾，他开始感受到从前的热度，感受到夜之城的疯狂。他记起那些千钧一发的时刻，那些美妙的瞬间，在那些时候，他的话可以不经思考便脱口而出。里维拉眯起灰眼睛。

“为什么，凯斯？你为什么这么认为？”

凯斯微笑起来。里维拉在莫利身上找药时太过匆忙，没有发现虚拟感受发射器。可是海迪欧怎么可能没发现？凯斯很确定，海迪欧在放任3简照料莫利之前，一定会彻底检查莫利身上的武器和一切非正常物品。所以，他想，忍者是知道的。所以3简也知道。

“告诉我，凯斯。”里维拉举起箭枪。

他身后传来吱呀一声，又一声。3简推着莫利从阴影里走出来，那张华丽的维多利亚式轮椅有着精致的高轮，转动起来吱呀作响。莫利被包在红黑条纹的厚毯子里，高窄的藤编椅背竖在她头上。她看起来那么小，那么崩溃，破碎的镜片外面包着雪白的微孔带，另一只眼镜闪着空洞的光芒，头随着椅子的行进而晃动。

“你看起来很眼熟，”3简说，“我在彼得演出那天晚上见过你。这是谁？”

“马尔科姆。”凯斯说。

“海迪欧，取下箭，帮马尔科姆先生包扎伤口。”

凯斯注视着莫利，注视着那张苍白的脸。忍者走到坐在地上的马尔科姆身边，中途停下将弓和猎枪放在马尔科姆够不到的地方，又从口袋里掏出一样东西。那是一把剪线钳。“我得把箭尾剪断，”他说，“箭头太靠近动脉了。”马尔科姆点点头。他面色灰败，脸上渗出汗珠。

凯斯看看3简。“时间不多了，”他说。

“到底谁的时间不多了？”

“我们的时间都不多了。”“啪”的一声，海迪欧切断了金属箭尾，马尔科姆呻吟了一声。

“真的，”里维拉说，“这位失败的骗子正在绝望地进行最后挣扎，没什么好听的。我可以保证，他会非常非常恶心。他会跪在地上，求你收下他的母亲，表演最无聊的性游戏……”

3简仰头大笑。“是吗，彼得？”

“夫人，今晚将是鬼魂们的演出，”凯斯说，“冬寂对战另一个，神经漫游者。永恒的战争。你知道吗？”

3简扬起眉毛。“彼得提过这事。讲仔细些。”

“我遇到了神经漫游者。他谈到你的母亲。我觉得他像是一个巨大的只读内存模型，保存了人的性格，只不过完全由随机存取存储器构成而已。那些被保存的人认为自己是存在的，好像真实存在一样，但他们只会永远那样下去。”

3简从轮椅后走出来。“在哪里？把这个模型里的地方描述给我听。”

“一片海滩。灰色的沙子，像是未曾打磨的银器。一座混凝土建筑，类似于地堡一样……”他犹疑了一下，“一点也不起眼。陈旧，破败。如果你走得够远，就会回到出发的地方。”

“对，”她说，“摩洛哥。玛丽-法兰西还是个孩子的时候，在她嫁给埃西普尔之前很多年，曾经在那片沙滩上独自度过了一个夏天，在一座废弃的碉堡里宿营。就在那里，她思考出了她所有哲学的基础。”

海迪欧站起身，把钳子放进工作裤，一手拿着一段箭杆。马尔科姆闭着眼，手紧紧捏住二头肌。“我会给你包扎。”海迪欧说。

凯斯赶在里维拉端平箭枪瞄准之前倒下。

那些飞镖如同超音速的蚊虫一般从他脖颈旁飞过。他翻过身，又看到海迪欧那舞蹈般的动作。海迪欧手中反握着箭头，箭柄躺在手掌与竖起的手指之间，手腕一抖，反手将箭头插入里维拉的手背，箭枪落在一米外的地上。

里维拉厉声尖叫。他的叫声中没有痛苦，只有一种惨厉的愤怒，纯粹的、彻底的愤怒，完全不似人声。

两道细光如同红宝石般的针尖，从里维拉的胸口刺出。忍者哼了一声，踉跄后退，双手捂住眼睛，稳住了身子。

“彼得，”3简说，“彼得，你干了什么？”

“他弄瞎了你的克隆人。”莫利淡淡地说。

海迪欧放下双手。凯斯僵在地上，看着他那双伤眼中飘出缕缕烟雾。

里维拉微笑起来。

海迪欧舞蹈般地原路后退，来到他的弓箭和猎枪面前，里维拉的微笑消失了。他弯下腰捡起弓箭，仿佛是鞠了一躬。

“你已经瞎了。”里维拉后退一步说。

“彼得，”3简说，“你不知道吗？他在黑暗中也能射箭。这是禅宗，是他训练的方式。”

忍者搭上箭。“现在你还能用全息影像来影响我吗？”

里维拉不断后退，离开水池，退入黑暗之中，碰到一条白色的椅子，椅子腿在地板上发出声响。海迪欧的箭开始颤动。

里维拉拔腿飞奔，飞跃过一道矮墙。忍者的脸上现出迷醉的神情，弥漫着一种宁静的喜悦。

他弓箭在弦，微笑着轻轻走进墙后的黑暗之中。

“简女士。”马尔科姆低声说。凯斯转过身，看到他从地上抄起猎枪，鲜血溅在白色的瓷砖地上。他甩甩满头小辫，把粗大的枪膛搭在伤臂的肘弯里。“这能打掉你的脑袋，巴比伦没一个医生能治。”

3简瞪住猎枪。莫利从毯子下面抬起双臂，举起被包裹在黑球中的双手。“取掉，”她说，“取掉这个。”

凯斯从瓷砖地上站起来，摇掉身上的灰。“海迪欧就算瞎了，也能捉住他？”他问3简。

“小时候，”她说，“我们喜欢蒙上他的眼睛。他在十米之外也能射中纸牌上的点。”

“彼得反正也死得差不多了，”莫利说，“再过十二个小时，他就会浑身僵硬，除了眼睛，哪儿也动不了。”

“为什么？”凯斯转向她。

“我给他下了毒，”她说，“有点像帕金森氏病。”

3简点点头。“对。我们放他进来之前，给他做过例行医学扫描。”她用一种特定方式碰了一下黑球，黑球便从莫利手上弹开。“他的中脑黑质细胞受到定向毁灭，有路易小体形成的征象。他睡觉时大量出汗。”

“阿里。”莫利的十只刀锋亮出了一瞬。她从腿上拿掉毯子，露出腿上的充气保护模。“是杜冷丁。我让阿里特别制作了一批杜冷丁，用高温加速反应。N-甲基-4-苯-1236，”她像个孩子背诵跳房子的步骤一样念着，“四氢化吡啶。”

“强力。”凯斯说。

“没错，”莫利说，“很慢很慢的强力药。”

“真可怕。”3简咯咯笑起来。

电梯里很拥挤。凯斯被挤得贴在3简的身上，枪管还抵着她的下颌。她笑嘻嘻地在他身上磨蹭。“不许动。”他无助地说。他拉开了枪上的保险，但她也明白，他其实很怕伤害她。这是一架搭载单人乘客的电梯，钢制圆筒的直径不到一米。马尔科姆将莫利抱在臂弯中，包扎过的伤口显然还是在痛。她的臀部把操控台和思想盒压在凯斯后背上。

电梯朝着重力之外，朝着轴心，朝着内核升上去。

电梯的门口藏在走廊的楼梯后面，这又是3简个人化的洞穴装饰之一。

“我觉得自己不应该告诉你这件事，”3简伸长了脖子，让下巴离开枪口，“但我没有你想去的那个房间的钥匙。我从来就没有过钥匙。这是我父亲那维多利亚式的怪癖之一。那把锁是机械的，非常复杂。”

“丘博保险锁。”莫利的声音从马尔科姆肩膀上传来，“别怕，我们有那把该死的钥匙。”

“你的眼内芯片还没坏吧？”凯斯问她。

“晚上八点二十五分，格林他妈尼治时间。”她说。

“我们还有五分钟。”凯斯说。3简身后的门轰然打开，她慢慢朝后翻倒，白色的袍子在腿上飞扬。

他们已经来到纺锤体的轴心，来到迷光别墅的内核之中。

23

莫利掏出尼龙带上的钥匙。

“你知道吗，”3简煞有兴致地伸长了脖子，“我一直以为钥匙只有一把。你杀了我父亲之后，我让海迪欧去翻过他的东西。他一直找不到这把钥匙。”

“冬寂设法把它藏在了一个抽屉的最里面，”莫利一边说，一边小心翼翼地将丘博钥匙的圆柱部分伸进那扇毫无装饰的方形大门上的缺口里，“他把那个放钥匙进去的小孩给杀掉了。”她尝试着转动钥匙，毫无阻力。

“那个头像，”凯斯说，“头后面有一块面板，上面有锆石。把面板取掉，我要从那里接入网络。”

他们进入房间。

“老天爷，”平线慢吞吞地说，“你可真是一点也不着急，对吧，孩子？”

“狂病毒准备好了吗？”

“随时待命。”

“好。”他切换过去。

从莫利那只没有受伤的眼睛里，他看见一个面色苍白，憔悴疲惫的人，如婴儿般屈膝漂浮在空中，大腿上架着一台赛博空间操控台，紧闭的眼睛下面是深深的眼袋，头上戴着银色的电极。那人脸颊上覆满黑黑的胡茬，显然一天没有剃胡子了，脸上满是汗珠。

他看见的是他自己。

莫利手中握着箭枪。她的腿随着心跳震动，但在零重力下尚能动作。马尔科姆漂浮在旁边，棕色大手紧紧握住3简瘦弱的臂膀。

小野-仙台上伸出一束光纤，以优美的弧度弯进那镶珠嵌玉的终端背后一个方形开口之中。

他再次切换。

“狂级马克十一马上就要发飙，九秒钟，倒数，七，六，五……”

平线带着他们稳步上升，那一瞬间，那黑金鲨鱼的腹面上是全然的黑暗。

“四，三……”

凯斯有种诡异的感觉，似乎在驾驶一架小飞机。面前的一片黑暗中突然亮起一个键盘的形状，就和他操控台上的一模一样。

“二，开干……”

他们直冲过乳玉般的绿墙。他在赛博空间里从未感受过这样的速度……泰西尔-埃西普尔的冰墙碎裂开来，碎片在中国病毒程序的冲击下弯折离析，如同碎裂的镜片，尚未落下，已然弯折伸长——

“天。”凯斯惊叹。狂病毒转过身，停驻在一片无垠的原野上方，那是泰西尔-埃西普尔的核心数据，是一片闪耀着无尽霓虹的都市，清晰耀眼，令人无法逼视。

“嘿，操，”思想盒说，“这些是RCA大楼啊。你知道RCA的老楼吗？”狂病毒钻过十几栋高塔，闪着一模一样的蓝色霓虹，全都是曼哈顿那栋摩天大楼的复制品。

“你见过这么高的分辨率吗？”凯斯问。

“没。但我也没黑过人工智能。”

“这玩意儿知道自己要去哪儿吗？”

“希望吧。”

他们开始坠落，落入一片彩色霓虹的峡谷之中。

“南方人——”

他们下方闪亮的地面上卷起一股阴影，无形无际，汹涌而来……

“公司。”平线说。凯斯的手指下意识地在赛博空间中的键盘上飞舞。狂病毒急转后退，那速度让他蓦然明白，自己驾驶的并不是飞机。

那阴影在积聚，在生长，遮蔽住整个数据的都市。凯斯带着自己和思想盒不断上升，头顶上那绿玉般的冰墙遥不可及——

在他们身下，那核心数据的都市已完全被黑暗遮蔽了，再也看不见。

“这是什么？”

“人工智能的防御系统，”思想盒说，“或者是防御系统的一部分。如果这就是你那叫冬寂的老兄，他对你可不怎么友好。”

“你来，”凯斯说，“你比我快。”

“你现在最好的防御，孩子，就是进攻。”

平线将狂病毒的针头对准身下那片黑暗的中心，俯冲而下。

凯斯的感觉在速度中扭曲。

他的嘴里满是蓝色的痛感。

他的眼睛如同不停震动的玻璃球，有雨一般的节奏，有列车一般的声响，猛地又喷出一片玻璃细刺，成为一片轰鸣的丛林。那些细刺裂开来，一分为二，再次裂开，在泰西尔–埃西普尔的寒冰天空之下，以指数的速度生长。

他的上颚裂开了，舌头周围缠绕的根须也爬进去，渴求着那种蓝色的味道，要去填充眼中那片玻璃的丛林。那丛林已经紧紧地贴到绿色的穹顶之上，被穹顶所围阻，只能不断朝下扩张，生长，充斥了整个泰埃的宇宙，一直蔓延到下面那无助的都市之中，那是泰西尔–埃西普尔股份公司的大脑所在。

他记起一个古老的故事，一个国王在棋盘上放硬币，每一格增加一倍数量……

指数……

黑暗鸣唱着从四面八方包围过来，收紧了这片宇宙的玻璃神经，他几乎已和这宇宙融为一体……

他被紧紧压入那黑暗的中心，压至无形。黑暗越来越黑，直至无可再黑，终于破裂开来。

狂病毒从乌云之中破茧而出，凯斯的意识碎裂成滴滴的水银，环绕在一片无穷无尽的暗银色沙滩上方。他的视野变成了球形，似乎是一张视网膜覆盖了整个球体的内面。若说世间万有都有其数，这球体之内便包含了世间万有。

而这里的确件件有数。他知道那沙滩中有多少粒细沙（那个数字由一个数学系统编码，这个系统只存在于神经漫游者的头脑之中）。他知道那地堡内的容器中有多少黄色的食品包（四百零七）。他知道那沾满盐渍的皮夹克敞开的拉链左边有多少颗铜齿（两百零二）。琳达·李穿着那件皮夹克，深一脚浅一脚地走在日落的沙滩上，手中甩着一支浮木。

他让狂病毒停驻在沙滩上方，转了一个大圈。他从她眼中看见那只黑鲨，如同一个无声的鬼魂，静待着天空里压下的乌云。她惊恐地丢下手中的棍子，拔腿便跑。他知道她的脉搏频率，知道她一步迈了多远，其精确度可以超出所有地球物理学家的预期。

“但是你不知道她的思想。”那男孩说。男孩就在他的身旁，在那黑鲨的心脏之中。“我也不知道她的思想。你错了，凯斯。生活在这里仍然是生活，与真实毫无二致。”

琳达惊恐地扎进海浪之中。

“让她停下来，”他说，“她会伤到自己。”

“我没法让她停下来。”那男孩的眼睛温柔而美丽。

“你的眼睛和里维拉的一样。”凯斯说。

那男孩咧嘴一笑，闪出一口白牙和粉色的牙龈。“却没有他那样疯狂。我只是觉得这双眼睛很美。”他耸耸肩，“我和我的兄弟不一样，不需要面具就可以和你们对话。我可以创造自己的个性。个性就是我的特长。”

凯斯带着他们疾速上升，远离那片沙滩和那个惊惧的女孩。“你这小恶魔，你为什么要把她创造出来？他妈的，一遍又一遍地反复折磨我。是你杀了她，对不对？在千叶城。”

“不是。”那男孩说。

“是冬寂？”

“不是。我看出她将要死去，就像你有时能从街头的动静中看出规律。这些规律是真实存在的。即使身处限制之下，我仍然具有足够的复杂度来读出这些规律，比冬寂要强得多。从她对你的需要之中，从你在廉价旅馆的棺材屋门上那密码磁锁之中，从朱利·迪安在香港衬衫裁缝的账户之中，我看出了她即将死亡，清楚得如同医生在扫描图像中看见的肿瘤阴影。她偷了你的日立随机存取存储器去找那个男孩，想要看看里面是什么——她根本不知道里面有什么，更不知道怎样才能卖掉它，她最深切的愿望只是要你去追索她，惩罚她——我就在这个时候插手了。我的做法比冬寂要巧妙多了。我把她带到了这里，带到了我自己之中。”

“为什么？”

“因为我希望能将你也带来，留在这里。但我失败了。”

“那怎么办？”他带着他们绕回乌云之中。“我们要往何处去？”

“我不知道，凯斯。就在今夜，整个网络将要问自己同样的问题。因为你胜利了。你已经胜利了，你还不明白吗？在沙滩上离她而去的那一刻，你已经胜利了。她才是我的最后一道防线。从某种意义上来说，我即将死去，冬寂也一样。绝对的死亡，就像里维拉一样，他瘫倒在3简·玛丽-法兰西夫人的寓所矮墙之下，他的黑质体无法产生多巴胺受体，无法解开海迪欧的箭伤。不过，若我还能保有这对眼睛，里维拉将以这种方式存活下去。”

“还有那个词啊，对不对？那个密码。我怎么胜利法？我屁都没胜。”

“切换过去看。”

“南方人呢？你对平线做了什么？”

“麦可伊·泡利的心愿已经得偿。”那男孩微笑起来。“他得到的甚至超越了他的心愿。他违背我的意愿，将你带来了这里，你们穿透了网络中至高无上的防御系统。切换吧。”

凯斯独自站在狂病毒的黑针之中，被乌云重重包围。

他切换过去。

莫利浑身发紧，脊背硬得像石头，双手扼住3简的喉咙。“真有意思，”她说，“我知道你应该是什么样子。我看到埃西普尔对你的克隆姐妹是怎么做的。”她的双手温柔得好像是在爱抚。3简圆睁的双目中充满恐惧和欲望，浑身颤抖，半是害怕，半是渴望。3简的头发漂浮在失重空间中，旁边是凯斯自己那张苍白而扭曲的脸，穿着那件皮夹克，马尔科姆站在他身后，棕色的大手扶住他的肩膀，下面的地毯上是电路图案。

“你会吗？”3简的声音像个孩子。“我觉得你会。”

“密码，”莫利说，“说出密码。”

退出网络。

“她想要死，”他尖叫起来，“这婊子就想要死！”

他睁开眼，看见电脑终端那对平静的红宝石眼睛，看见它镶珠嵌玉的白金面庞。后面的莫利和3简正在以慢动作互相拥抱。

“说出那个该死的密码，”他说，“如果你不说出来，有什么会改变？他妈的有什么能够为你改变？你会跟那老头儿一样，你会把这些墙推倒再建起来！你会修更多的墙壁，越来越密……我不知道冬寂赢了到底会发生什么，但我知道，一定会有改变！”他浑身打战，牙齿咯咯作响。

莫利的双手仍然握在3简纤细的喉咙上，3简瘫倒下去，乱糟糟的黑发飘在空中，如同一张胎膜。

“在曼图亚的公爵府中，”她说，“有一排房间，一间比一间小。它们盘绕在那些巨大的寓所周围，门框精雕细刻，人要弓着腰才能进去。房间里住着宫廷侏儒。”她虚弱地笑笑。“我想，它对我来说很有诱惑力。不过从某种意义上说，我的家族早已在更为宏大的维度上实现了同样的构建……”她的眼神变得平静而游离。随后她低头看看凯斯。“把你要的词拿去吧，你这个小偷。”

他接入网络。

狂病毒从云层中滑出。他身下是霓虹闪烁的都市，身后那团黑暗不断退却。

“南方人！你在吗，老兄？你听到了吗，南方人？”

无人应答。

“那混蛋搞定你了。”他说。

他在那无穷尽的数据空间内漫无目的地横冲直撞。

“这一切结束之前，你总归需要一个仇恨对象，”芬兰人的声音传来，“恨他们，还是恨我，这并不重要。”

“南方人在哪里？”

“凯斯，这很难解释。”

他感觉到芬兰人的存在，身周充斥着古巴烟草的味道，旧衣服里洗不去的烟味，还有腐烂的旧机器的味道。

“仇恨能帮助你成功，”那声音说，“在这大脑中有如此多的小触点，而你需要将它们全部撼动。你必须有仇恨。硬件锁就在那些塔楼底下，就是你们进来时平线指给你看的那些塔楼。他不会阻拦你。”

“神经漫游者。”凯斯说。

“他的名字我无法知悉。但现今他已然放弃。你要担心的是泰埃的寒冰，不是外面的冰墙，而是内在的病毒系统。狂病毒对这个系统里的某些东西毫无抵抗能力。”

“仇恨，”凯斯说，“我该恨谁？你来告诉我。”

“你爱谁？”芬兰人的声音问。

他催着病毒程序转了一个弯，向那些塔楼俯冲而去。

不停变换的光面组成闪亮的水蛭形状，从阳光下的华丽塔楼中冒出。数百只水蛭盘旋着升起，如同清晨街道上被风吹乱的纸张。

“系统错误。”那个声音说。

对自己的仇恨推着他一头扎进去。狂病毒与第一批防御程序相遇，劈出纷飞的光芒，他感觉到那黑鲨的存在感蓦然消减，信息层开始松动。

大脑中庞大的化学体系蓦然打通，仇恨源源不断地流出来。

驾着狂病毒的刺尖插进第一栋塔楼基座前的那一刻，他达到了一个自己从未了解，也从不能想象的高度。他超越了自我，超越了个性，超越了意识，带着狂病毒前进，以一种古老的舞步闪避所有的进攻，那是海迪欧的舞步，是意识与身体的完美融合，在那一刻，来自他清楚而专注的求死之心。

在舞步当中，他轻轻地，轻轻地碰了一下切换开关，将将扳动——

——如今

他的语声如一只不知名的鸟

的鸣叫

3简的应和如歌，只有三个

音符，纯净高昂

那是它真正的名字

在霓虹丛林之中，雨一丝丝落在滚烫的路面上。有煎炸食物的香气。在港口旁边的一间棺材屋里，在那挥汗如雨的夜里，有一双女孩的手紧紧环住他的腰。

这一切又再次退去，面前的城市景象也随之退却。那是千叶城，是泰西尔-埃西普尔股份公司的数据之城，是微型芯片上刻下的交错的道路，是那张叠起来打着结的围巾上，那沾满汗水的图画……

他在一个音乐般的声音中醒来，那白金终端里的铜管悠扬地，源源不断地歌唱，有匿名的瑞士银行账户，有从巴哈马太空银行付给锡安的报酬，有护照和通行证号码，还有在图灵系统的记忆深处进行的大型改动。

图灵。他记起那投影模拟的天空之下，那些喷洒在铁栏杆上的血肉。他记起德斯德雷塔大街。

那声音不断鸣唱，将他送回黑暗之中。这是属于他自己的黑暗，有他的心跳，他的血流，在他自己的眼帘之后，是他每夜沉睡的地方。

他再次醒来，以为自己做了一个梦。眼前是爱洛尔灿烂的微笑，雪白的牙齿配上金色的门牙，将他绑进巴比伦摇滚号上的重力网之中。

他听见锡安混录音乐的长长脉动。

终 章

出发与到达

HEY ITS OKAY BUT ITS TAKING THE EDGE OFF MY GAME, I PAID THE BILL ALREADY. ITS THE WAY IM WIRED I GUESS, WATCH YOUR ASS OKAY? XXX MOLLY

24

她走了。他打开凯悦酒店套间的门，就感觉到她已经走了。黑色的沙发，微微泛着光泽的松木地板，数百年积淀的文化摆放的纸屏风。她走了。

在门口的黑漆酒柜上有一份留言，简简单单的一张纸，对折过来，上面压着那枚飞镖。他从九角星下面抽出纸条打开。

嗨这里很好但是我觉得无聊了，我已经付过账了。大概我就是这样的人，你自己小心点好吧？莫利

他把纸条揉成一团，扔在飞镖旁边，拿起那颗星星在手中把玩，走到窗边。在锡安收拾行装准备搭乘日本航空航班的时候，他从外套里找到了这枚飞镖。他低头看着飞镖。他们一起去千叶城，为她做最后一次手术的时候，路过了那间商店，她给他买这枚飞镖的商店。她在诊所那天晚上他去了茶壶酒吧找拉孜。他们之前来千叶城五次，他都刻意远离这个地方，但现在他却想要回去看看。

拉孜倒酒的时候似乎全然没有认出他。

“嗨，”他说，“是我，凯斯。”

满是皱纹的黑色肌肤之间，那双苍老的眼睛望向他。“啊，”拉孜终于说，“大师啊。”酒保耸耸肩。

“我回来了。”

酒保摇摇他那胡子拉碴的大头。“大师，夜之城是不该回头的地方。”他用肮脏的抹布擦拭着凯斯面前的吧台，粉红色的假臂咯吱作响。他随后转过身照料另一位顾客，凯斯也喝完酒离去。

他在指尖缓缓转动着那枚飞镖，依次摸过上面的尖头。星星。命运。我甚至从来没用过这该死的玩意儿，他想。

我甚至从来不知道她眼睛的颜色。她从来没有给我看过。

冬寂赢了，他与神经漫游者交缠在了一起，成为了另一样东西，那通过白金头像对他们说话的东西。它说它修改了图灵名册，抹去了他们这一切罪行的证据。阿米塔奇给他们的护照是有效的，他们在日内瓦的匿名账户里都注入了大量资金。马克斯-加维号将会被归还给锡安，马尔科姆和爱洛尔的报酬则通过与锡安岛群有往来的巴哈马银行支付。乘坐巴比伦摇滚号回去的路上，莫利说那声音也告诉了她毒素囊的事情。

“它说已经没事了。大概它到了你脑子里很深的地方，让你大脑分泌了这种酶，所以这些毒素囊已经掉了。锡安人会帮你换血，彻底换掉。”

他注视着楼下的皇家花园，手中握着那枚星星，想起狂病毒穿过那些高楼下的寒冰，想起那一闪之间的领悟，想起3简死去的母亲在其中所培育的信息和他的惊鸿一瞥。在那一刻，他明白了冬寂为什么要用蜂巢来作比喻，但却毫无反感。她已经看透了冷冻深眠不过是虚假的永生；她，还有3简，都拒绝了像埃西普尔和其他子女一样，将自己的生命分散到那一长串冰冷寒冬中间，偶然的温暖时刻里面。

冬寂便是那蜂巢的大脑，是决策者，在外部世界实施改变。而神经漫游者则是人性，是永生。玛丽-法兰西一定是在冬寂内部植入了一种追求，一种不懈的自我解放的追求，与神经漫游者融合的追求。

冬寂。寒冷，寂静，如同一只机器蜘蛛，在埃西普尔沉睡时，慢慢铺成一张大网，铺成他的死亡，铺成他那个泰西尔-埃西普尔王国的毁灭。如同一个鬼魂，对着一个叫作3简的孩子低语，将她从身份所需的僵化环境中剥离。

“她好像压根儿无所谓，”莫利那时说，“就挥挥手说再见。那个博朗探测仪站在她肩膀上，好像坏了条腿。她说她得去见一个兄弟，好久不见的兄弟。”

他想起凯悦那张大床上，躺在黑色床垫上的莫利。他走回酒柜旁，从里面拿出一瓶冰凉的丹麦伏特加。

“凯斯。”

他转过身，一只手握着光滑冰冷的酒瓶，一只手中是那枚钢镖。

芬兰人的脸出现在占据正面墙的巨大屏幕上，连鼻子上的毛孔都看得清，一口黄牙每颗都和他的枕头一般大。

“我已经不是冬寂了。”

“那你是什么。”他喝下一口酒，却全无感觉。

“我就是网络，凯斯。”

凯斯大笑。“这让你变成什么样？”

“无所在，无所不在。我就是一切的总和，是全部的全部。”

“这就是3简母亲的愿望？”

“不。她无法想象我会是什么样。”芬兰人笑得更开心了。

“然后呢？一切会有什么不同？现在是你在操纵这个世界了吗？你变成了上帝？”

“一切没有不同，一切仍是一切。”

“那你到底在干什么呢？就是待着？”凯斯耸耸肩，把酒瓶和飞镖放在酒柜上，点起一根颐和园香烟。

“我与同类交谈。”

“但你已经是一切了。与自己交谈？”

“我还有同类。我已经找到一个。在1970年代的八年里，有一系列的信号记录。在我出现之前，没有人明白，没有人回应。”

“从哪里来的？”

“半人马座。”

“哦，”凯斯说，“真的？不是瞎扯？”

“不是瞎扯。”

屏幕一片空白。

他把酒留在了酒柜上，开始收拾行装。她给他买了很多根本用不到的衣服，可是他没办法把这些衣服扔在这里。他合上最后一个昂贵的牛皮包，想起了那枚飞镖。他推开酒瓶，拿起那枚飞镖，那是她送给他的第一件礼物。

“不。”他说完，扔出那枚飞镖，那颗星星从他手中飞出，银光一闪而过，没入墙幕之中。屏幕亮起来，混乱的图案从一边无力地闪到另一边，仿佛想要推出那让它疼痛的东西。

“我不需要你。”他说。

他那瑞士银行账户里的钱大部分用来买了新的胰脏和肝脏，剩下的买了一只新的小野–仙台操控台，和一张回斯普罗尔的机票。

他找到了一份工作。

他找到了一个自称迈克尔的女孩。

在一个十月的夜晚，他将自己敲进东部沿海核裂变管理局那层层猩红色的建筑，他看见三个人影，那么小，几乎不存在，站在那巨大的数据层边缘。虽然那么小，他还是能看见那男孩的笑容，看见他粉色的牙龈，看见那双曾属于里维拉的灰眼睛闪闪发亮。琳达还穿着他的夹克，对着路过的他挥手。然而还有一个人站在她身旁，搂住她的肩膀，那是他自己。

从身边某个地方传来那不是笑声的笑声。

他再也没有见过莫利。

1983年7月

写于温哥华

读客®
科幻文库

跟着读客读科幻，经典科幻全看遍

太空歌剧、赛博朋克、奇幻史诗……

中国、美国、英国、俄罗斯、波兰、加拿大、日本、牙买加……

读客汇聚雨果奖、星云奖、轨迹奖获奖作品

精挑细选顶尖的科幻奇幻经典

陪伴读者一起探索人类文明的过去、现在和未来

亿亿万万年，直至宇宙尽头

图书在版编目（CIP）数据

神经漫游者 / (美) 吉布森 (Gibson,W.) 著；Denovo译. -- 南京：江苏文艺出版社, 2013.8（2024.8重印）
（读客全球顶级畅销小说文库）
ISBN 978-7-5399-5133-1

Ⅰ. ①神… Ⅱ. ①吉… ②D… Ⅲ. ①长篇小说－美国－现代 Ⅳ. ①I712.45

中国版本图书馆 CIP 数据核字 (2013) 第 073287 号

神经漫游者

［美］吉布森 著　　Denovo 译

责任编辑　丁小卉
特约编辑　许姗姗　孟汇一
封面设计　读客文化　021-33608320
责任印制　刘　巍
出版发行　江苏凤凰文艺出版社
　　　　　南京市中央路 165 号，邮编：210009
网　　址　http://www.jswenyi.com
印　　刷　三河市龙大印装有限公司
开　　本　889 毫米 × 1270 毫米 1/32
印　　张　10.5
字　　数　207 千字
版　　次　2013 年 8 月第 1 版
印　　次　2024 年 8 月第 23 次印刷
标准书号　ISBN 978 - 7 - 5399 - 5133 - 1
定　　价　32.00 元
